# मिस काउ : ए लव स्टोरी

# मिस काउ : ए लव स्टोरी

सुधीश पचौरी

वाणी प्रकाशन

वाणी प्रकाशन
*4695, 21-ए, दरियागंज, नयी दिल्ली 110 002*
शाखा
*अशोक राजपथ, पटना 800 004*
फ़ोन : +91 11 23273167 फ़ैक्स : +91 11 23275710
www.vaniprakashan.in
vaniprakashan@gmail.com
sales@vaniprakashan.in

MISS COW : A LOVE STORY
*by* Sudhish Pachauri

ISBN : 978-93-87648-11-1
Novel


प्रथम संस्करण

मूल्य : ₹ 195



*सिटी प्रेस, दिल्ली-110 095 में मुद्रित*

*वाणी प्रकाशन का लोगो मक़बूल फ़िदा हुसेन की कूची से*

## *कलियुग में सतयुग का मज़ा*

उस चिकनी, पारदर्शी और लम्बी सुपर स्मार्ट सड़क का अन्त नहीं नज़र आता था। लोग कहते थे कि वह सीधी स्वर्ग तक जाती है।

आप उस पर चाहे जितना चलें या दौड़ें, कार दौड़ाएँ या हवाई जहाज से देखें, वह कहीं भी ख़त्म होती नहीं दिखती थी। वह जब भी दिखती बेहद लम्बी, चिकनी और पसरी हुई, फैली हुई, दौड़ती हुई दिखती थी, जैसे कोई एक बेहद विराट लम्बा-चौड़ा और चिकना पारदर्शी ऐस्केलेटर तेज़ी से ऊपर की ओर आ-जा रहा हो।

वह एक सुन्दर सुनसान बनाती थी। वह इस क़दर धूल रहित और पारदर्शी थी कि नीचे की तमाम चीज़ें साफ नज़र आती थीं और नीचे वाले आपको भी साफ-साफ देख सकते थे। यह एक सबसे बड़े सुपर स्मार्ट नगर के अन्तिम सुपर स्मार्ट गाँव से जाती हुई सुपर से सुपर स्मार्ट सड़क थी।

यह एकदम स्फटिक सदृश साफ-सुथरा, चिकना नव्य और दिव्य भारत था जिसे अपने जादू से विश्वकर्मा ने पिछले ही दिनों बना डाला था। सोलहवीं सदी से इक्कीसवीं सदी में यह सीधी छलाँग थी।

वह भीड़ जो उसे कुछ देर पहले मिली थी जिसके साथ वह चलकर यहाँ तक आया था, जिसके बीच वह चलते-चलते अचानक गिर पड़ा था, वह गायब थी। जब उसे होश आया तो उसने फिर से बिना हिचके चलना शुरू कर दिया था।

जिधर उस चाय और पान वाले की गुमटी थी जिस पर एक ट्रांजिस्टर हमेशा ही बजता रहता था, भी बजे रहा था। उसने उसे सुना और एक एक पान मसाला लिया और चल दिया।

यह सड़क न जाने किस आइटम की बनी थी कि एकदम सपाट

और चिकनी नज़र आती थी, आप चाहें तो उसमें अपना चेहरा देख सकते थे!

वह जो सड़क पर गिरा था, कोई और नहीं था मेरी आत्मा ही थी। यों कहें तो शरीर भी था लेकिन फ़िलहाल आत्मा कुछ ज्यादा हरकत में थी!

गिरने के बाद से वह यानी मेरी आत्मा बेचैन थी। वह सोचती थी कि वह क्यों गिरी? यहीं क्यों गिरी? सब नारे लगा रहे थे। वह तो एकदम चुप थी। नारे नहीं लगा रही थी, फिर वह दो मिनट के लिए इस सड़क पर क्यों मरी और क्यों ज़िन्दा हो गयी और क्यों चल पड़ी और अब क्या करना चाहती है?

मरकर दो कदम भी न चल पायी थी कि मेरी आत्मा को सड़क के उस छोर पर कुछ दिव्य दृश्य दिखायी देने लगे! सब भगवल्लीला! वरना इस चमकीले सुनसान बियाबान में ऐसे दृश्य दुर्लभ थे।

जो दृश्य देखा के वो मुश्किल से पाँच-सात सेकण्ड टिका। जिस तरह बहुत से बगुलों के झुण्ड पंक्ति बाँधकर आकाश में तैरते हुए निकल जाते हैं, ठीक उसी तरह बहुत सारे धवल वस्त्रावृत्त देवगण सड़क से कोई छह इंच ऊपर तैरते चले जा रहे थे। उनके चेहरों पर ऐसी दीप्ति थी कि सीधे देखो तो आखें चौंधिया उठें। उनके हाथ अभयदान की मुद्रा में उठे थे। उनमें से कुछ धवल देव फुदक-फुदककर भी चलते थे। उनके पीछे हल्की और बिना सिली गैरिक साड़ी में लिपटी योगिनियाँ चली जाती थीं। वे करतल ध्वनि करती चलती थीं। उनके कोरस में ऐसा मीठापन था कि कान उसे सुनने को उसी ओर उठ जाते थे।

देव और योगिनियाँ मुस्कराते हुए धरती के छह इंच ऊपर उड़ती चली जातीं!

ये स्वर्ग के देव थे जो सुबह-शाम अपने न्यू लोदी गार्डन में टहलने निकलते थे। भजन-कीर्तन करते दिशाओं को गुंजायमान करते निकलते।

उनको देखकर ही मालूम पड़ता कि आप जिस सड़क पर जा रहे हैं, उसके उस सिरे पर कहीं स्वर्ग बसा है।

सड़क एकदम हाइफाई-वाईफाई-साईफाई थी। आप हाथ हवा

में लहराएँ तो आपके आगे कम्प्यूटर स्क्रीन बन जाती। आप मनचाहा आँकड़ा देखें, मनचाही पिक्चर देखें और मन चाहे खेल खेलें।

सीसीटीवी हवा में थे। वे दिखते नहीं थे लेकिन आपको देखते रहते थे और हर गतिविधि रिकॉर्ड करते रहते हैं।

मेरी आत्मा दृश्य देख आनन्दमग्न हो गयी। लगा अब मैं भी इस धरती से छह इंच ऊपर उठकर चल सकूँगा। देव-दर्शन के बाद इस आइडिया के आते ही मेरा एक-एक कदम कई मील बराबर होने लगा। मेरी आत्मा यह देखकर चकित थी कि वह इस धरती की इसी तरह से एक परिक्रमा कर सकती है। तभी किसी ने कान में गाया कि चरैवेति, चरैवेति, चरैवेति यानी चलता रह, चलता रह, चलता रह!!

आत्मा खुश थी कि उसका चलना शास्त्र-सम्मत था और वह सही दिशा में जा रही थी। मेरे कदम बदल गये थे। लगता था टाप गीयर लग गया है। मैं देशकाल यों ही चुटकी में नाप सकता हूँ। जय हो!

आत्मा के बारे में हम जैसा जानते हैं कि न उसे भूख थी, न प्यास थी, न थकान थी, न परेशान थी, वह इन सबसे परे थी, मुक्त थी और मौज में थी क्योंकि वह पहली बार अपनी मौज में आई थी!

इतने में हिमालय आ गया। कन्दराएँ दिखने लगीं और चोटियाँ चमकने लगीं मेरी आत्मा उसी पर चढ़ाई करती दिखी। कहीं एक रेल का इंजन दिखा और सीटी देती कुछ बसें दिखीं जिनमें कुछ आत्माएँ बैठी नज़र आती थीं। बसों पर लिखा था सड़क से स्वर्ग तक!

सब खुश थीं। सब गाने गा रही थीं वे एक-से-एक बढ़िया मन्त्र पढ़े जा रही थीं। वेद उनकी जुबान पर थे, श्रुतियाँ उनके कण्ठ में थीं और वे जमकर गाये जा रही थीं।

मेरी आत्मा ने एक से पूछा-"ये क्या करती हो? क्या मोक्ष की कामना मरी नहीं कि अब भी गाये जाती हो? पूजा-पाठ बहुत हो लिया। अब दूर रहो। मुक्त काम हो, उसी तरह रहो।"

वे हँसने लगीं। उनमें से एक बोली-देखो साथी! तुम हमें जानते तो हो लेकिन पूरी तरह नहीं जानते हो। हम तब की हैं जब गोधरा हुआ था, फिर अहमदाबाद हुआ था, कुछ चौरासी वाली भी हैं। हम उन सब वाली हैं जो हर रोज किसी-न-किसी की देह से मुक्त होती है। ये मुंबई ब्लास्ट वाली हैं, ये छब्बीस ग्यारह वाली हैं, कुछ नाइन इलैविन वाली भी हैं। यहीं कहीं अख़लाक़ वाली थी, यहीं पहलू खान

की थी, यहीं उस जुनैद की थी। यहाँ सीरिया वाली, मोसूल वाली और पेशावर वाली भी हैं जिनको आएस वालों ने देह से मुक्त किया। यहीं कश्मीर वाली हैं जिनको लश्कर वालों ने देह से मुक्त किया और यही उत्तरपूर्व वाली हैं। हर रोज हमारी संख्या बढ़ती जाती है।

हम सब इसी दौर की आत्माएँ हैं। लोग कहते हैं कि उस–उसने हमें देह से मुक्त किया। भाई हमें तो इतना मालूम है कि हमारे शरीर हमें पसन्द नहीं थे हमने ही त्यागे। हमने ही चाहा कि इस दिन, इस घड़ी, इस पल, उसके निमित्त से हमें मुक्ति मिले। जरा जीर्ण काया की कैद से मुक्त हों कि फिर कभी आना न हो और वही हुआ। सच्ची आत्मा जो चाहे वह मिलता ही है। उसी टाइम पर मिलता है और उसी जगह मिलता है। वह आप्तकाम होती है। वह जो चाहे कर सकती है, जो चाहे चाह सकती है।

मैं उस जगह मुक्त हुई, जिस जगह ट्रेन जली। ये सारी आत्माएँ उसी जगह की हैं। उनका आधार कार्ड है। वे नम्बर वाली हैं यह आधार स्वर्ग में भी चलता है और नरक में भी चलता है, हम तीनों लोकों में से कहीं भी विचरण सकती हैं। कहीं भी जा सकती हैं। हम इच्छाधारी आत्माएँ हैं।

तुम अभी पूरी तरह मुक्त नहीं हो सके। कारण कि तुम खबर न बन सके। बड़ी खबर न बन सके। संसद में बहस का विषय न बन सके। मीडिया में एक लाइन नहीं ले सके। मरे तो साले हरिद्वार के रास्ते में एक खेत के बीच मरे। तुम्हारा शरीर भी ठीक–ठाक से निपटा नहीं। मोह में वहीं पड़ा रहा।"

"लेकिन मित्र आत्मा! वे तो अब भी खोजते फिर रहे हैं कि मैं क्यों मरा? किसने मारा? केस दर्ज है। जासूस और उसका कुत्ता सूँघता फिरता कि कहीं मिल जाये कोई सुराग तो उसका काम हो जाये। उसको पदोन्नति मिल जाये लेकिन वह आदत से लाचार है। नशा कर यमुना के खादरों में पड़ा रहता है और इसीलिए मेरी इन्क्वयरी पूरी नहीं कर रहा।" मैंने उस आत्मा से कहा!

"लेकिन तुम चाहो तो मुक्ति अब भी पा सकते हो, बशर्ते अब तुम मुक्ति मन्त्रालय की शरण में चले जाओ। ये क्या भटकते रहते हो। अरे, हमारे साथ चलो। समूह बनाओ, आनन्द मंगल गाओ, सतयुग फील करो। ये क्या कलजुग में चक्कर मारते रहते हो तैंतीस कोटि

योनियों में भटकते हुए। तुम जिस मनुष्य योनि मे आये, उसका फायदा नहीं उठा पाये और अब भटक रहे हो। बहरहाल जहाँ जा रहे हो, वहाँ तुमको एक गऊ माता मिलेगी। उससे जरा बचके रहना!"

उसी आत्मा ने न जाने क्या समझकर मुफ्त की चेतावनी दी और गायब हो गयी। पूरी बस की बस गायब हो गयी। मैं सड़क पर नितान्त अकेला था।

अँधेरा घिर आया था। मच्छर नहीं थे और झींगुरों की झनकार भी नहीं थी सड़क के अन्दर से एक संगीत-सा बजता चल रहा था जिसमें 'झीगुरों की मीठी झनकार, पपीहे की वह पीन पुकार' सुनायी पड़ रही थी, जैसे हजारों वाद्ययन्त्र झंकृत हो रहे हों।

उसके याद दिलाने से मुझे अचानक याद आने लगा कि कैसे मेरा केस अब भी एक रहस्य है। मैं मर चुका हूँ लेकिन प्रमाणित नहीं हूँ कि मरा हूँ या ज़िन्दा हूँ मेरे पास मेरा आधार तक नहीं है जो सिद्ध कर सकूँ कि ज़िन्दा हूँ और ये आत्मा जानती है कि मेरा केस कि क्या है!

हठात् मुझे वह सुंरग याद आयी जिससे बाहर आया था और वे तपी-तपस्वियों से चेहरे याद आये जो दीवारों पर टँगे रहते थे और आप उनसे जब चाहे, जैसे चाहे बात कर सकते थे। वही तो मुक्ति मन्त्रालय था जिसके नीचे कई मन्त्रालय थे जहाँ सब कुछ डिजिटल था जिसमें न जाने कितने आँकड़े हर समय तैरते रहते थे।

तभी मेरे मन का मोबाइल बजा। यह सुरंग वाले गुरु जी की ओर से था। आवाज़ साफ आ रही थी। पूछ रहे थे कि कहाँ हो इस वक्त?

मेरी आत्मा ने चलते-चलते जवाब दिया—प्रणाम गुरु जी! इधर घूम रहा था, जिधर आपके आशीर्वाद से गोलोक धाम जाने वाली सड़क बनी है। बहुत ही खूब बनी है। एकदम चमकीली स्मार्ट वाईफाई वाली। एक दम स्वच्छ। स्वच्छ।। स्वच्छातिस्वच्छ। कचरा दूर-दूर नहीं है और आदमी भी नहीं हैं! आप धन्य हैं गुरु जी। आपकी लीला देख मेरे जैसा अधमाधम भी धन्य हो गया। कृपया आदेश करें।

गुरु जी ने ठहरी हुई आवाज में कहा—'जरूरी काम है तुरत आओ!'

मेरी आत्मा ने तुरत अपना चोला धारण किया, कार निकाली और बैक की। सड़क की उल्टी दिशा में रेस लगा दी।

यहाँ पुरानी क्लासीकल सड़कें थीं ट्रैफिक की भरमार थी–रिक्शा साइकिल, ई-रिक्शा, मोटर-साइकिल, कारें, ट्रक, विक्रम, रेहड़ी, ताँगा, गोमाता, बकरी, कुत्ते सब एक साथ सड़क पर चरते-विचरते थे।

शोर था, गालियाँ थीं, गन्दगी थी, तार लटके थे। एक जगह शोर था। घेरा जमा था। सब उत्सुकता से देखे जा रहे थे कि पाँच लड़के एक आदमी को धुने जा रहे थे आदमी बेदम हो चुका था यानी पर्याप्त धुना जा चुका था। फिर भी दर्शकों की भारी माँग पर वे उसे धुने जा रहे थे। उसमें जान नहीं बची थी। वह भूसे की बोरी की तरह इधर-उधर बिना प्रतिरोध के लुढ़के जा रहा था और दर्शक जय हो, जय हो कह रहे थे, तीन-चार लड़के जिन्होंने काली टी-शर्ट और जीन्स पहनी थी, जिनके माथे पर काले कपड़े बँधे थे, बीच-बीच में नारा दे देते थे :

गऊ हमारी माता है
देश-धर्म का नाता है
गऊ हमारी माता है
देश-धर्म का नाता है
गऊ माता की जय हो

लोग नारे का जवाब देते–

जय हो! जय हो!!

इन दिनों ऐसे सीन जगह-जगह दिखलाई पड़ने लगे थे।

## *गोदान : एक अमेंडमेंट*

जब तक मैं अपने गुरु जी के आशीर्वाद से फ्रीलांस आत्मा नहीं बना था, तब तक मैं ऐसे सीनों का विनम्र कार्यकर्ता हुआ करता था। नायक होता था।

मानस का पाठ होता तो वहाँ होता। कथा भागवत होती तो, जागरण होता तो मैं कराता। बाबा आते तो उनके आगमन की तैयार

कराता, उसका भण्डारा कराता। कथा होती तो उसका आयोजन करवाता। देश-धर्म की रक्षा करनी होती तो वो भी करता! कलियुग में यह सब जरूरी था।

तब कथाएँ बहुत होतीं। पिक्चरों से भी ज्यादा हिट होतीं। बाबा आते और भागवत खोलकर बैठ जाते। उनके साथ गायक-मण्डली होती। इधर गायिकाओं का चलन बढ़ गया था। उनका कलकण्ठ खुलते ही सीन बदल जाता। लगता हम कैबरे और कीर्तन के बीच का आइटम सुन रहे हैं जिसमें अपेक्षित शालीनता है लेकिन भजन में 'तीसरी मंज़िल' वाला 'ओह आजा आह आजा' वाला टच भी है। भागवत कथा में सचमुच का माधुर्य बरसने लगता। सिंथेसाइजर वाला ऐसा फ्यूजन मारता कि लगता हॉलीवुड बॉलीवुड एक हो रहा है। चढ़ावा टूटकर बरसता।

भण्डारे चलते। बाबा लोग आयुर्वेद की दवाइयाँ बेचा करते। उनमें हर रोग की दवा बेची जाती। हर बाबा अपना ब्रांड आयुर्वेद अपने साथ लेकर चलता। उनमें हमेशा जवान रहने के नुस्खे वाली दवाइयाँ और शर्तिया लड़का पैदा करने के नुस्खे बेचे जाते। हिमालय से लाया गया शुद्ध शिलाजीत जाँघ ठोककर बाबा बेचा करते और वो खूब बिकता। बाँझ औरतों के लिए अलग बन्दोबस्त होते जिनका स्पेशल दवा विभाग होता और यह प्रसिद्धि फैल जाती कि जिसके नहीं होता, 'बाबा शरणम् गच्छामि' होने से उसके भी होता है।

जय हो, जय हो!

यहीं से मुझे 'जय हो जय हो' कहने का शौक लगा। यह मुहावरा ऐसा ज़ुबान पर बैठा कि जब कोई मिलता तो 'जय हो' निकलता और जब कोई जाता तो अपने आप ही 'जय हो' हो जाता।

लोगों ने मेरा नाम 'जय हो' ही रख दिया था।

बहरहाल ट्रैफिक को किसी तरह चकमा देते हुए में सुरंग के मुहाने पर पहुँच गया और ऐंट्री ली।

बहुत दिन बाद ऐंट्री ली थी। सो कुछ चेंज देख रहा था। ये जगह जो पहले अँधेरी सुरंग-सी लगती थी, अब खूब रौशन थी और सेंट्रली ए.सी. थी। बाहर की गरमी अन्दर नहीं व्यापती थी। सुरंग के अन्दर

बड़ी लम्बी सड़कें थीं। मैं गाड़ी छोड़ अन्दर की गोल्फ कार में बैठ गया। वह चल दी। उसका चलाने वाला रोबोट की तरह सीधे बैठा था। न उसने मुझे देखा और नहीं इधर-उधर देखा। मैं ही उसे देखे जा रहा था और आजू-बाजू को देखे जा रहा था। तभी मेरी निगाह मेरी सीट के सामने की छोटी-सी टीवी स्क्रीन पर पड़ी। गुरु जी मुझे देख रहे थे। मुस्कुरा रहे थे। मैं आश्वस्त हुआ कि गुरु जी ने जरूर स्नेह से याद किया है, कुछ-न-कुछ मिलेगा!

कुछ ही देर बाद गोल्फ कार्ट एक बड़ी-सी लिफ्ट में दाख़िल हो गयी और मेरे ड्राइवर के संकेत मात्र से लिफ्ट तेजी से ऊपर की ओर उठने लगी और जल्द ही 301वीं मंजिल पर जाकर रुकी। दरवाज़ा खुला। एक और गाड़ी बाहर आयी और दायीं ओर कुछ दूर चलने के बाद वह एक दरवाजे के आगे खड़ी हो गयी यानी मुझे यहीं उतरना था। यहीं मेरे गुरु जी का कमरा था।

उतरते ही नाक में गोबर की क्लासीकल सुगन्ध समा गयी। गोबत्तियों की धूप मन में बस गयी। पहली बार लगा निरी ऑक्सीजन मिल रही है।

अचानक एक आत्मा बोली कि गुरु जी पधार रहे हैं। तुम पालथी लगा के पद्मासन में बैठ जाओ। वे स्पेशल प्रवचन करेंगे।

अच्छा तो यह स्पेशल क्लास थी जिसके लिए मुझे बुलाया गया था। समझ गया कि किसी नये अभियान की शुरुआत होने जा रही है। उसके लिए मुझे भी चुना जा रहा है और अब मुझे उसके लिए तैयार रहना है।

ऐसे हर अवसर पर बेहद चौकन्ना रहना पड़ता। हर समय गम्भीर रहना पड़ता। कुछ इस तरह से रहना पड़ता कि सबको लगे कि सबसे अधिक गम्भीर और जिज्ञासु अगर कोई है तो वो ये है यानी मैं हूँ। जिज्ञासा का कंपटीशन-सा होता। सवाल न होते, जिज्ञासाएँ होतीं। गुरु जी प्रवचन कर दिये होते तो जिज्ञासु होना होता। जिज्ञासु का मतलब सवाल करना नहीं होता था। सवाल करना शंका करने बराबर होता और संशयात्माएँ विनश्यति हो रहतीं। कितनी आत्माएँ संशय के कारण नाश को प्राप्त हुईं, यह तो मैं भी नहीं जानता लेकिन ऐसे हर अवसर पर दो-चार तो हो ही जाती थीं। यह शुरू-शुरू में ज्यादा होता था। अब तो इस स्तर के प्रवचन आने तक पहले ही संशयात्माओं की

छँटाई कर दी जाती थी और फिर भी कोई मूर्ख आ गया तो बाद में कर दी जाती थी।

सीधा सूत्र था–

'श्रद्धावान् लभते ज्ञानं' अर्थात् श्रद्धायुक्त होकर ही ज्ञान की प्राप्ति होती है। शंकावान मन का नाश हो जाता है यानी उसे ज्ञान नहीं मिलता और उसे ज्ञान देने के लिए उसको दिमाग़ की क्लीनिंग करने के लिए ब्रेन वाशिंग विभाग में भेजा जाता है। अगर क्लीन हो गया तो फिर ज्ञान प्राप्त कर लेता है अगर न कर पाया तो जहाँ से आया है, वहीं चला जाता है।

हे अर्जुन जरा सुन...

हे भक्तो। जो इस कथा को सुनता है, वह परमपद का अधिकारी होता है। वह काम, मोह और माया मत्सररहित हो जाता है और बन्धन-मुक्त हो जाता है।

लेकिन मुई मक्कार मेरी आत्मा! इसने भी न जाने कितने डिपार्टमेंट खोल लिए हैं कि गिनना मुश्किल है। एक डिपार्टमेंट गुरु जी वाला, दूसरा अपने वाला, तीसरा उस एम.ए. हिन्दी करने वाले का जो प्रेमचन्द के गोदान को पढ़ते-पढ़ते एक दिन गोदान के टाइटल पर अटक गया था और टीचर से पूछ बैठा था कि अन्त में होरी के लिए उसकी बीबी धनिया गोदान क्यों करवाती है?

टीचर ने कहा कि संस्कार की बात है। धनिया ग्रामीण स्त्री है, धर्मभीरु पति की पत्नी है। चाहती है कि मरने के बाद उसके पति की आत्मा सीधे स्वर्ग जाये। वैतरणी पार करके स्वर्ग में जाये। नरक में न रुक जाय। इसके लिए गोदान जरूरी था, वही उसने कराया...

लेकिन मुझे लगा कि गोदान में होरी के मरने का सीन सही नहीं है। प्रेमचन्द ने उसके साथ न्याय नहीं किया है। क़ायदे से तो होरी के मरने का सीन और गोदान का सीन कुछ इस तरह गढ़ा जाना चाहिए था कि होरी प्रेमचन्द के गोदान में मरा सो मरा लेकिन 2017 में वह फिर से कुछ इस तरह मरा :

जब वह गोबर की हेल्थ के लिए गाय खरीदकर लाया था, तभी सोचा था कि गाय होगी तो गोबर को उसका दूध मिलेगा, उसकी

तन्दुरुस्ती बनेगी। यही उसकी कामना थी। और गाय थी भी बेहद सुन्दर दुधारू...गोमाता वैतरणी पार कराने वाली माता जिसके अन्दर तैंतीस कोटि देवता समाहित हैं, ऐसी कामधेनु!

लेकिन जैसा हम जानते हैं, वह एक सुबह मरी मिली। गोदान की कहानी तो कहती है कि होरी के भाई हीरा ने जलन के कारण उसे रात को चुपके से जहर दे दिया...सुबह वह मरी पायी गयी। कहानी कहती है कि हीरा गाँव से ग़ायब हो गया था यानी सब समझ गये थे कि हीरा ने ही मारा है गाय को। उसे सज़ा मिलेगी। इसलिए वह कायर गाँव से गायब हो गया।

लेकिन यहीं इस कहानी में कुछ इस तरह का अमेंडमेट चाहिए : 2017 में जब होरी राजस्थान के एक पशु मेले से गाय खरीदकर ला रहा था, तभी उसे गोरक्षकों ने पकड़ लिया था और उसकी वो धुनाई की थी कि सीधे अस्पताल में जाकर खबर बना था। टीवी के रिपोर्टरों ने जो कहानी कही, उसमें असल खुराफ़ात होरी की ही नज़र आती थी कि वह गाय ला रहा था लेकिन न उसके पास खरीदने की रसीद थी, न गो माता का आधारकार्ड था और न मजिस्ट्रेट की आज्ञा थी कि गाय ले जाओ और उसने मुसलमानों की तरह दाढ़ी भी बढ़ा रखी थी। गोरक्षकों को मेले से ही खबर लग गयी थी कि यह पैदल-पैदल किस रूट से जायेगा। सो एक सुनसान गैल में होरी को कुछ गोभक्तों ने धर लिया, दस पाँच लठ्ठ धर दिए। वो वहीं ठौर हो गया और वे गाय को ले चले...

अगले सीन में मुझे गोबर बड़ा होकर गोभक्त बनता दिखा। उसकी समझ में आ गया कि बाबा की तरह गाय खरीदने और पिटने-मरने से बेहतर है कि गोरक्षक दल में भरती हो जाओ और गोशाला खोल लो और मौज करो।

सन् सत्रह में इस क़स्बे में जो सत्तावन नयी गोशालाएँ बनी हैं, उनमें से एक गोबर की है–'गोबर्धन गऊ शाला'! गोबर का पूरा नाम गोबर्धन दास हो गया है और वह गोशाला का प्रमुख है। उसके पास आजकल गोरक्षकों की एक बड़ी टोली है, रजिस्टर्ड!

## *अब समुद्र मन्थन*

मेरी आत्मा मेरे मन को जरा-सी बात पर न जाने किस ऊटपटाँग किस्से की ओर घसीटे ले जा रही है और मैं उसे रोक नहीं पा रहा। ऐसा लगता है कि गाय का जिक्र आते ही गाय-सम्बन्धी सारी फाइलें एक साथ खुल गयी हैं जिनमें न जाने कब-कब के किस्से दर्ज हैं, जिनमें गऊओं की न जाने कितने प्रकार की स्मृतियाँ जागे जा रही हैं। जब से गोमता गोदान कामधेनु वैतरणी का जिक्र हुआ है, तब से मेरा दिमाग गोमाता के नाना रूपों के दर्शन किये जा रहा है। गोमाता की ये स्मृतियाँ एक-दूसरे में इस कदर मिली हुई हैं कि उनको अलहदा करना मुझे नामुमकिन लग रहा है। पता नहीं लोग जब अपनी स्मृतियों को टटोलते हैं तो कैसे उनको इकहरी कहानी की तरह सब कुछ याद आता जाता है।

इधर तो सब कुछ गड्ड-मड्ड होकर आता है जैसे मेरा मन सन सत्रह से सीधे सन् छियासठ की अपने महान शहर हाथरस की उस शाम में घुसे जा रहा है जब हम फूलचन्द बागला डिग्री कॉलेज हाथरस के सभी छात्रों को कॉलेज के प्रिंसिपल सिंघल साहब ने आदेश दिया है कि आज किशोर टॉकीज में कॉलेज की ओर से 'समुद्र मन्थन' नामक पिक्चर दिखवाई जायेगी। सभी टाइम से पहुँचें और पिक्चर देखें!

अहा! कैसा बढ़िया दिन है। नवम्बर में कड़क धूप खिली है। ढेर सारे लड़के लड़कियाँ कॉलेज के घास शून्य पार्क में धूप और आँखें, दोनों सेक रहे हैं। लड़के सोच रहे हैं कि चलो आज तो लड़कियाँ भी किशोर टॉकीज में साथ-साथ बैठेंगी और पिक्चर देखेंगी। लड़कियाँ भी इठला रही हैं कि पिक्चर देखने जाना है। घर वालों को बता चुकी हैं कि जाना है, फिर भी घर वालों को चैन नहीं है। एक मिनट को अकेला नहीं छोड़ते। इस छिनट्टे शहर में लड़कियाँ कहाँ सुरक्षित हैं? उनके भाई लोग कॉलेज के बाहर खड़े हो गये हैं उनको ऐस्कोर्ट करने के लिए।

किशोर टॉकीज में जन-गण-मन होकर चुका है। सभी छात्रों ने खड़े होकर तिरंगे का सम्मान किया है, फिर 'लाइफ बॉय है जहाँ

तन्दुरुस्ती है वहाँ' का विज्ञापन आया है, फिर रेक्सोना का आया है, फिर फिल्म शुरू हुई है और बड़ा बड़ा समुद्र मन्थन लिखा दिखा है। इसी मन्थन में सब कुछ निकला था, कामधेनु भी निकली थी, जिससे जो माँगिये, वही मिलता था, कामना की धेनु! वाह! आज कामधेनु के दर्शन होंगे! धन्यभाग!

अपना कोई यकीन नहीं है कामधोनु-वामधोनु पर।

पण्डित जी के भागवत प्रवचन खूब सुने हैं। पाँचवीं-छठी से लेकर एम.ए. करने तक दर्जनों बार भागवत कथा-सुनी है। एक-से-एक बढ़िया कथावाचक शहर हाथरस में आते रहते। एक बार तो एक बड़े ज्ञानी पण्डित जी अपने बौहरेवाले मुहल्ले में भी सात दिन की भागवत बाँचे थे। अहा! क्या कण्ठ था? क्या हारमोनियम बजाते थे? क्या तो उनका ढोलक वाला था? ऐसी करारी ढोलक बजाता कि लोग उसी को सुनते मगन हो जाते!

यहाँ भी समुद्र मन्थन का प्रसंग पण्डित जी ने बड़े ही रोचक तरीके से सुनाया था। मुहल्ले की तमाम औरतें दम साधे सुनती रही थीं। शेषनाग की रस्सी और मन्दराचल पर्वत को मथानी बनाकर एक ओर देवता और दूसरी ओर दानवों ने जो मन्थन किया तो सबसे ज्यादा रोमांच अमृत के निकलने पर महसूस हुआ। दानवों का छल-प्रपंच से अमृत कलश पर हाथ साफ करने के चक्कर में रहना, राहु-केतु टाइपों की राजनीति, लाइन तोड़कर वेश बदलकर अमृतपान कर लेना और फिर भेद खुलने पर सजा पाना...

पाँचवीं-छठी में पढ़ने वाले बालक का मन इन कथाओं को ज्यों-का-त्यों सच समझता और सोचने लगता कि चलो किसी तरह अमृत बच गया। भगवान जी के पास चला गया वरना ये राक्षस अमर होकर न जाने क्या बदमाशियाँ करते...

'आरती कुंज बिहारी की कि नटवर कृष्णमुरारी की
गले में बैजंती माला कान में कुण्डल झलकाला...'

तननतन तनतनाईतीति...ढोलकिए के बायें हाथ की तर्जनी में बँधी बाँस की तीली इस तननतनन को जिस तरह से खरा बनाकर बजाती, उससे देह थिरकने लगती। ऐसी खरी ताल कि बोलती-सी लगे!

और क्या तो हारमोनियम के साथ मिक्सिंग पण्डित जी की, गला कैसा सधा हुआ, क्या ताल की तुरप मारती तैयार की हुई ढोलकी!

कथा अपने चरम पर थी कि तभी हल्की बारिश गिरने लगी और अचानक मुहल्ला हिलने लगा और देर तक हिलता रहा। बारिश जोर पकड़ने लगी लेकिन पण्डित जी का गाना न रुका। कुछ देर बाद जब बारिश रुकी तो पण्डित जी ने कथा में ही कहा :

धरती डोली है। जरूर कोई बड़ा पाप हुआ है, तभी तो गऊ माता को बेचैनी हुई है कि उनको सींग बदलना पड़ा है–

जब-जब होंहि धरम कै हा......नी...

बाढहिं असुर अधम अभिमा......नी...

श्रद्धा में घबराहट फैल गयी। महिलाएँ घरों की ओर देखने लगीं कि बालकों की बन आयी। वे भीगे खड़े रहे और पण्डित जी की आरती का आनन्द लेने लगे क्योंकि इसके बाद प्रसाद मिलना था। पण्डित जी पाप की परिभाषा करने के बाद माता द्वारा धरती का उद्धार करने वाली आरती गाने लगे थे–

'घड़ा भर गया पाप का फैला अत्याचार
आसमानी शक्ति माँ धरती करे पुकार
कि जय हो माँ खप्पर वाली
तेरी उतारें हम आरती
हो माँ आरती...'

आरती खत्म हुई लोग घरों से निकल आये। धरती डोलने की बातें करने लगे कि जब डोली तो वे सो रहे थे कि जग रहे थे कि चबूतरे पर बैठे-बैठे ऐसा झटका लगा कि खाट से नीचे आ रहे। पढ़े-लिखे माने जाने वाले मुहल्ले के सेठ रौशनलाल ने कहा–"धरती पर पाप का बोझ बढ़ गया है। गऊ माता ने अपना सींग बदला है।"

"क्यों बदला?"

"अरे भाई! जब-जब धरम की हानि होती है, ससुरे असुरों की संख्या बढ़ती है, धरती पर पाप बढ़ता है तो गोमाता जो इस धरती को अपने एक सींग पर न जाने कब से लिए खड़ी है जिसकी वजह से हम सब जीवित हैं। उसका एक सींग थक जाता है इसलिए वह धरती को दूसरे सींग पर ले लेती है। ऐसे में धरती तो हिलेगी ही।"

"अगर गिर जाती तो क्या होता?" मैंने पूछा।

"प्रलय आ जाती। वो तो गऊ माता की लीला है कि गिरने नहीं देती है। जय हो, जय हो!" सेठ जी ने कहा!

"सत्य, एकदम सत्य महाराज!"

इतनी बड़ी धरती यूँ ही थोड़े ही लटकी हुई है। कोई तो है जिसने उठाया हुआ है। गऊ माता ने ही उठाया हुआ है। जब-जब पाप बढ़ता है, व्याकुल होकर गोमाता ब्रह्मा जी के पास जाती हैं कि हे भगवान! धरती पर पाप का भार बढ़ गया है, उसे मिटाने का उपाय कीजिए। वे कान में उपाय बता देते हैं कि जा माता! इस युग में भगवान इस रूप में अवतार लेंगे और तेरी सारी भवबाधा को दूर करेंगे...गाय खुशी-खुशी वापस आकर देवताओं को भगवान का कहा बता देती है और सब देवता पुलकित हुलसित दिखते हुए पुष्प बरसाते हुए अपने-अपने लोकों को विदा लेते हैं।

किशोर टॉकीज! पिक्चर चल रही है। 'समुद्र मन्थन' में एक सीन दिख रहा है—बिजली कड़कती है और जोर की आवाज होती है कि तभी एक गाय समुद्र से निकलती है जिसका नाम कामधेनु है, जिससे 'जो माँगते हो, वही मिलता है' की गारण्टी है। वही 'काम' की 'धेनु' है। वही मनुष्य की समस्त कामनाएँ आपूर्त करती है...

जय हो, गऊ माता की जय हो!

महाभारत, देवी भागवत, स्कन्द पुराण सबमें कामधेनु जीवित हैं। वे कहीं सुरभि नाम से विख्यात हो रही हैं तो कहीं कपिला नाम से जानी जाती हैं। कहीं 'कामदुह' के नाम से जानी जाती हैं।

पण्डित जी की 'कामधेनु कथा' कुछ इस तरह चलती थी:

एक बार ब्रह्मा जी और विष्णु जी के बीच ये बात ठन गयी कि उनमें से कौन बड़ा है? बड़ी बहसें हुईं। बड़े शास्त्रार्थ हुए। कोई हार न माने। दोनों अपने-अपने को सबसे श्रेष्ठ मानने का दावा करते रहे। कई दिन गुज़र गये। समस्त देवी-देवता, समस्त ब्राह्मण, ऋषिगण डरे हुए आपस में सोच-विचार करने लगे कि अब क्या होगा। अगर ब्रह्मा जी और विष्णु जी के बीच मुकाबला चलता रहा तो ये धरती कैसे चलेगी? जैसे अगर किसी के घर में दो बेटे हों और दोनों में मुकदमा हो जाये तो सारी सम्पत्ति तो वकील ही खा जाते हैं। उन बेवकूफों

को तो कुछ मिलने का नहीं। वही हाल ब्रह्मा जी और विष्णु जी का होने वाला था कि तभी परमेश्वर की कृपा हुई और एक बहुत बड़ा लिंग जैसा आकार पैदा हो गया जिसका न ओर था, न छोर था। यह भगवान शिव ने अपनी माया से ब्रह्मा और विष्णु जी की लड़ाई को खत्म करने के लिए उपाय के रूप में स्थापित किया था।

मंगल भवन अमंगल हा....री...

द्रवहु सो दशरथ अजिर बिहा....री...

सियापति रामचन्द्र की जै, पवन सुत हनुमान की जै...

तब बह्मा और विष्णु जी के आगे सवाल रखा गया कि कि जो इस लिंग का आदि या अन्त सबसे पहले ढूँढ़ निकालेगा, वही श्रेष्ठ कहलाएगा। ब्रह्मा जी ने मर्म समझा और तुरन्त इस लिंग का अन्तिम छोर ढूँढ़ने के लिए उड़ चले। वे हजारों आकाशों में उड़ते रहे। जितना उड़ें, उतना ही लिंग ऊँचा होता जाये। उसका अन्त मिले ही नहीं। वह ऐसा अनन्त रहा। अन्त में थक-हारकर ब्रह्मा जी वापस धरती पर आये तो उनको सुरभि मिलीं।

शिव जी ने पूछा–"सिरा मिला क्या?"

ब्रह्मा जी बोले–"मिला।"

शिव जी तुरत समझ गये कि ब्रह्मा जी झूठ बोल रहे हैं और झूठ बोलने की प्रेरणा उनको सुरभि ने दी है।

शिव सुरभि पर बहुत क्रोधित हुए और तुरन्त शाप दे डाला कि जा, तेरी सन्ततियाँ अखाद्य खाया करेंगी...

(हे मेरी आत्मा! तू सोच कि क्या जो गऊ माताएँ आजकल अखिल भारतीय स्तर पर कूड़े के ढेरों में प्लास्टिक के थैलों को खाती फिरती हैं, कहीं उसी शाप की बदौलत तो नहीं? तब उनको उससे बचाना कहीं शिव जी के शाप का अपमान तो न होगा? सोच, मेरी आत्मा सोच!)

लेकिन इस नास्तिक मन को मैंने जोर से 'शट अप' कहा और पण्डितजी के कथावाचन के उस मोड़ की ओर मुड़ा, जब उन्होंने बताया कि किस तरह कामधेनु के सींग पर ये धरती टिकी हुई है और जब-जब धरती पर पाप बढ़ जाता है और गोमाता कष्ट पाने लगती है, तब तब वह अपना सींग बदलती है और धरती हिलने लगती है...

और जिस गाय के सींग पर धरती टिकी है, वह जर्सी गाय नहीं

है। शुद्ध देसी कामधेनु है जिसका एक नाम सुरभि है और दूसरा कपिला है जिसके लिए वशिष्ठ मुनि और विश्वामित्र में युद्ध तक हो चुका।

यह कहानी भी पण्डित जी ने गा-गाकर ही सुनायी थी कि सूत जी कथा कहत भए कि एक बार राजा विश्वामित्र जी अपने मित्र मुनि वशिष्ठ जी के आश्रम में पधारे। वहाँ उनकी खूब आवभगत हुई लेकिन वहाँ उनकी नज़र एक गाय पर पड गयी। पड़ क्या गयी गाय उनको भा गयी और वशिष्ठ जी से प्रार्थना की कि अगर आप हमारे सच्चे मित्र हैं तो ये गाय हमें दे दें। ये हमें बहुत प्रिय हो गयी है। वशिष्ठ जी इसके लिए तैयार नहीं थे। कामधेनु उनको अपने प्राणों से भी प्यारी थी। सो जितनी बार विश्वामित्र जी ने आग्रह किया, उतनी ही बार वशिष्ठ ने मना किया और बात बढ़ गयी।

विश्वामित्र जी अपनी ज़िद पर अड़ गये कि कामधेनु लिए बिना नहीं जायेंगे। वशिष्ठ मुनिश्रेष्ठ थे। उनके पास तप का बल था लेकिन विश्वामित्र राजा थे। उनके पास बहुत बड़ी सेना थी और कामधेनु प्रतिष्ठा का बिन्दु बन चली थी। सो दोनों में घोर युद्ध हुआ। विश्वामित्र ने वशिष्ठ से गाय ले ली लेकिन वशिष्ठ ने फिर उनकी समस्त सेना का संहार कर दिया और गाय वापस ले ली!

ये है गऊ माता की महिमा! कामधेनु की महिमा! कामधेनु कथाओं में इतनी बार आती है कि दिमाग में बैठ जाती है। एक 'कंडीशंड रिफ्लेक्स' की तरह बैठ जाते हैं उसके हजारों नाम कामधेनु, सुरभि, कपिला, गैया, गाय, गऊ माता...

पुराण पुराण हैं। वे मारक्वेज के जादुई यथार्थ के भी बाप हैं। उनकी कथाओं में इतने पेचोखम होते हैं और इतने क्षेपक होते हैं और कथाओं के बीच-बीच उपकथाओं और उपचरित्रों की ऐसी मार-काट होती है कि आप कहानी का सिरा ही खो बैठते हैं लेकिन कहानी चलती रहती है और बदलती रहती है। आइडियाज़ और आख्यानों की ऐसी मिक्सिंग होती है कि दिमाग भरभराने लगता है।

पुराण गऊ माता के जिक्र से भरे हैं। हर अवतार की वह जननी लगती है, इसीलिए इधर गऊ एक महाविचार है!

पुराण को प्रमाण मानें तो गऊ माता के लिए जितने युद्ध हुए हैं,

उतने किसी जानवर के लिए नहीं हुए। गऊ कल्चरल वेल्यू है! गऊ एक जानवर नहीं है, कल्चरल डिसकोर्स है। आज के गोरक्षक इसी डिसकोर्स के स्वयंनियुक्त स्वामी हैं!

(गऊ की बात आते ही हिन्दू दिमाग श्रद्धा से झुक जाता है। गऊ जितनी इकोनॉमिक्स है, उससे ज्यादा कल्चरल पॉलिटिक्स है! पुराण कथाएँ इस पॉलिटिक्स को गढ़ती हैं। गोरक्षक न पुराण जानते हैं और न इतिहास लेकिन वे गऊ की इकोनॉमिक्स जान गये हैं! इसीलिए गोभक्त प्रशासन की ओट में एक्टिव हैं।)

हमारे पुराण अदभुत हैं। वे जादुई कहानियों के पिटारे हैं। उनमें एक-से-एक जादू भरी चमत्कारी कथाएँ है। गऊ माता के आज के नित्य नये युद्धों के पहले कई बड़े युद्ध होते रहे हैं।

नये गोरक्षकों की मानें तो गऊ को लेकर युद्ध अभी तक जारी हैं और क्यों न हों? इतनी लम्बी परम्परा यूँ ही तो नहीं बिला जाती!

अगर वशिष्ठ और विश्वामित्र के युद्धों से तोष न हुआ हो तो जान लें कि भगवान परशुराम ने भी स्वयं गाय के लिए युद्ध किया। इस युद्ध में परशुराम हैं, जमदग्नि हैं। वे एक-दूसरे से इस कदर युद्धरत नज़र आते हैं कि लगता है कि जिनको मुनि या तपस्वी कहा जाता है, वे एक प्रकार के फाइटर भी हुआ करते थे और लम्बे-लम्बे युद्ध लड़ा करते थे। ये युद्ध गाय के लिए हो सकते थे या सिर्फ़ अपना वचन निभाने के लिए भी होते थे।

बहरहाल गाय युगों से एक मुद्दा थी। बहुत बड़ा मुद्दा थी और आजकल अगर वह दैनिक मुद्दा बन रही है तो इसलिए कि उसे बनना ही था। कामधेनु है ही ऐसी दुर्लभ गाय! वही धरती है। वही सृष्टि है। वही विधात्री है।

एक दिन एक चैनल पर एक गोरक्षक भाषण दिये जा रहा था कि गाय के लिए हजारों युद्ध हो चुके हैं और तीसरा महायुद्ध होगा तो गाय के लिए ही होगा। वह शुरू हो रहा है।

## *कलंकी कलंकी*

मेरी आत्मा न आकुल थी और न आतुर थी। वह इन सब कथा-विपाकों से भाव-मुक्त थी और सिर्फ गऊ माता के संदर्भों में भटके जा रही

थी। तरह-तरह की यादें ताज़ा होने लगीं थी। हर याद में गाय मिक्स होने लगती थी।

मेरा मन बचपन की ओर गोता मार गया : मैं तीन-चार साल का रहा होऊँगा और हाथरस में उसी घर में था जिसके मुहल्ले में कुछ बड़े होते हुए मैंने पण्डित जी की भागवत कथा सुनी और धरती के हिलने के कारण मालूम किये।

इसी घर में इसी की उस कच्ची पौरी में मैं उस सुबह बैठा हुआ था। मेरी बड़ी बुआ अन्दर ओटे के चौके में खाना बना रही थी। इसी बीच एक अधनंगा पतला-दुबला आदमी आया जिसके माथे पर लाल पट्टी बँधी थी जिसकी गाँठ पीछे की ओर झूल रही थी। उसके हाथ में एक लाठी थी जिसके ऊपर के सिरे पर गाय की कटी पूँछ बँधी थी, जिसके बीच में गाय के गले में बँधा रहने वाला एक बड़ा-सा घुँघरू था। वह लाठी को जोर से गली में मारता था, घुँघरू आवाज करता था और उस आवाज के साथ ही वह चीखती हुई आवाज में पुकारता था कि कलंकी को सीधा (आटा-दाल का दान इत्यादि) दो। इस कलंकी को गऊ-हत्या के पाप से मुक्त करो!

वह मेरे सामने खड़ा था और मुझे देखे जा रहा था। मैं डरकर बुआ की ओर दौड़ पड़ा। बुआ ने मुझे डरा देखा तो कहा : डर गया क्या? डर मत। ये कुछ नहीं करेगा। ये कलंकी है। इससे गोमाता की हत्या हो गयी है। वह गोमाता की हत्या के पाप का पश्चाताप करता घूम रहा है। हजारों घरों से भीख माँगेगा। उसी से गुजर करेगा और जब तक इतने घरों से यह भीख नहीं ले लेता, तब तक इसे ऐसा ही करते रहना है! गाय को मारने वाले को कलंकी कहते हैं। यह कलंक तब तक दूर होगा, जब तक ये पण्डित के अनुसार बताये जप तप न कर ले, तीर्थ-यात्रा न कर ले और हर जगह इसको पूँछ के साथ ही जाना है और स्वयं को कलंकी बताना है!

ऐसा था वो कलंकी!

क्या गोदान में होरी की गाय को जहर देकर मारने वाला होरी का भाई हीरा भी कलंकी हो गया होगा? घर-घर भीख माँगता फिरा होगा? प्रेमचन्द इस बात को पता नहीं क्यों गोल कर गये? क्या हीरा का कलंक धुल गया मान लिया उन्होंने? वे गोहत्या के पाप को अनदेखा कर गये? क्या वे कलंकी परम्परा से अपरिचित रहे? प्रेमचन्द

जैसा जीवन का अनुभवी परम्परा से अपरिचित हो, ऐसा मानने का मन नहीं करता लेकिन क्या पता ऐसा ही हो या कि वे इस प्रसंग को बताना ही भूल गये हों।

लेकिन एक कथाकार पर ये शर्त क्यों हो कि वह क्या बताये और क्या न बताये? या सब कुछ बताये? हीरा एक कलंकी था। लेकिन गोदान में प्रेमचन्द ने उसे सेंसर कर दिया। लेखक की आज़ादी लेखक जाने!

(कलंक-प्रक्षालन की यह प्रथा आजकल नहीं दिखती। अगर दिखती होती तो इसे क्या माना जाता? पाप का अहसास और प्रायश्चित्त तो गाँधीवादी ख़याल है। वह कलंकी एक मानी में गाँधीवादी ही तो था लेकिन ऐसे कलंकी की व्यवस्था होती तो न जाने कितने गोरक्षक बेरोज़गार हो गये होते।)

वह कलंकी मेरी यादों में अब तक ज़िन्दा है और जब से नये गोरक्षकों का ताण्डव शुरू हुआ है, तब से तो वह बार-बार जाग जाता है। जो कहता है कि अगर गाय का मरना या मार देना एक अपराध था तो उसकी एक सामाजिक नैतिक सजा भी थी जिसे अपने आप भुगतने के बाद आदमी गऊ-हत्या के कलंक से मुक्त हो जाता था यानी बिरादरी में शामिल हो जाता था। उसे कोई मारता न था।

आज की कानूनी व्यवस्था में ऐसी प्रथाएँ जातीय खापवादी कर्म माना जाता लेकिन हमारे बचपन तक ये प्रथा जारी थी जिसमें कलंकी को जान से मारे जाने का कोई खतरा नहीं था।

आज है!

श्रद्धावान् लभते ज्ञानम्...यानी वही पुराना रिकॉर्ड एक बार फिर बजा और मैं अपने मन में गोता लगा गया और न जाने किस-किस पुराण को विजिट कर आया! यह मेरे संग अकसर होता। बोर होता तो मैं अपने अन्दर गोता मार जाता। सामने वाला बोलता रहता, मैं कहीं और होता! सामने वाला बोलता तो मैं आँख बन्द कर सुनता, जैसे ध्यानलीन होऊँ। इस ध्यान-कला के बड़े फायदे थे। वक्ता को लगता

कितना ध्यान से सुन रहा है और मैं गोता लगा रहा होता अपने निजी ब्रह्माण्ड में। यही हुआ!

इस ध्यान-कला में मुझे देर तक नहीं रहना पड़ता था। दो-चार मिनट में मैं तीन लोकों की सैर कर आता था। पुरानी कथाएँ, भागवत, पुराण, वेद, उपनिषद सब एक फास्ट फॉरवर्ड की तरह तैर जाते और मैं कथावाचक के समानान्तर एक प्रतिटेक्स्ट बनाने लगता। (यह एक बुरी आदत थी लेकिन थी)। कोई मेरा दिमाग पढ़ सकता तो समझ जाता कि बड़ा बदतमीज़ है, ये मुझे सुन कहाँ रहा है? इसका ध्यान तो कहीं और है लेकिन मुद्रा ऐसी बनाये हुए है जैसे सुन रहा हो!

कुछ देर बाद मेरी आत्मा गुरु जी के चरणों का ध्यान कर फिर सुरंग में लौटी। सोचा सिर्फ उपदेश नहीं मिलेगा। गुरु जी ने इतने दिन बाद याद किया था। जरूर कोई बड़ा प्रोजेक्ट होगा। तभी मुझे याद किया है!

जब इतना बड़ा संगठन है और इतना बड़ा हैडक्वार्टर बनने लगा है, तब किसी छोटे-मोटे प्रोजेक्ट का क्या काम?

हैडक्वार्टर कितना बड़ा था, इसका अन्दाज़ इसी से लगाया जा सकता है कि उसे पूरी तरह विजिट करने के लिए तीन दिन लगते थे, वो भी गाड़ी में! अपने गुरु जी का आश्रम इतना बड़ा था कि चाहे तो हजारों लुटियन्स दिल्लियाँ बन जायें। एक पूरा महालोक बस जाये। एक पूरी दुनिया, एक लोक बस जाये! समझिए एक नया पाताललोक जो धरती के अन्दर न जाने कितनी मंज़िलों में बनाया गया है, जहाँ हर तरह की सुख-सुविधा का खयाल रखा गया है और जहाँ से संगठन का सूत्र-संचालन होता है।

मेरी आत्मा ज्यों ही गुरु जी के चरणों में लौटी, त्यों ही मुझे एक घोषणा सामने के टीवी स्क्रीन पर सुनायी दी।

'सभी खासो-आम को सूचित किया जाता है कि कुछ ही देर में कल्कि भगवान का अवतरण होने वाला है। हम सब यहीं अपनी इन्हीं आँखों से उनके अवतरण को देखेंगे। अवतरण से पहले आरती होगी। अवतरण की लीला होगी लेजर शो के जरिए आप कल्कि देवता को अपने एकदम पास पायेंगे। आप चाहें तो उनसे बात तक कर सकते

हैं। इसका पैसा लगेगा। आनलाइन बुकिंग जारी है। आप चाहें तो इस डॉट काम पर उनसे बात कर सकते हैं...'

तो ये बात थी। गुरु जी ने मुझे कल्कि का अवतरण देखने के लिए बुलाया होगा। जिसका इन्तजार बड़े-बड़े ऋषि-मुनि करते-करते मर-खप गये। अनेकों को कलि काल ने ग्रसित कर लिया, उसी कलिकाल का शत्रु कल्कि अब अवतार लेने वाला है!

जिन नाना अवतारों की लीलाओं का वर्णन इस आत्मा ने बचपन से पढ़ा-सुना था, उनमें से एक अन्तिम अवतार इन्हीं आँखों के समक्ष इसी इण्डिया गेट के मैदान में होने वाला था। इसी इण्डिया गेट के नीचे ही तो अपने गुरु जी की पातालभेदी सुरंगें थी। दफ्तर थे। इससे बेहतर दूसरी जगह कौन-सी हो सकती थी, जहाँ कल्कि जी अवतार लेते?

इण्डिया गेट का सीन तेजी से बदलता जा रहा था। सड़क गायब हो गयी थी। उसकी जगह विराट मंच आ गया था। बड़े-बड़े भोंपू गूँजने लगे थे। मंच थरथराने लगा था। गाने बजने लगे थे। आरती बजने लगी थी। लाखों भक्त जम चुके थे। ओबी वैनों की संख्या अनगिनत थी। कैमरे-ही-कैमरे थे। समूचा देश लाइव अवतरण देखने वाला था। आसपास बेशुमार भीड़ थी। स्त्रियाँ सजी-धजी चींख रही थी कि कल्कि अवतार को एक नज़र देखें। कहते हैं कि अपना कल्कि बड़ा हैंडसम हैगा! सुना है कि कल्कि जी डांस बहुत अच्छा पाते हैंगे। ...श्रद्धा-भक्ति, उल्लास और डर, कहीं देखने से न रह जायें, इसकी बेचैनी और सही जगह पर जमने की आकुलता भीड़ के कुछ हिस्सों को चंचल किये थी।

मैं सुंरग से निकलकर इण्डिया गेट की ऐन छत पर खड़ा हो गया।

तभी मुझे लगा कि छत पर कोई दूसरा भी है! कौन है? क्या वही जासूस है जो मेरे पीछे अब तक लगा है या कि कोई और है?

मैं आत्मा अवश्य था लेकिन था एकदम देसी गलीछाप आत्मा ही, इसलिए गली की राजनीति को अच्छी तरह जानता था। मैं जानता था कि चाहे आत्मा हो या परमात्मा, काम निकलने के बाद किसी को भी लात लगाने में देर नहीं करनी चाहिए। सामने तो सब साले पालागन करते हैं और पीठ मुड़ते ही सिक्यूरिटी को खबर दे देते हैं और पुलिस चुपके से आकर धर लेती है।

इन दिनों यह आम बात थी। आत्माओं तक को धरे जाने के किस्से

फैल चुके थे, इसलिए मैं कुछ डरा-सहमा लेकिन मज़ा लेता हुआ छिपा था और कल्कि अवतार का दिव्य सीन देखने को उत्सुक था।

देश एकदम बन्द था। चालू सिर्फ चैनल थे। दुनिया जिज्ञासु थी कि क्या सचमुच अवतार होगा? ट्रम्प खुद फोन करके अपने दूतावास से पूछ चुका था कि ये कल्कि क्या बला है? ये अवतार क्या होता है? कहीं ये इण्डियन्स अपने हॉलीवुड की सुपर हिट फ़िल्म 'अवतार' की चोरी तो नहीं कर रहे? ट्रम्प भाई की सभी जिज्ञासाओं का समाधान कर दिया गया था, इसलिए वो ओवल हाउस में बैठा कल्कि के अवतार को लाइव देखने वाला था। दुनिया के डेढ़ सौ देशों के चीफ और उनकी जनता सब इस लाइव कल्कि अवतार का मजा लेने वाले थे। दुनिया की सातों अरब जनता इस अलौकिक घटना को देखने वाली थी जो युगों में कभी-कभी ही होती है! दुनिया वाले भारत की पाँच हजार साल पुरानी संस्कृति की धाक मानने लगे थे। वे मानने लगे थे कि भारत ने जब जीरो दिया था, तब जाके अंग्रेज़ों को गिनती आयी थी और तारों की भाषा भारत ने दुनिया को पहले समझाई और अगर भारत दशमलव ने देता तो अमरीका चाँद पर हरगिज़ नहीं जा सकता था...

'जब जीरो दिया मेरे भारत ने' वाला गाना बजे जा रहा था। मनोज उर्फ भारत गाये जा रहा था, जब 'जीरो दिया मेरे भारत ने...'। सब यकीन करने लगे थे कि 'जहाँ डाल-डाल पर सोने की चिड़िया करती है बसेरा वो भारत देश है मेरा, जहाँ सत्य अहिंसा और धर्म का पग-पग लगता डेरा वो भारत देश है मेरा!' यहाँ ऋषि-मुनि हर समय प्रभु-नाम की माला जपते रहते हैं और कोई किसी पर डाका नहीं डालता है...

पत्रकार वैज्ञानिकों से पूछे जा रहे थे-"क्या भारत में इस कलियुग में ग्यारहवाँ अवतार सचमुच होगा? या यह सिर्फ एक लेजर शो जैसा होगा? आधुनिक विज्ञान के युग में अवतार का मतलब क्या?"

नास्तिक शंकाएँ अपना काम कर रही थीं कि यह पिछड़ापन प्रचारित किया जा रहा है।

निश्शंक भक्त भजन कर रहे थे। कोई ताली बजा रहा था, कोई चिमटा बजा रहा था, कोई मंजीरे बजाये जा रहा था और कोई मृदंग में मगन था यानी बैक ग्राउण्ड म्यूज़िक पूरा था। तरह-तरह की अनगिनत टोलियाँ भगवत भजन में मगन थीं। तभी घोषणा हुई कि क्या आप

भगवान को देखोगे? क्या भगवान आपको दिखायी देंगे? सब आपके भाव पर निर्भर है? आपके मन में सच्चे भाव हैं तो वे दिखेंगे लेकिन अगर नहीं हैं तो नहीं दिखेंगे।

ध्यान रहे : आपको आपके बड़े भाई साब आपको देखते हुए देखेंगे, इसलिए सच्चा भाव मन में लाइए और गाइए–

ओम जय कल्कि हरे
भक्त जनन के संकट छन में दूर करे
ओम जय कल्कि हरे!

एक ही आरती थी जो सब देवताओं के लिए फिट थी। गाने में आसान, कीर्तन करने में आसान। आपको सिर्फ एक शब्द बदलना होता। सरल-सा काम और इसके बदले ईश्वर के दर्शन! कितना अच्छा सौदा?

अचानक एक गुरु गम्भीर अवाज गूँजी। एकदम प्रोफेशनल किस्म की, जैसे वीजे-डीजे वाले बोलते हैं। अंग्रेज़ी-हिन्दी की खिचड़ी पकने लगी। कुछ देर शुद्ध हिन्दी में बोला जाता, फिर एक मधुर-सी स्त्री आवाज उसका तर्जुमा अंग्रेजी में करती जाती कि यू आर टू विटनेस टुनाइट द ग्रेट कल्कि अवतार ऑन ग्रेट इण्डिया गेट...यह कहीं और नहीं हो सकता, भारतवर्ष की इसी पुण्यभूमि पर हो सकता है...

चारों ओर एक विराट मेला-सा जुटा था। चारों ओर खुशबू-ही-खुशबू फैली थी। अगरधूम ऊपर उठ रहे थे। लोग दशावतारों की पिक्चर बेच रहे थे।

लाइव कमेंट्री देने वाले कमेंटेटर कहे जा रहे थे : कल्कि अवतार ग्यारहवाँ अवतार है यानी अन्तिम अवतार। इसलिए अति विशिष्टि है। इसके बाद कब नया अवतार होगा कौन जाने? सो अपने इस जन्म को धन्य समझिए कि आप ऐसी सुघड़ी देखने के लिए यहाँ हैं। धन्य हैं, आप धन्य हैं। आपके पुण्य धन्य हैं। आपकी आत्माएँ धन्य, माताएँ-पिताएँ, लाला और ललनाएँ...

मेरी आत्मा भाव-विह्वल होकर रोने लगी। अहा! धन्य मैं! धन्य गुरु जी कि मेरी आत्मा कि आज आपके आशीर्वाद से इस दिव्य मंजर को देख पा रहा हूँ। जो त्रेता में दिखा जब राम ने अवतार लिया, वही द्वापर में दिखा जब कृष्ण ने अवतार लिया और अब वही सीन दिख रहा है जब कल्कि महाराज अवतार लेने वाले हैं। ऐन सामने आकाश से उतरने वाले हैं...

दुनिया इन्तज़ार कर रही है, ट्रम्प वेट कर रहे हैं, ओबामा देख रहे हैं, चीन और जापान सब देख रहे हैं कि जिस अवतार की कल्पना सिर्फ किताबों में पढ़ी थी, वह भारत में दिल्ली में इस शाम साक्षात् होने जा रहा है।

इतने में देखता क्या हूँ कि मेरी जैसी न जाने कितनी आत्माएँ हवा में तैर रही हैं, उड़ रही हैं, कलाबाजियाँ खा रही हैं, चर्चा कर रही हैं कि देखो-देखो कल्कीश्वर का अवतार होने जा रहा है। जय हो, जय हो। एक-से-एक धर्मधुरीन आत्माएँ हाथ जोड़े देवताओं की तरह खड़ी थीं। अरबों-खरबों आत्माएँ। आत्माओं को पैर रखने के लिए बहुत जगह तो चाहिए नहीं थी। वे तो एक आइडिया की तरह कहीं भी कभी भी हो सकतीं थीं। कण-कण में भगवान बताये गये हम आत्माएँ ऐसे ही कण-कण थे। मैं ऐसा ही कण था। कण के कण के कण में बैठा था और सब देख रहा था कि कल्कि महाराज अवतार लेने जा रहे हैं! कलियुग का ख़ात्मा होने जा रहा है!

फिर भी मेरी आत्मा उतनी उत्तेजित नहीं थी कि नाच-गाकर ताली बजाने लगे। मैं सोच रहा था कि क्या धर्म की इतनी हानि हो चुकी है कि प्रभु अवतार लेने को आतुर हो जायें? जितनी हानि पहले थी, उतनी ही है। क्या हानि में कुछ 'क्वालिटेटिव' फ़र्क़ आ गया है कि धर्म की रक्षा के लिए गऊ माता ब्रह्मा जी के पास जायें। वे विष्णु जी के पास भेजें। वे कहें कि जा माता! मैं कल्कि के रूप में इस घड़ी में, इस लुटियन्स की दिल्ली के इण्डिया गेट के मैदान में अवतार लूँगा!

यह मेरी 'संशयात्मा' थी। पता नहीं क्यों मुझे संशय सता रहा था कि क्या इस अवतार का टाइम आ गया है या यों ही हल्ला किया जा रहा है या कि वक्त से पहले ही अवतार के लिए आवाहन किया जा रहा है और भगवान कल्कि जी भी क्या माँग पर अवतार लेने लगे हैं?

मैंने सोचा कि जब तक कल्कीश्वर जी का अवतार हो, तब तक क्यों न अपने गुरु जी से अपनी इस अभी-अभी जन्मी शंका का समाधान कर लूँ कि क्या धर्म की इतनी हानि हो चुकी है? क्या अधर्म इतना बढ़ गया है कि भगवान को अवतार लेने का कष्ट करना पड़े?

ऐसा सोचते ही मेरी आत्मा ने आसमानी रास्ते से गुरु के आश्रम में एक बार फिर गोता लगाया और वहाँ पहुँच गया जहाँ ऊपर तो मलबा जमा था लेकिन धरती के नीचे न जाने कितनी सुरंगों में से एक में मेरे गुरु जी मौजूद थे।

यह एक अंडरग्राउण्ड दुनिया थी जिसमें एक समानान्तर दुनिया और भी जोरदार तरीके से एक्टिव थी। एकदम पाताल की तरह पूरा लोक। हजारों शहर हजारों रास्ते, करोड़ों घर, हजारों चौराहे, हजारों गाड़ियाँ और बेशुमार लोग मशीन की तरह एकदम अनुशासन में अपना-अपना काम करते हुए।

मैं पास से गुजरा तो किसी ने देखा तक नहीं। वे अपने में तल्लीन चींटियों की तरह कतारबद्ध काम कर रहे थे। न जाने किस-किस चीज के बोर्ड लगे थे, जैसे एक जगह 'समर्थ सन्तान समर्थ इण्डिया' लिखा था जिसमें पुत्र-रत्न पैदा करने वाली चमत्मकारी औषधि बनती थी। एक बहुत बड़े इलाक़े में गऊएँ-ही-गऊएँ थीं। पूरी गऊ इंडस्ट्री थी। गऊ माता के गोबर से लेकर मूत्र, दूध और उससे बनने वाले दही, मक्खन, घी आदि पंचगव्य बनते रहते थे। यह अरबों रुपये का बिजनेस था जिस पर सुरंग की मोनोपॉली थी। गोबर की सौंधी महक और गऊ माता के पेशाब की स्वास्थयवर्धक गन्ध सर्वत्र फैली थी। गोमूत्र और गोबर से बनीं अगरबत्तियाँ अमरीका तक बिकती थीं।

इसके ठीक बाजू में ब्रह्मचर्य की महिमा में निरन्तर रिकॉर्डेड प्रवचन चलते थे कि एक बिन्दु के गिरने से प्राणशक्ति की कितनी हानि होती है, इसलिए पुरुष को अपने वीर्य को बचाकर रखना चाहिए। इसके लिए ये-ये आसन करने चाहिए। आज पश्चिम नपुंसकों को पैदा कर रहा है। ये एलजीबीटी टाइप के शौक पश्चिम के पतन की निशानी हैं। नपुंसक समाज किसी से अपनी रक्षा तक नहीं कर सकता। जिस समाज के पुरुष अपने वीर्य को बचपन से ही लुटा देते हैं, वह कभी सबल राष्ट्र नहीं बन सकता। इसलिए बहुत जरूरी है कि ब्रह्मचर्य व्रत का पालन किया जाये लंगोट का पक्का रहा जाये और सौ बरस तक स्वस्थ रहा जाये! बहुत-से ब्रह्मचारी ब्रह्मचर्य आश्रम में तरह-तरह के काम कर रहे थे। कोई कुँए से पानी भर रहा था, कोई अपने लंगोट सुखा रहा था और कोई डण्ड बैठक लगाता दिखता था। एक सीन में कुश्ती लड़ते मल्ल दिखते थे। एक में अंग्रेजी बोलना सीखते युवा

बैठे थे। एक बहुत बड़े हिस्से में सरकार के समानान्तर सरकार बनी हुई थी और सरकार के समानान्तर काम करती थी। एक बहुत बड़ा लंगर था, जहाँ गऊ माता के घी में खाना पकता ही रहता था। एक बड़ी जगह में आयुर्वेदाचार्य दवाएँ बनाते थे। एक जगह समाधिलीन तपी तप करते थे। बहरहाल मेरी आत्मा ने शॉर्टकट लिया और गुरु जी के कमरे की ओर चल दिया।

मैं पहुँचा तो गुरु जी का क्लास जारी थी। मैं एक पिछली खाली सीट पर गुरु जी को धरती छूकर पुनः प्रणाम करके बैठ गया। गुरु जी अन्तर्यामी थे। न देखकर भी वे देख लिया करते थे कि कौन आया और कब आया। लाखों शिष्य लेकिन याददाश्त ऐसी कि हरेक की जन्मकुण्डली उनकी जुबान पर रहती थी। उनके सामने एक लैपटॉप खुला था जिसे वे गाहे-बगाहे देख लिया करते थे।

वे प्रवचन दे रहे थे। विषय कल्कि का अवतार ही था जो होने वाला था गुरु जी कह रहे थे कि यह ग्यारहवाँ अवतार है। अवतार क्या है अवतार माने उतरना। जब ईश्वर धरती पर उतर आते हैं। वे प्राणियों के हित के लिए उतरते हैं क्योंकि ये जो प्राणी हैं वह मोह-माया के जाल में प्रपंच में फँस जाते हैं अधर्म बढ़ जाता है। तब उनको आना होता है। बस आर्त आत्मा की पुकार चाहिए! कोई आर्त आत्मा आरती करती है तो करुणाकरण भगवान उतर ही आते हैं क्योंकि वे अपने किसी भक्त का कष्ट नहीं देख सकते। उसका आर्तनाद नहीं सुन सकते।

गुरु जी जारी थे : ये कल्कि अवतार है। इसका जिक्र पुराणों में आता है। यह अवतार कलि काल की अतियों को ठीक करने के लिए हो रहा है। कलि काल की अतियाँ क्या हैं? वही हैं जो हर युग में रही हैं यानी अधर्म बढ़ा है ये विधर्मी बढ़े हैं, उनका मोरचा बढ़ा है, उनकी संख्या बढ़ी है, उनकी हिंसा बढ़ी है। भोले-भाले हिन्दू समाज को ये डराते-धमकाते-फुसलाते हैं। म्लेच्छों का आतंक बढ़ गया है। कल्कि जी म्लेच्छों को पृथ्वी से समाप्त करने के लिए जन्म लेने वाले हैं। मत्स्य पुराण में कहा भी गया है कि जब धरती म्लेच्छों से आक्रान्त होगी, तब कल्कि ही अवतार लेंगे और धरती को म्लेच्छों के आतंक से मुक्त करेंगे। यह सौभाग्य भारत का ही है और हमारा है कि इतने पास से उनका अवतरण देखने वाले हैं। यहीं बैठे-बैठे हम उनको लाइव देख सकते हैं...

गुरु जी ने लैपटॉप क्लिक किया और सामने बड़ी स्क्रीन पर वही सीन आने लगा जिन्हें मैं इण्डिया गेट पर छोड़कर आया था। मैं समझ गया आज गुरु जी कल्कि अवतार में लीन हैं। बाद में बात करूँगा लेकिन तभी गुरु जी ने मेरे मन की बात पकड़ ली। कहा : आत्मा नम्बर तीन अरब नौ करोड़ पचास लाख इक्यावन हजार तीन सौ एक शॉर्ट में तीन सौ एक, तुम्हारे मन में शंका जग रही है!

मैं सनाका खा गया! ये क्या? गुरु जी ने मेरे मन के मोमेंट को ही पकड़ लिया। अब क्या करूँ? पूछ ही लूँ। सो मैंने कहा–"जी हाँ, एक शंका थी जिसका निवारण चाहता था गुरु जी! आप बिजी थे, सो न पूछ सका!"

"नहीं-नहीं, पूछो-पूछो!"

मैंने कहा–"कल को सकूलर-नास्तिक-देशद्रोही टाइप लोग पूछेंगे कि क्या अधर्म सचमुच इतना बढ़ गया था कि भगवान को कल्कि का अवतार लेने का कष्ट करना पड़े? अधर्म कितना बढ़ा? इसका प्रमाण क्या है? किसने तय किया कि इतना पाप बढ़ जाये तो भगवान जी अवतार ले लेंगे? किसी ने अधर्म को नापा क्या? कौन-सा पैमाना लगाया?"

"ये क्या पूछते हो तीन सौ एक?" गुरु जी ने खिन्नाकर प्रति प्रश्न दागा।

"प्रमाण यानी जिसे सबको दिखाया जा सके कि धरती पर अधर्म का, पाप का भार बढ़ गया है।"

"लगता है तुम नास्तिकों के फेर में रहे हो। होते भी क्यों नहीं? तुम उसी ट्रेड यूनियन के साथ थे न जिसने स्वर्ग का सुपर स्मार्ट हाइवे बना रहे मजदूरों के साथ मिलकर हड़ताल की थी और उसी सड़क के पास गिरे थे जो स्वर्ग की ओर गयी है।"

"सही कहा आपने। मैं वहीं था और वहीं से सवाल उठा-सो आपके समक्ष रखा।"

"भई देखने के नजरिए की बात है। देखो तो हानि है धर्म की! न देखो तो नहीं है! आस्तिक के लिए हानि-ही-हानि हो रही है और नास्तिक के लिए धर्म के नाश से बेहतर कुछ नहीं है। जिस धर्म को मनोविज्ञान ने मनोविक्षेप और न जाने क्या-क्या कहा! जिसे मार्क्स ने अफीम कहा, वही इतनी पिटाई खाने के बाद पूरी ताकत से

वापसी कर रहा है। सेमुअल हंटिंगटन की थीसिस 'द क्लैशेज ऑफ़ सिविलाइजेशंस' दरअसल 'क्लैशेज ऑफ़ रिलीजन्स' ही तो है। दुनिया अर्थजीवी नहीं आत्माजीवी है और इस तरह धर्मजीवी है। वह लोक से अधिक लोकोत्तरता में रहती है। सारी लड़ाई लोक से लोकोत्तर के लिए है। जरा दुनिया को देखो तो। इसलाम दुनिया पर राज करने का दावा कर रहा है। इसलामिक स्टेट ख़लीफ़ा राज्य बहाल करना चाहता है, वो भी बम के बल पर और किस कदर वहशी है, यह किसी से छिपा नहीं। दुनिया दहल रही है। उसके आजू-बाजू अलकायदा, लश्करे तैयबा, मुजाहिदीन न जाने कौन-कौन से नामों के संगठन सक्रिय हैं जो दुनिया पर इसलाम का शासन देखना चाहते हैं। हर आदमी को मुसलमान बना देना चाहते हैं। क्या यह अधर्म का, पाप का बढ़ना नहीं है? क्या यह धरती म्लेच्छों से आक्रान्त नहीं हो रही?

ईसाई इनसे लड़कर देख चुके हैं। वे इनकी कापी हैं और ये उनकी कापी हैं। वे इनसे जेहाद करके देख चुके हैं। जेहाद के दौरान ही मुसलमानों ने हिन्दुस्तान की ओर धावा बोला। आज हमारे समाज में जितना म्लेच्छत्व हैं, सब इसी का दुष्परिणाम है। क्या यह पाप नहीं है, अधर्म नहीं है?

इस 'म्लेच्छत्व' का जवाब सिर्फ 'हिन्दुत्व' है! सिर्फ 'हिन्दुत्व'! म्लेच्छत्व भी हमें ही दुश्मन नम्बर एक मानता है। उसका तो नारा ही है 'गज़वा-ए-हिन्द'! जरा इसलाम के बारे में पढ़ तो लो!

देखो तो हम हिन्दुओं के लिए दुनिया में कहीं जगह नहीं है, सिवाय हमारी इस पुण्य भू के और इसमें भी तरह-तरह के म्लेच्छ घुस आये हैं। ईसाई, मुसलमान कम्यूनिस्ट सब अपनी-अपनी तरह के म्लेच्छ हैं। इन्होंने हमारी समूची महान संस्कृति को भ्रष्ट कर दिया है। हमारे ही घर में हमें बेघर किये दे रहे हैं? धर्म की हानि इसी तरह होती है और भगवान हमारी सुध लेते हैं। हमारी पुकार पर आते हैं। चाहे किसी वेश में आयें। आज हिन्दू के अस्तित्व मात्र को खतरा है। जो भी पीड़ित है, आर्त है, उसे ही पुकारता है और उसके लिए हमें पुकारता है कि रक्षमामि-रक्षमामि! वो हमारी ओर ही देखता है और तुम इतने पुराने काडर होकर एकदम दुष्ट भाव से प्रेरित होकर ऐसी शंका करते हो तीन सौ एक! जानते नहीं गीता में अर्जुन ने जब ज्यादा सवाल किये तो कृष्ण ने तंग आकर यही कहा था न कि 'संशयात्मा विनश्यति'

अर्थात् ज्यादा शंका-वंका न कर, नहीं तो तू मारा जायेगा और मुझे भी मरवायेगा! शंका-संशय करने वाली आत्मा का नाश हो जाता है!''

गुरु जी की बात मुझे कुछ अटपटी लगी। मैंने रिस्क लेते हुए कहा (आत्मा होते हुए मैं रिस्क ले सकता था क्योंकि वे आत्मा का कुछ नहीं बिगाड़ सकते थे): गुरु जी आज्ञा हो तो एक विनम्र तर्क निवेदन करूँ और कोई गलती हो तो आप क्षमा करें लेकिन मुझे याद है कि आपने ही पढ़ाया था कि नाश तो इस शरीर का होता है, आत्मा का नहीं होता। आपने कृष्ण को गीता से कोट करते हुए कहा था कि कृष्ण ने आत्मा के बारे में कहा है :

'न जायते म्रियते वा कदाचित्।..'

इसलिए 'संशयात्मा विनश्यति' कहना अपने आपमें अन्तर्विरोधी है। जब आत्मा 'अमर' है तो 'विनश्यति' कैसे? अमर का नाश नहीं होता और आत्मा अजर-अमर ठहरी! सो 'संशयात्मा विनश्यति' टेक्नीकली और आइडियोलॉजीकली करेक्ट नहीं लगता! युद्ध से डरे हुए अर्जुन को लाइन पर लाने के लिए कृष्ण ने 'संशयात्मा' कह दिया हो कि सामने दुश्मन खड़ा है और तू फिलॉसफ़ी में पीएच.डी. करने के चक्कर में है?''

''अर्जुन पहले से ही कन्फ्यूज्ड था। इसी कन्फ्यूज्ड अर्जुन के कान में कृष्ण ने फ्यूजन कर दिया कि तू न मारेगा तो ये मार देंगे, इसलिए मार! देखता क्या है मार। युद्ध एक धर्म है, इसीलिए धर्मयुद्ध है। हर युद्ध धर्मयुद्ध है। यूरोप में मध्यकालीन जेहादें तो बहुत बाद में हुईं। अपने यहाँ कृष्ण ने गीता में हजारों बरस पहले ही धर्मयुद्ध यानी 'जेहाद' का आइडिया दे दिया था। धर्मयुद्ध तभी जीते जाते हैं, जब देह की मोह-माया से आदमी मुक्त हो जाये। इसीलिए तो हमने मुक्ति विभाग खोला हुआ है जिसमें तुमने इतने दिन काम किया है और बहुत-सी धर्म-युद्ध की नयी तकनीकें ईजाद की हैं। तुम अपने ही किये-धरे को भूल रहे हो आज?''

यह कहते-कहते गुरु जी का स्वर कुछ कठोर हो आया। गला सूख-सा गया। आँखों में लाली छा गयी दायाँ हाथ जरा काँपा। क्षणभर के लिए गुरु जी ने मुझे कठोर नज़रों से देखा लेकिन तुरत वे विनम्र हो गये। मुस्कुराने लगे और मुझे पास बुलाकर मेरे सिर पर हाथ फिराने लगे! प्रकटत: उनका हाथ मुझे वात्सल्य भाव से दुलरा-सा रहा था

लेकिन उनकी हथेली में जो कठोरता थी वह मेरे भेजे तक महसूस हो रही थी...

गुरु जी ने अपनी नाराज़ी इस तरह व्यक्त की जो मेरी उलटी खोपड़ी में क्षणमात्र में घुस गयी। मैं अन्दर-ही-अन्दर हिल गया।

मैंने तुरत कहा–"क्षमा करें गुरुवर मुझे मोह हुआ। संशय हुआ, शंका हुई। मैं कन्फ्यूज्ड था, गलती पर था। आत्मा अगर गलत लाइन पर चले तो उसका भी नाश होता है, इसे मैं समझ गया गुरु जी!"

"यह भी कलि की कुचाल है कि अच्छे-अच्छों की बुद्धि को भ्रष्ट कर देता है वह दुष्ट! अब बताओ, तुम्हारे जैसी कुशाग्र मेधा वाले को भी इसने फाँस लिया। तुम्हारी आस्था भी डिग गयी। उसके प्रति विश्वास की जगह अविश्वास तुम्हारे मन में आसीन हो गया! कोई बात नहीं। मोह कब किसे ग्रस ले कोई नहीं जानता! गलती तो हुई ही है लेकिन अच्छा है कि तुम यहाँ हो! अब कल्कि अवतार की कथा का श्रवण करो और अपने को शंका से मुक्त करो"

वो तो ईश्वर की कृपा ही रही जिसने मुझे बचाया और गुरु जी ने सिर्फ कल्कि कथा सुनने की सजा दी! धन्य हो गुरु जी! धन्य हो! निकलते हुए मैंने मन-ही-मन कहा और कल्कि अवतार कथा का आनन्द लेने के लिए फिर से इण्डिया गेट की छत के एक कोने में छिपकर बैठ गया था। मैंने सारी शंकाओं को अपने दिमाग की स्लेट से साफ कर दिया था और अतिरिक्त श्रद्धा भाव से हाथ जोड़ मैं वहीं बैठा-बैठा कल्कि के कीर्तन में तल्लीन हो गया।

जय हो!

तभी पहले हिन्दी में और फिर अंग्रेजी में घोषणा हुई–"परमात्मा की कृपा है कि आज हम सब नश्वर प्राणी अपने इन्हीं नेत्रों से कलियुग और म्लेच्छों के समूल नाश के लिए अवतार लेने वाले कल्कीश्वर के दर्शन करेंगे।

कलि क्या है? ये जानना हो तो आप इस 'कलि क्वेरीज डॉट कॉम' पर जायें, वहाँ आपको आपके हर सवाल का सटीक जवाब

मिलेगा। आप जान पायेंगे कि आखिर कल्कि जी को अवतार की जरूरत क्यों पड़ी और वे किस तरह से सामने आयेंगे? कल्कि को जानना है तो कलि काल को जानिए-पहचानिए। जब आप कलि को पहचान लेंगे तो आप कल्कि के महत्त्व को स्वयं समझ जायेंगे। म्लेच्छों का मतलब भी समझ में आ जायेगा।''

कल्कि अवतार का आनन्द लेने के लिए कलि को जानना जरूरी था और अपने मोह से बाहर आने के कल्कि अवतार की महिमा को समझना जरूरी था। मैं वहीं बैठा-बैठा कल्कि कीर्तन करते करते झूमने लगा।

उद्घोषक अपनी सधी आवाज में कहे चली जा रही थी : ऐसा पवित्र, और ऐसा दिव्य ऐसा भव्य दृश्य होगा कि दर्शन करने वाले का यह जन्म सफल हो जायेगा। आप यहाँ दर्शन करने आये हैं तो जरूर आपने इस जीवन में बड़े पुण्य किये हैं अन्यथा ये अवसर आपको नहीं मिलता। कल्कि महाराज ने बुलाया है, तभी आप आये हैं। हम सब तो माया-मोह-मान-मत्सर के मारे हुए हैं। हमें अपनी मुक्ति के लिए आना ही था। आपको यह जानकर प्रसन्नता होगी कि इस अवसर पर कल्कि दर्शन के अवसर का लोभ संवरण न कर पा सकने वाले समस्त तैंतीस कोटि देवता भी पधार रहे हैं। यह इस वक्त की सबसे बड़ी ब्रेकिंग न्यूज है। वे अपने-अपने वाहनों पर सवार होकर चल दिये हैं धीरे-धीरे इसी आकाश में वे तरह-तरह के पुष्पों को अपनी अंजुरियों में भरे उचित अवसर की प्रतीक्षा करेंगे।

सभी सीनियर देवता सपत्नीक पधार रहे हैं, विविध ऋषि-मुनि मन्त्र-जाप करेंगे ताकि अवतार निष्कंटक हो। एक छोटे से ब्रेक के बाद आप ये भजन सुनिए।

हजारों वाट के हजारों व्हूपर्स, कितने भोंपू, कितने डीजे-वीजे, बॉलीवुड के सारे सितारे और हॉलीवुड के सभी नामी लोग पधार चुके थे। डीजे-वीजे मण्डलियाँ भजनों में मिक्सिंग किये जा रही थीं। वे 'ओम जय कल्कीश हरे' से शुरू करती फिर माता की आरती गाने लगतीं फिर फ़िल्मी धुनों में भजनों को उतारने लगतीं!

सबसे क्रिटीकल आइटम आरती था। इसे ऐसा होना था कि

दुनिया देखे और देखती रह जाये तभी जनता टूट के अपना सब कुछ अर्पण कर दे! मुक्ति के लिए आदमी क्या नहीं करता! कल्कि के दर्शन से पापी-से-पापी मनुष्य सभी तरह के रोग-शोक-सन्ताप-पीड़ा से मुक्त हो जाते हैं। जिनको कलि ने अधिक सताया है, वे दर्शन के लिए सर्वाधिक आकुल नज़र आ रहे हैं। भगवान और भक्त का यह रिश्ता सिर्फ अपनी ही संस्कृति में है।

उद्‌घोषक कहे जा रही थी कि ऐसा अवसर सदियों में नहीं कल्पों में एक बार आता है, जब भगवान भक्त की 'मुक्ति' के लिए अवतार लेते हैं। यह कल्कि अवतार एक स्पेशल अवतार है। यह लीला अवतार है यानी कल्कि जी लीला करने के लिए आ रहे हैं। ऐसे में आप उनकी लीला में शामिल न हों, ये नहीं हो सकता। लीला में शामिल होकर लीला करने मात्र से मुक्ति मिलती है, मोक्ष मिलता है। ऐसे अवसर पर आप अपने इष्ट को अपना सर्वस्व तक निछावर करें तो कम है। इसलिए संकोच न करें। दान पात्र में जो कुछ आपके पास है, वह डाल दें। आप डिजिटल ट्रांसफर के जरिए देना चाहें तो दें लेकिन दें जरूर! यह तमाम कोष जनहित में गरीबों की सेवा में खर्च किया जायेगा।

'मुक्ति!' और 'मोक्ष!' यह बड़े भारी कूट पद थे जो हिन्दू चित्त के मूलमंत्र थे। एक आम हिन्दू का लक्ष्य है उस अवस्था को प्राप्त करना जिसमें भक्त भगवान के संग लीला करता हुआ कलि के समस्त प्रभाव से मुक्त हो जाता है और उसकी आत्मा कल्कि लीला में धुलकर उज्ज्वल, पवित्र और निष्कलंक हो जाती है।

मुक्ति तो मुझे भी चाहिए थी! उस हरामी काने जासूस से मुक्ति! साला न जाने कब से मेरी जासूसी कर रहा है। मेरे पीछे पड़ा है। पता नहीं साला क्या करे? कहाँ ले जा के मारे। मेरी ही हत्या हुई है। और साला मुझी पर शक कर रहा है। बस प्रमाण नहीं जुटा पा रहा है वरना अब तक तो कब का मुझे लटका चुका होता। फुल मुक्ति न सही इस जासूस से ही मुक्ति मिल जाये तो मेरे लिए वह जीते जी मोक्ष के बराबर होगी!

इसलिए मैंने तुरन्त डॉक्टर शुकदेव शर्मा जी को लाइन लगाई कि हे इस अखिल बह्माण्ड के, इस आर्यावर्त के, इस जम्बूद्वीप के, इस महान भारत के एकमात्र आदिकथागुरु, आदिकथावाचक जी! तुरन्त कुछ इस

स्टाइल से अमर कथा सुनाइए जिससे कलि के बारे में और कल्कि जी के बारे में मेरी समस्त शंकाएँ निवारित हो जायें! मेरे मोह का नाश हो जाये। अहंकार खत्म हो जाये। मन हलका हो जाये। मैं अहर्निश भटकती आत्मा अपने स्वरूप को प्राप्त कर लूँ। स्थितप्रज्ञ हो जाऊँ। हे कथा-गुरु! यह भी बतायें कि क्या कलि उतना ही खतरनाक है, जितना बताया जाता है जिसके नाश के लिए भगवान को अवतार लेने का कष्ट करना पड़ता है? मुझे तो कलि कभी-कभी बड़ा लवली लगता है।

कल्कि के अवतार के लाइव सीन को छोड़कर मैं डॉ. शुकदेव जी का आवाहन करने लगा ताकि इस दुष्ट कलि का खेल पता चल जाये!

डॉक्टर शुकदेव शर्मा जी का ध्यान करते ही मुझे एक बार फिर वह घटना याद आयी जिसमें गुरु जी ने मेरा सिर अचानक अपनी हथेली में जकड़ लिया था।

मुझे याद है गुरु जी की वह जबर्दस्त जकड़न जो मेरे दिमाग को अब भी हिलाए जा रही थी। एक डर बैठ गया था जो बार-बार महसूस होता था। डॉक्टर शुकदेव के आवाहन के पीछे मेरा यही डर काम कर रहा था और मैं इस डर का जल्द-से-जल्द निवारण चाहता था ताकि गुरु जी के उस जबर्दस्त चंगुल को भूल सकूँ!

गुरु जी के द्वारा जिस तरह मेरा सिर पकड़कर मेरी उस समय की शंका का निवारण किया गया था, उसके बहुत गहरे अर्थ थे। वे धीरे-धीरे खुल रहे थे। पुरानी पापी आत्मा होने के कारण मैं उस स्नेहपाश का एक-एक मतलब तभी समझ गया था, बाकी कसर गुरु जी की कृत्रिम मुस्कान ने पूरी कर दी थी यानी कि उनका अकथित आशय यों था कि तू बहुत शंका करने लगा है। तुझे सुधार-गृह यानी करेक्शन होम भेजना ही होगा!

इतने बरसों में मैंने न जाने कितनों को सुधार-गृह जाते देखा था। सुधार-गृह उसी सुरंग में था। उसमें मैंने भटकती आत्माओं को जाते तो देखा था लेकिन आते कभी नहीं देखा था। एक-से-एक उत्तम कोटि की आत्माएँ गलती कर जातीं और सुधार गृह पकड़कर ले जाई जातीं और फिर गायब हो जातीं। वे कहाँ गायब हो जातीं? कौन गायब कर देता? इसका पता न चलता। वे परमात्मा में मिल जातीं या मिला दी जाती या फिर से किसी और योनि में भटकने भेज दी जातीं ? यह रहस्य कभी नहीं खुला! इन सवालों का जवाब नहीं

था क्योंकि इस 'श्रद्धावान् लभते ज्ञानम्' के एक्सक्लूसिव एरिया में सवाल पूछना ही अपराध था। जवाब तो तब मिलता, जब सवाल को सवाल की तरह सुनने वाला होता। और गुरु जी कभी गलती करते न थे। जब गलती नहीं तो सवाल क्या और शंका क्या? कोई ज्यादा आग्रह करता तो तुरत देशद्रोही, समाजद्रोही, हिन्दू धर्मद्रोही राष्ट्रद्रोही कहलाने लगता।

इसलिए समझदारी इसी में थी कि गलती मानकर चुप लगाया जाये! चुप लगाकर, मुस्कुराकर, धन्यवाद देकर मैं गुरु जी के चंगुल से निकल तो आया लेकिन मैं गुरु जी के मिज़ाज को जानता था। वे जब इस तरह लाड़ से किसी की मुंडी पकड़ते थे और मुस्कुराते थे तो उसका अर्थ यह होता था कि अब इस मुंडी की खैर नहीं। मैं भी अच्छी तरह जानता था कि अब मेरी ख़ैर नहीं, इसलिए मैंने गुरु जी की चाल की काट सोच ली थी।

मैंने उनके चंगुल से मुक्त होते ही अपनी आत्मा के तीन टुकड़े कर दिये थे और तीन दिशाओं में रवाना कर दिये थे। उनके कोड बदल दिये थे। कोड बदलने का तरीका भी कभी गुरु जी ने सिखाया था कि किसी दूसरी आत्मा का कोड हैक कर लो उसे अपना बना लो और उसके अन्दर अपना चस्पाँ कर दो तो यमराज तक कन्फ्यूज हो जायेंगे। वे तुम्हारी जगह उसे ले जायेंगे। तुम बच जाओगे।

मुझे बचना था क्योंकि जब गुरु जी गुरु घंटाल हो रहे हों। पाँच सितारा शौक मौजों में लिप्त होने लगे हों, जब गुरुजनों और उप-गुरुजनों में कलियुग का हर शौक सिर चढ़कर बोलने लगा हो, तब काहे के गुरु जी और अब तो वे मेरी जान के पीछे ही पड़ने वाले थे।

अपनी आत्मा के तीन टुकड़े करने के बाद तीन दुष्टात्माओं के तीन कोड बदलने के बाद भी मेरे अन्दर एक दहशत-सी तारी थी।

एक सवाल करने का पाप मुझे भुगतना था। गुरु जी के हाथ सचमुच बहुत लम्बे थे। उनका खुफिया तन्त्र साइबर स्पेस, आकाश, पाताल, धरती सर्वत्र सक्रिय था और मुझे मालूम था कि मुझ पर नज़र रखी जा रही होगी। अगर कल्कि अवतार का शो न हो रहा होता तो मैं शायद गुफा से बाहर निकल ही नहीं पाता वहीं-से-वहीं सुधार गृह

को रवाना कर दिया जाता। वो तो गुरु जी का मूड कल्कि अवतार के शो के जलवे की वजह से कुछ उल्लसित था। सो चंगुल में कसकर ही छोड़ दिया!

यों अब कल्कि के अवतार को देखने में मेरी कोई दिलचस्पी नहीं बची थी। मैं दिल्ली शहर के पार निकल जाना चाहता था। ऐसी जगह जहाँ तक गुरु जी की पहुँच न हो, उनका खुफिया तन्त्र न पहुँच सके! तो कल्कि अवतार कथा छोड़ मैंने तुरन्त उसी चिकनी, पारदर्शी, शीशे वाली सड़क की राह ली और उसके बाजू में खड़े पेड़ प्लास्टिक के पत्तों में छिप गया।

जिस वक्त मैं सोच रहा था कि गुरु जी के चंगुल से किसी तरह बाहर निकल जाऊँ तभी मुझे वही काना जासूस दिखा। उसका कुत्ता उसके साथ दिखा। वह पान की दुकान के पास आकर सिगरेट सुलगा रहा था और इधर-उधर देख रहा था। इसे निपटाने का तरीका क्या हो सकता है? इस बारे में सोच ही रहा था कि तभी तरकीब सूझी कि अगर मैं अपने जूते कहीं फेंक दूँ तो कुत्ता उसी जगह में अटक जायेगा, जिस जगह जूते होंगे। वह वहीं रुक जायेगा और इस तरह ये जासूस का बच्चा कन्फ्यूज हो जायेगा और मैं दूर निकल जाऊँगा।

मैंने अपने जूतों को बिजली के एक पोल के नीचे रख दिया और सड़क की सीध में दौड़ गया। मैं सड़क पर पैर रखकर नहीं उससे दो इंच ऊपर-ऊपर ही दौड़ा और जब दो सौ किलोमीटर दूर निकल गया तो एक पोल पर चढ़ गया।

मेरी आत्मा अब कुछ चैन में थी। मेरा मोबाइल बता रहा था कि किसी दूसरे 'तीन सौ एक' को अन्दर कर दिया गया है। मतलब कि उस आत्मा को सुधार-गृह भेजा जा चुका था। पता नहीं कैसे उसका कोड गुरु जी ने हैक करा लिया लेकिन जिसे अन्दर ले गये थे, वह एक बटे तीन मेरी दुष्टात्मा ही थी और बाकी दो-तिहाई दुष्टात्मा अब भी आज़ाद थीं यानी नम्बर दो वाली दुष्टात्मा अन्दर हो गयी थी। मैं और मेरी तीसरी दुष्टात्मा अब भी आजाद थी। मैंने फिर से अपना और उसके कोड बदल दिया। अब हैक करने वाले के लिए कुछ अधिक कठिन हो गया! मैंने सोचा!

इस बीच महसूस हुआ कि गुरु जी एक को पकड़कर ही सन्तुष्ट हो गये लगते हैं, इसलिए हैकर मेरे पीछे नहीं पड़े।

## *लल्लू जी लाल की अमर कथा*

सड़क के जिस ठिकाने पर मैं था, उसके बाजू में एक गाँव था जिसमें कथा चल रही थी। मैंने वक्त काटने के इरादे से कथा-श्रवण का निर्णय किया और चलती कथा के बीच में एक पेड़ के नये पत्ते पर चुपके से बैठ गया ताकि कथा का अनुपान कर सकूँ। मैं अमर कथा की ताकत को जानता था कि इसे जब तक सुना जाता है, तब तक कोई आपको टच तक नहीं कर सकता!

क्या पता डॉक्टर शुकदेव शर्मा जी अमर कथा इसी तरह सुनाना चाहते हों? ना जाने किस भेष में बाबा मिल जायें भगवान रे! मैंने डॉक्टर शुकदेव शर्मा जी का ध्यान किया और कथा की ओर बढ़ा।

एक बड़ी-सी चौपाल पर बैठकर लल्लू जी लाल अमर कथा, जिसे भगवान शिव ने पार्वती को सुनाया, जिसे चोरी-छिपे शुकदेव ने सुना और अमर हो गये, उसी अमर कथा को प्रीतिपूर्वक सुना रहे थे।

मैंने देखा कि स्वयं मैकाले बैठा है और बड़े ध्यान से कलि की लीला को सुन रहा है :

एक दिन महाराजा परीक्षित शिकार खेलने जंगल में जा रहे थे कि अचानक उनको एक गऊ माता और एक बैल डर के मारे आगे-आगे भागते दिखे। गऊ माता की आँख में आँसू थे। बैल कृशकाय होकर हॉफ रहा था। राजा ने गऊ माता से पूछा कि माता! मेरे राज्य में आपकी यह दुर्दशा किसने की? आप इस तरह से डरकर क्यों भाग रही हो? क्या कोई आपको सता रहा है? तो डरते-डरते गऊ माता बोली कि हे महाराजा! हमारे पीछे एक शूद्र पड़ा हुआ है जिसके हाथ में एक भारी मूसल है। वह काले रंग का कलि है जो हमें तरह-तरह से सता रहा है। मार-पीट रहा है हम अपने प्राण बचाने के लिए भाग रहे हैं

यह सुनकर राजा को क्रोध हुआ। वे सोचने लगे कि उनके राज्य में सबको सुख है। कोई दुखी नहीं है। तब भी गऊ माता इतनी परेशान है कि प्राणों की भीख माँग रही है। यह तो बहुत बड़ा अनर्थ हो रहा है। मुझे इसका उपचार करना ही होगा। सो उन्होंने सक्रोध गर्जना की

कि गऊ माता को पीड़ित करने वाला वो जो कोई भी है, वह सामने आये और जवाब दे कि उसने मेरे राज्य में कानून का दुरुपयोग क्यों किया? अवध्य को क्यों मारा? क्यों सताया?

निहायत ही काले रंग का डरावना विराटकाय कलि तब हाथ जोडकर राजा के समक्ष हुआ और कहने लगा कि हे पृथ्वीनाथ! मैं अब आपकी शरण आया हूँ। मुझे रहने को ठौर बताइए क्योंकि तीन काल और चारों युग जो ब्रह्मा जी ने बनाये हैं, सो किसी भाँति मेटे न मिटेंगे। इतना सुनते ही राजा परीक्षित ने कलियुग से कहा कि तुम इतनी ठौर रहो—जूए, झूठ, मद की हाट, वेश्या का घर, चोरी और सोने में!

राजा की वाणी तुरत फलीभूत होते ही कलि इन जगहों में रहने लगा! राजा भी अपने महल में लौट आये।

एक दिन की बात है राजा शिकार खेलने जा रहे थे कि मार्ग में उनको एक तपस्वी तप करते समाधिस्थ दिखे। उन्होंने देखा कि उनके जैसे महाराजा के वहाँ आने के बावजूद उस तपस्वी ने उनकी ओर एक आँख तक न देखा। इस उपेक्षा को उन्होंने अपना घोर अपमान समझा। राजा ने समझा कि तपस्वी बड़ा अहंकारी है, इसीलिए उसने उन जैसे पराक्रमी, दयावान और राजकाज में निपुण राजा का उचित सम्मान नहीं किया। जिसका सम्मान देवता तक करते हैं, उसकी जानबूझकर उपेक्षा की है। इसलिए उसे दण्ड दिया जाना जरूरी है। उन्होंने आसपास नज़र दौड़ाई तो पाया कि तपस्वी के पास ही एक मरा हुआ काला सर्प पड़ा है। राजा ने क्रोध में आकर वह सर्प उस ध्यानलीन तपस्वी के गले में माला की तरह डाल दिया और घर लौट आया।

उसने अपना मुकुट उतारकर रखा लेकिन ज्यों ही मुकुट उतारकर रखा त्यों ही राजा को अनुभव हुआ कि उसने जो व्यवहार उस तपस्वी के प्रति किया है वह उचित नहीं था। उसको अहंकार हो गया था, इसलिए वह ये सब अपराध कर बैठा। अब क्या उपाय करे कि उसका यह अपराध क्षम्य हो सके।

राजा को अपने अहंकार का संज्ञान तब हुआ, जब उसने मुकुट को उतारकर रख दिया। मुकुट को उतारकर रख देने से मुकुट में सवार कलि का असर राजा की बुद्धि से हट गया और उसे तुरत अपनी गलती का भान हो गया। राजा सोचने लगा कि वह अपने अपराध का शमन किस भाँति करे कि अनजाने में हुई उसकी भूल की माफी उसे मिल सके!

उधर जिस तपस्वी के गले में राजा ने काला सर्प डाला था, वे और कोई नहीं लोमश ऋषि थे जो तपस्यालीन थे। सर्प के पड़े रहने पर भी वे ध्यानस्थ और अविचल रहे लेकिन कुछ ही देर बाद कुछ बालक खेलते हुए वहाँ जा पहुँचे, जहाँ लोमश ऋषि तपस्यालीन थे। उन्होंने देखा कि किसी ने ऋषि के गले में मरे हुए सर्प की माला डाल दी है। यह ऋषि का घोर अपमान है। फिर उन्होंने सोचा कि इस घटना की खबर उनके पुत्र शृंगी ऋषि को दी जाये। एक लड़का दौड़कर शृंगी ऋषि के पास गया और सारा वृत्तान्त बताया। अपने पिता का ऐसा अपमान सुनकर शृंगी ऋषि को तत्क्षण ही क्रोध आ गया और उन्होंने कौशिकी नदी के जल का चुल्लू लेकर राजा परीक्षित को शाप दे डाला कि जिस साँप को तूने मेरे पिता के गले में डाला है, वही सात दिन बाद तुझे डँसेगा!

उसके बाद शृंगी पिता के पास आये और उनके गले से साँप को निकालकर बोले कि मैंने उसको शाप दे दिया है, जिसने आपके गले में मरा हुआ सर्प डाला था। इसे सुनकर लोमश ऋषि ने नेत्र खोल दिये और पुत्र से कहा कि ये उसने क्या किया? जिस राजा के राज में सिंह और गाय एक घाट पर पानी पीते हैं, उसको तूने ऐसा कठोर शाप देकर बड़ा पाप किया है। लोमश ऋषि ने तुरत एक चेले को बुलाकर कहा कि जाओ, राजा को इस शाप के बारे में बताओ ताकि वह सावधान हो जाय। चेले ने जाकर राजा को बताया कि उसे शाप दिया गया है जिसके अनुसार सात दिन बाद तक्षक सर्प उनको डँसेगा, इसलिए अपना कारज करो।

यह सुनते ही राजा परीक्षित बड़ा ही प्रसन्न हुआ और कहने लगा कि शाप देकर ऋषि ने बड़ा उपकार किया कि मुझे शाप देकर माया-मोह से निकालकर बाहर किया। मुनि के शिष्य के विदा होते ही राजा ने वैराग्य ले लिया और राजपाट अपने पुत्र जनमेजय को देते हुए कहा कि ब्राह्मण और गऊ की रक्षा कीजो और प्रजा को सुख दीजो!

यह सब सुनते ही उसकी रानियाँ उदास होकर रोने लगीं। उधर राजा गंगा के तीर पर योग साधने के लिए जा बैठे। जब यह समाचार अन्य ऋषियों-मुनियों ने सुना तो सब गंगा के तीर पर आने लगे। व्यास वशिष्ठ, विश्वामित्र, कात्यायन, जमदग्नि आदि अट्ठासी सहस्त्र ऋषि वहाँ पधार गये और अपने-अपने शास्त्र के अनुसार शास्त्र-विचार करने

लगे। राजा की श्रद्धा को देख वेश बदलकर अपनी पोथियाँ कांख में दबाकर श्री शुकदेव जी भी वहाँ पहुँच गये! सब मुनियों ने उनको आदर दिया। राजा ने दण्डवत कर शुकदेव जी से प्रार्थना की कि भगवन्! कृपा कर मुझे धर्म का ज्ञान दीजिए ताकि कर्म के बन्धन से छूट सकूँ और यह भी बताइए कि इन सात दिनों में क्या करूँ?

शुकदेव जी बोले कि राजा! सब धर्मों में वैष्णव धर्म सबसे बड़ा है और पुराणों में सबसे बड़ा भागवत है। सो मैं उसके दशम स्कन्ध की कथा सुनाउँगा!

कथा चल रही थी। सब श्रद्धाविगलत होकर जय-जय कर रहे थे। मैकाले की मुंडी हिल रही थी और मैं देख रहा था कि भागवत का जलवा किस कदर है कि न जाने कब से अब तक वह उसी तरह प्रभाव डालता है, जिस तरह उसके बारे में कहा गया है कि वह अमर कथा है।

सोचा कथा समाप्त हो तो मैकाले से मिला जाये और जरा उसके विचार जाने जायें क्योंकि मैकाले तो ओरियंटलिज्म का सबसे बड़ा विधाता माना जाता है और अगर वृजरत्नदास की गवाही मानें तो वह इस कथा का भी विधाता था क्योंकि गिलक्राइस्ट और मैकाले की जोड़ी ने ही लल्लू जी लाल को संस्कृत में लिखित 'श्रीमद्‌भागवत' को हिन्दी में लिखने के लिए कलकत्ता के कॉलेज में अध्यापक नियुक्त किया था।

सभा समाप्त हुई। प्रसाद-वितरण हुआ तो मैं चुपके से मैकाले के पास आ गया और बात करने लगा। मैंने पूछा कि सर! आपने लल्लू जी लाल को क्यों कर नियुक्त क्यिा क्योंकि आप तो अंग्रेजी पढ़ाना चाहते थे, तब हिन्दी में पुराण क्यों लिखवाया-पढ़वाया?

मैकाले बहुत फ्रेंक तबियत का बन्दा था। कहने लगा बात ये है कि मुझे सरकार ने यह तय करने के लिए रपट लिखने को कहा था कि हिन्दोस्तान में युवकों को क्या पढ़ाया जाये और क्या नहीं? मैंने इसी दिशा में सोचा और तय पाया कि अब तक मदरसे और पाठशालाएँ जो पढ़ाती हैं, उससे सिर्फ दकियानूस हिन्दोस्तानी ही पैदा होता है। जैसे मदरसों में जो किताब लगी है, वह बताती है कि किस दिशा में हाजत

करें? लिंग को कैसे साफ करें? क्या कब-कब करें और क्या न करें? इसी तरह संस्कृत वालों को पढ़ाया जाता है कि सुबह दिशा मैदान जायें तो गुदा को किससे और कैसे धोएँ कैसे धोएँ और शिश्नादि को कैसे साफ रखें बच्चे कैसे पैदा करें? शर्तिया लड़का कैसे पैदा करें?

ऐसे पाठ्यक्रम से तो दकियानूस ही बनते और बार-बार अठारह सौ सत्तावन करने लगते। इसीलिए हमने कहा कि हिन्दी में करो और कर्मकाण्ड की किताब न पढ़ाकर कहानी की किताब पढ़ाओ...

मैंने पूछा कि इस कहानी से क्या समझे आप? बोला इतना ही कि हिन्दू अहंकारी बहुत होता है, वह जब चाहे अपमान महसूस करने लगता है और बात-बात पर शाप दे देता है। फिर उसका उपाय भी बता देता है और हर बन्दा मोक्ष के चक्कर में रहता है जिसके लिए वह किसी गुरु की शरण में चला जाता है। ये कल्चर बड़ी चककरदार है। ऐसे हिन्दू से हमें कोई खतरा नहीं है। जो अपने ही धर्म की पहेलियों में उलझा हो और जो पल-पल पर पापबोध से पीड़ित हो क्योंकि यह अनादि काल से इसी तरह रहा है और रहेगा। इससे कोई खतरा नहीं है। अगर यह कुछ अंग्रेजी पढ़ लेगा और कुछ हिन्दी समझ लेगा तो कुछ कामकाजी बन जायेगा! कुछ मॉडर्न हो जायेगा!

मैकाले की बात में दम था। मैं पुराण-दर-पराण जिस यात्रा से अभी गुजरकर आया था उसमें एक आम हिन्दू ऊपर से तो बहुत कुछ बदल गया दिखता था लेकिन अन्दर से वह वैसा-का-वैसा ही था! कलि से डरते रहो और कलि के मजे भी लेते रहो हो! वह अब भी इसी द्वैत में रहता है। वह एक दिखावट एक प्रदर्शन और तमाशे में रहता है। लीला एक तरह का तमाशा ही है न!

गुरु जी की गुफा का यही हाल था और कल्कि का जो अवतार होने वाला था, उस सीन का भी यही हाल था! वही बजबजाती ऑरकेस्ट्रेड श्रद्धा, वही दिखावटी भक्ति, वही जै-जैकार, वही भीड़-भाड़ में औरतों से छेड़ा-छाड़ी और फिर नज़र मिलते ही 'बहन जी सौदी' कहना, वही नकली-असली का घालमेल, वही रीयल और डिजिटल की चमकदार लीला आसमानी...

मैं मैकाले को ढूँढ़ने लगा कि कहूँ कि जब इधर आया ही है तो

कल्कि अवतार भी देखकर जा लेकिन वह भीड़ में कहीं खो चुका था और मैं अपने मोबाइल के साथ अकेला था।

## *कल्कि कथा : एक प्रोमो*

सोचा कि क्यों न यहीं से कल्कि अवतार के दर्शन किये जायें। देखा जाये कि कलि से मुक्ति दिलाने के लिए ये अवतार किस तरह से प्राकट्य लेता है!

मैं मोबाइल लगा रहा था और सोचे जा रहा था कि भागवत में भी गऊ और बैल कलि-पीड़ित रहे, मानस में भी तुलसी बाबा बार-बार कलि की कुचालों का वर्णन करते रहे और मुक्ति माँगते रहे। मुक्ति के लिए कथा-वाचन करते रहे। कहते रहे कि रामकथा ही मुक्ति की कुंजी है और कल्कि अवतार की कथा भी दावा कर रही है कि वे कलि से मुक्ति के लिए ही आ रहे हैं।

मेरी दुष्ट बुद्धि जाग्रत थी और तरह-तरह के दुष्ट सवालों से खलबला रही थी लेकिन मैं वो सवाल किसी से पूछ नहीं सकता था। अधिकतम अपने दुष्ट मन से ही पूछ सकता था और उसी से उत्तर दे सकता था।

मैंने अपनी आत्मा का कोड ऑफ करना जरूरी समझा कि कहीं गुरु जी के जासूस मेरे नये कोड को हैक कर मेरे दिमाग में आते-जाते खयालों को रिकॉर्ड न कर लें और पूछने लगा कि जब कलि से त्रेता में राम जी लड़े और द्वापर में कृष्ण जी लड़े तब भी जो परास्त नहीं हुआ वह तो कलि ही था और जब वे कलि को पूरी तरह नष्ट न कर सके, तब कल्कि जी ही उसका क्या उखाड़ लेंगे?

कल्कि की कथा लेकिन इस बात की गांरटी करती थी कि वे कलि का अन्तिम रूप से खत्म कर देंगे। इसीलिए ये अन्तिम अवतार की तरह कहे गये है!

मैंने सवाल छोड़ पहले उधर देखा, जिधर एक विशालकाय डिजिटल स्क्रीन लगी थी जो कल्कि के अवतार का लाइव कवरेज दे रही थी और जहाँ एक पण्डित जी अपने जोरदार गले से कल्कि की कथा कहे जा रहे थे।

कथा करोड़ों एम्लीफायरों से निकलकर देश-देशान्तरों में फैल रही थी। वह फेसबुक की सबसे बड़ी घटना मानी जा रही थी। जुकरबर्ग तक अवतार की बाट जोह रहा था कि आँखों से देखे कि अवतार कैसे होता है। क्या हॉलीवुड की फिल्म 'अवतार' से यह अवतार अलग होता है? उसने अवतार को लाइव दिखाने के अधिकार खरीद लिए थे। अवतार दुनिया की सबसे अधिक देखी जाने वाली 'इच्छा चैनल' पर लाइव था जो दुनिया में इच्छानुसार देखा जा सकता था। वह यूट्यूब में था। सर्वे वाली कम्पनियाँ पगला गयी थीं क्योंकि उनके आँकड़े हरदम बढ़ते जाते थे और अब रिकार्डतोड़ इलाके में पहुँच रहे थे। यहाँ तक कि उनका सर्वर तक क्रैश हो सकता था क्योंकि अरबों लोग इस लाइव घटना को लाइव देखने को उत्सुक थे!

भजन का कोरस उठ रहा था। भक्तों के कण्ठों से मधुर सुर निकल रहे थे। मंजीरे, ढोलक, हारमोनियम, सिंथेसाइजर ड्रम बज रहे थे। हवा में श्रद्धा तैर रही थी। अवतार-स्थल पर इतनी भीड़ थी कि तिल रखने को जगह न थी। अच्छा ही था कि मेरी आत्मा दृश्य से काफी सुरक्षित दूरी पर थी। दूर से भी उसे साफ देखा जा सकता था। बहुत बड़ी-बड़ी डिजिटल स्क्रीनों पर अधिक स्पष्टता से देखा जा सकता था। सब कुछ तो लाइव स्ट्रीम हो रहा था। आप अपने स्मार्ट फोन पर भी उसे एकदम साफ और पास देख सकते थे!

एक नयी उत्तम कोटि की देवतुल्य गुरु गम्भीर आवाज ने गाना शुरू किया-

जब-जब होई धर्म कै हा...नी...
बाढहिं असुर अधम अभिमा...नी...
तब-तब धरि प्रभु विविध सरी...रा...
हरहि कथा कृपानिधि सज्जन पी...रा...

इसी घड़ी शुभ मुहूर्त होने लगे। आकाश से इन्द्र देवता स्वागत में भीनी भीनी जलवर्षा करने लगे। ओंकार का महोच्चार दिग्दिगन्त में गूँजने लगा। घण्टे-घड़ियाल बजने लगे हजारों शहनाइयाँ एक साथ स्वागत-राग गाने लगीं, शंख बजने लगे, आरती होने लगीं, पण्डितजन मन्त्रोच्चार करने लगे, हजारों चैनल लाइव दिखाने लगे और हजारों-लाखों टीवी स्क्रीनें

एक साथ आसमान का सीन दिखाने लगीं। स्वर्ग और नरक के हजारों चैनल विस्फोटक संगीत के साथ कल्क्यावतार की भूमिका बाँधने लगे।

दैवी चमत्कार था जो हो रहा था और होने जा रहा था। अभिनव भारत, नव्य भारत और दिव्य भारत इसी भारत में और वो भी इक्कीसवीं सदी में ईश्वरावतार जैसी देव-दुर्लभ घटना, वो भी दिल्ली में और वो भी ऐन इण्डिया गेट पर होने जा रही थी। अखिल सृष्टि प्रसन्न हो रही थी। सारा चराचर उत्कण्ठ और उद्‌ग्रीव था कि कब भगवान उतरें, कब वे पलक पाँवड़े बिछाएँ, कब देवगण पुष्प बरसा, और कब सारा ब्रह्माण्ड थैंक्यू में साष्टांग दण्डौत करे!

अगरधूम के जलने से उठती गन्ध, युगान्तकारी करोड़ों यज्ञों के बराबर के इस यज्ञ में हजारों हाथों में से गिरता गाय का असली घी और सामग्री, उसकी सुगन्ध ऐसा समाँ बाँध रही थी मानो मानव के समस्त पुण्य स्वयं प्रकट हो गये हों और वे इस अनमोल घड़ी के गवाह बनने को उत्सुक हों। एक से एक नेता, एक से एक बड़े अधिकारी और एक से एक सोशलिस्ट, सेलेब्रिटीज, पत्रकार, कलाकार, बॉलीवुड हॉलीवुड, चीनीवुड सब उस प्रभामण्डल को अपने-अपने कैमरे में कैद कर लेना चाहते थे जो इण्डिया गेट के पश्चिमी आसमान में गोल गोल घूमने लगा था और घूम-घूमकर इण्डिया गेट की ओर बढ़ने की कोशिश कर रहा था।

लोग दूरबीनों से देख रहे थे। नासा ने अपनी पचास सैटेलाइटें लगा दी थीं और एफ थर्टी एट प्रजाति के बॉम्बर्स आकाश में तैरा दिये थे जो एक विशेष सन्धि के अन्तर्गत पड़ोसी से भारत पर आने वाले हर खतरे को टालने में सक्षम थे!

देखते क्या हैं कि अँधेरे को काटता एक छोटा लाल गोला पास आता जा रहा था, जैसे कोई बड़ा-सा तारा पृथ्वी के निकट आता जा रहा हो। वह घूमता हुआ आता दिखता। क्रमिक तरीके से बेहद क्षुद्र बिन्दु से बढ़कर एक बिन्दु के बराबर होता हुआ फिर एक कंचे के बराबर होता हुआ, फिर एक क्रिकेट बॉल, फुटबॉल के बराबर होता हुआ पास आता हुआ और तेज इतना कि आँखें देख न सकें। धरती के अन्दर से तेज़ शोर उठ रहा था, भाप निकल रही थी मानो धरती इस आसन्न अवतार का भार उठाने के लिए तैयारी कर रही हो और अपने को सँभाल न पा रही हो। ब्रह्मा, विष्णु और महेश तीनों महादेवता

दूर खड़े उसी तरह की भीनी-भीनी मुस्कुराहट बिखेरे जा रहे थे, जैसी धार्मिक चित्रों में देख जाती रही है।

वह गोला क्रमशः और बड़ा, और बड़ा होता गया, होता गया। संगीत तेज़ होता गया, मन्त्रोच्चार तेज होता गया। यज्ञ की अग्नि की लपटें ऊँची उठकर आसमान छूने लगीं और धुआँ बिखरने लगा। चारों ओर देव-दुर्लभ सुगन्धियाँ छा गयीं कि तभी एक आकाशवाणी हुई :

आकाशवाचक का स्वर गुरु गम्भीर था। वह संस्कृत-गर्भित हिन्दी में बताये जा रहा था कि जिन अन्तिम अवतार पूर्ण प्रभो का हमें इन्तजार था, वह पश्चिम के दिव्य आकाश में अब किसी भी समय अपना प्राकट्य कर सकते हैं।

सज्जनो! सन्नारियो! भक्तो! आर्तजनो! हे गोमाताओ! हे परम तपी! परम गोरक्षक भ्राताओ! आखिर इस धरती की, धरती पर आप सबकी आर्त पुकार उनको धरती का भार हरने के लिए खींच ही लायी है! सच कहा—भगत के बस में है भगवान। ...जय हो...आइए सभी मिलकर गाइए—भगत के बस में हैं भगवान...भगत के बस में हैं भगवान...भगतों ने पुकारा तो आप आ रहे हैं प्रभो! आप अपना वचन निभा रहे हैं प्रभु! हम धन्य हैं। यह मानव योनि धन्य हुई। कृमि, कीट, पतंग, चराचर में जो कुछ है वह सब आज धन्य हो रहा है। अपने सुकृतों का सुफल पा रहा है।

अचानक एक बेहद तेज विस्फोट की आवाज आयी मानो धरती बीच से दो फाड़ हो गयी हो मानो ब्रह्माण्ड के ग्रह-नक्षत्र सब अचानक आपस में टकरा गये हों। ऐसी भीषण आवाज जो किसी के कानों ने अब तक न सुनी मानो दो-पचास एटम बम एक साथ फोड़े गये हों। हम सब अज्ञों और पापी प्राणियों पर उस परमब्रह्म परमात्मा की असीम अनुकम्पा है कि वह स्वयं हमें त्राण देने आ रहा है। जय हो, जय हो, जय हो!

ये देखिए, उस सुनहरे बड़े गोलक में से एक श्वेत अश्व निकल रहा है। इस अश्व पर एक श्वेताम्बर मूर्ति कसकर बैठी हुई है जिसके सिर पर मुकुट है, चेहरे पर इतना तेज है कि सूर्य की बराबरी करे और अश्व जिसका नाम देवदत्त है, अपनी तेज चाल से धरती की ओर दौड़ा चला आ रहा है। उसकी टापों की आवाज से दुष्टों के हृदय में कम्प पैदा हो रहा है। दुष्ट कुचाली कलि अपना मुँह छिपाता घूम रहा है!

ऐसे भगवान कल्कि की जय हो जिनके आगमन से दिशाएँ हर्षित हो रही हैं और कलिकाल के अतिचारों से पीड़ित गो, ब्राह्मण और देवतागण प्रसन्न होने लगे हैं।

ये युगान्तकारी कल्कि बुद्ध के अवतार के बाद का ग्यारवाँ अवतार है। कुछ पण्डित इनको दसवाँ अवतार भी मानते हैं। पण्डितों की माया पोथी वाले पण्डित जानें। यों भी मुंडे-मुंडे मतिर्भिन्ना!

समस्त भागवत, ब्रह्मपुराण, पद्मपुराण आदि नाना पुराण ऐसा बताते रहे हैं कि शंभल नामक ग्रामवासी विष्णुयशस् नामक ब्राह्मण के घर में इस कल्कि का दसवाँ या ग्यारहवाँ अवतार होगा। यह कलियुग में फैले अधर्म का समूल नाश कर देगा। सभी दैत्यरूप म्लेच्छों का यह सम्पूर्ण नाश करेगा। सम्पूर्ण पृथ्वी म्लेच्छमय होने के बाद हाथ में लम्बी तलवार लेकर, देवदत्त अश्व पर बैठकर, तीन रात में वह दैत्यों का संहार करेगा। इस समय कई कोटि राजाओं का वध होगा। कलि की सजा और उसके नाश के लिए ही इसका अवतार होगा। इस अवतार के समय कृतयुग का आरम्भ होगा। अपने अवतार का कार्य खत्म करने के बाद यह समाधि में चला जायेगा। उसकी समाधि के बाद योगाग्नि और प्रलय होगी, फिर कर्मभूमि बनेगी और वर्णों की उत्पत्ति होगी। वैवस्वत मनु इसकी अनुमति से अयोध्या में राज करेगा...

जिस समय उद्घोषक यह कथा बाँच रहा था उसी समय कल्कि अवतार हो रहा था। अवतार जैसे बताया गया, लगभग वैसे ही समक्ष हुआ। कल्कि महाराज तेज दौड़ते हुए श्वेत अश्व पर हाथ में तलवार लिए ही प्रकट हुए। अश्व की टापों से दिशाएँ गूँजने लगीं। दैत्यों के हृदय में भय का संचार होने लगा और म्लेच्छ अपने घरों में बन्द काँपने लगे।

इस तरह कल्कीश्वर जी का अवतार हुआ था। देवता पुष्प-वर्षा कर चुके थे। घण्टे-घड़ियाल और शंखध्वनि कर सवा लाख ब्राह्मण आरती कर रहे थे। देश-विदेश की जनता दर्शन कर धन्य हो रही थी और आकांक्षी युवा इस दिव्य अवतारी पुरुष के साथ सेल्फी खींचने को मचल रहे थे। लाइनें लगी थीं। धरती पर पधारते ही नाना चमत्कार दिखाने में सक्षम कल्कि महाराज एक ही साथ लाखों रूप धारण कर हर युवा को सेल्फी लेने दे रहे थे। उनके ऐसा करने से ही युवाओं में बैठा दुष्ट कलि भय के मारे काँप रहा था। वह अपने

आपको छिपाये घूम रहा था कि कल्कि की कहीं नज़र न पड़ जाये और भस्म न हो जाये!

## *मरणम् बिन्दु पातेन*

जिस चिकने, पारदर्शी और स्वर्ग को जाने वाले महामार्ग के एक किनारे लगे प्लास्टिक के एक पेड़ पर मेरी आत्मा जहाँ छिपी थी और इस अवतार का दर्शन कर रही थी, वहीं अचानक पीछे से आती एक कठोर कदमताल ने मेरा ध्यान खींचा। जब मुड़कर देखा तो पाया कि साढ़े छह से सात फुट लम्बे, गोरे रंग बड़े-बड़े नेत्र वाले और गोरोचन का तिलक लगाये, ऊँचे ललाट लिए हजारों युवा परेड-सी करते बढ़े आ रहे हैं। उनको कमान देने वाला कोई कमाण्डर नहीं है। वे अपने आप ही कमान ले दे रहे हैं जैसे रोबो हों। वे परेड करते चल रहे थे। कदमताल में अजीब-सी ताकत ठोकने वाली ताल थी जो बजे जाती थी। उनके चेहरों पर ब्रह्मतेज था जो ब्रह्मचारियों के चेहरों पर हीं पाया जाता है। वे सफेद शर्ट और नीली पैंट पहने थे। उनके हाथ में डण्डे थे जिसे वे कन्धे सज करते हुए यानी कन्धे पर बन्दूक की तरह धारण लिए चल रहे थे। सबका बदन एकदम कसरती और नपा-तुला-सा था। उनके मसल, उनके सेवन पैक्स कमीज़ों के अन्दर से झाँकते थे। वे कड़क चाल में आगे बढ़ते जा रहे थे। उनकी शर्ट की जेब पर 'यूएस' लिखा दिखता था लेकिन 'यूएस' का मतलब 'यूनाइटेड स्टेट्स' नहीं था बल्कि 'उत्तम सन्तान' था। परेड करके जा रहे सात फुटिया, युवक अपने गोरेपन से तो असली अमेरिकी ही लगते थे जैसे कि कुछ साल पहले अफ़गानिस्तान में, इराक़ में, सीरिया में हमने केमीकल बम खोजते देखे थे, जैसे कि हमने हॉलीवुड की बहुत सारी फ़िल्मों में एक्शन करते, बम मारते सबको उड़ाते देखे हैं। वे ही अलक़ायदा और इसलामिक स्टेट का मुकाबला कर सकते थे।

मुझे याद आया कि इस बार गुरु जी के विराटाकार अण्डरग्राउण्ड में जो कई नयी सुरंगें और नये विभाग दिखे थे, उनमें एक गर्भाधान संस्कार विभाग भी था जिसमें आदर्श माता-पिता, आदर्श जड़ी-बूटी

खाकर उत्तम कोटि के पुत्ररत्न की प्राप्ति कर सकते थे। उत्तम कोटि का मतलब एकदम गोरे-चिट्टे और छह-सात फुट लम्बे और एकदम नीरोग चिर तन्दुरुस्त और आर्य पुत्र पैदा कर सकते थे। उनको गर्भ में ही ऐसे संस्कार दिये जा सकते थे कि वह सदैव आज्ञाकारी बने रहें। प्रातःकाल उठकर माता-पिता और गुरु की चरण-वन्दना करते हों और जो देशप्रेमी अति शुद्ध आर्य रक्त वाला, अमिश्र नस्ल का, सौ टके शुद्ध प्रबुद्ध हिन्दू हों! यही सर्वगुणसम्पन्न सोलह कला प्रवीण हो सकते थे! जब एक सोलह कला प्रवीण ने कभी महाभारत जिताया तो ये तो हजार महाभारत जिता सकते हैं, पचास विश्वयुद्ध जिता सकते हैं। शायद इसीलिए गुरु जी अपने प्रवचन में बोले थे कि इक्कीसवीं सदी भारत की है यानी हिन्दुओं की है!

यह आयुर्वेद ज्योतिष का मिक्स प्रभाव था कि कल्कि के अवतार का प्रभाव था कि भारतीय नस्लें बदली जा रही थीं! काले-गोरे बनाये जा रहे थे। लड़कियों की जगह अब सब जगह एकदम डिजाइंड लड़के पैदा किये जा सकते थे। वीर्य की वेल्यू मार्केट में बढ़ी हुई थी, खासकर हिन्दू वीर्य की कीमत आसमान छू रही थी क्योंकि वह गऊ माता के पंच गव्य का परिणाम था। ऐसा अमरीका के पास तक न था। वहाँ तो अब नपुंसक पैदा होने लगे थे। एलजीबीटी क्या था-वीर्य की हानि से पैदा हुए रोग!

उत्तम सन्तान पाने का पूरा फॉमूला और प्रोग्राम था। तीन महीने तक युवा युगलों को सम्भोग से समाधि लगाने की प्रविधियाँ सिखाई जाती थीं कि खास गृह राशि के संक्रमण काल में ही उनको ऐन उसी वक्त सम्भोग कर वीर्यपात करना था, जब उचित राशियाँ नक्षत्र अनुकूल संक्रमण में सम्भोग करने वालों के ऊपर से गुजरते हों। उसके फलस्वरूप जो सन्तति होगी, वो शर्तिया लम्बा-तडंगा और गोरा-चिट्टा आर्य नस्ल का लड़का पैदा करने वाली होगी। न हो तो पैसा वापस!

कहने की जरूरत नहीं कि यह मूलतः नये किस्म का फेयर लवली फैक्टर था जो क्रीम से निकलकर गर्भ में चला गया लगता था। अब फेयर एण्ड लवली लगाने की जगह सीधे गोरे लड़के पाये जा सकते थे। इस तरह फेयर लवली की जरूरत नहीं रह जाने वाली थी।

ध्रुव, प्रह्लाद, लव-कुश जैसे बालक आज क्यों नहीं हो सकते? एक दिन गुरु जी ने सबसे पूछा था। उनका गर्भाधान संस्कार का लम्बा प्रवचन जारी था:

महान भरत जैसे बालक आज क्यों नहीं पैदा हो सकते जो बालक होकर भी शेर से खेलता है और शेर का मुँह खोलकर शेर के दाँत गिन सकता है! हम लाखों लाख नये भरत और अभिमन्यु क्यों नहीं पैदा कर सकते और उनको ऐसा ट्रेन क्यों नहीं कर सकते जो म्लेचछों के हर नये चक्रव्यूह का पूरी तरह भेदन कर उनके किलों को, उनके बंकरों को नष्ट कर उन पर सर्जीकल स्ट्राइक कर सुरक्षित वापस लौट सकें। हम जब चाहें ऐसे वीर बालकों की पूरी फसल पैदा कर सकते हैं। हमारे पास अपने पुरखों, ऋषियों, मुनियों का दिया 'गुप्त ज्ञान' है, उसका शास्त्र है और फॉमूले हैं! जैसा चाहे, वैसा पुरुष निर्मित कर सकते हैं।

आह! वह बाल भरत का चित्र! गुरु जी की गुफा में उत्तम सन्तान विभाग की दीवारों पर वही तो जगह-जगह लटका था। क्या ही वीरत्व व्यंजक दिव्य चित्र था-एक चार पाँच बरस का स्वस्थ बालक बब्बर शेर का मुँह खोलकर उसके दाँत गिन रहा है और हँसें जा रहा है खूँखार शेर अपनी सारी खूँखारियत भूलकर उस बालक को दाँत गिनने दे रहा है! यह है जन्मजात साहस, वीरता, निडरता और हीरोइक्स!

बताइए जिस देश में ऐसी ललनाएँ हों जिनके बालक शेर के मुँह खोलकर उनके दाँत गिनते हों, उस देश को किसी के पिल्ले से डरने की क्या जरूरत? जरूरत है तो बस अपने प्राचीन पराक्रम को पहचानने की, बालकों को ऐसी प्रेरक कहानियाँ सुनाने की और उत्तम गर्भाधान की तकनीक से ऐसे पराक्रमी बालक पैदा करने की और वे तभी हो सकते हैं, जब पति-पत्नी कलियुग के प्रभाव से मुक्त रहें। सोलह संस्कारों का विधिवत पालन हो। कम-से-कम तीन महीने के दौरान वे सबसे अलग रहें। उनको नित्य गीता का पाठ सुनने को मिले। सती नारियों के त्याग और तप की कहानियाँ सुनने को मिलें, गायत्री मन्त्र सुनने को मिलें, अच्छे विचार सुनने को मिलें, अच्छे उपदेश सुनने को मिलें और नर-नारी एक खास मुहूर्त में, खास टाइमिंग से सम्भोग सम्पन्न करें तो गारण्टी से लड़के ही लड़के होंगे! एकदम संस्कारी लड़के होंगे। ऐसे नर-नारियों को टीवी या पिक्चर तीन महीने तक

एकदम नहीं देखनी है। मोबाइल नहीं रखना है। इंटरनेट और फेसबुक यूज नहीं करना है!

देखते-देखते थोक में उत्तम पुत्र पैदा करने वाला एक बहुत ही बड़ा 'उत्तम सन्तान मल्टीनेशनल कॉर्पोरेशन' रातोंरात उठ खड़ा हुआ। अरबों-खरबों डॉलर वाला। जिसका दुनिया भर के स्टॉक ऐक्सचेंजों में नाम था, जिसके आने से सारे आईवीएफ क्लिनिक जो पिछले दो दशकों में देश में खुले थे बन्द हो गये थे। वे कानून जो भ्रूण परीक्षण को गैर-कानूनी करार दिया करते थे, बेकार हो गये थे क्योंकि अब सरेआम लड़के-ही-लड़के पैदा करने की बातें होने लगी थीं।

इस सबसे दुनिया भर के स्त्रीत्ववादी चिन्तित थे कि क्या लड़कियों का पैदा होना ही बन्द हो जायेगा? तब 'बेटी बचाओ बेटी पढ़ाओ' का क्या होगा? सेक्स अनुपात अगर लड़कों के पक्ष में इस कदर झुका दिया गया तो कालान्तर में इन लड़कों की शादी के लिए लड़कियाँ कहाँ से मिलेंगी?

फिर वही शंकाएँ? ध्यान रहे शंका करने वालों का सिर टुकड़े-टुकड़े हो जाता है। शंका करने वालों की ही नहीं लघुशंका करने वालों तक की लिंचिंग हो जाती है। शंकावाद, प्रश्नवाद सब कलियुगीत दूषण हैं। ईश कृपा से उसके भक्त उसके सेवक, उसके धर्मरक्षक सर्वत्र उपस्थित रहते हैं। जब जहाँ जिस वक्त भी धर्म की हानि होती देखते हैं वहीं दस-बीस मिलकर दुष्ट म्लेच्छ का सिर तोड़ देते हैं, आँतें निकाल लेते हैं, आखें तक निकाल लेते हैं, दौड़ा-दौड़ाकर मारते हैं। इस तरह हम तो विधर्मियों को म्लेच्छों, को भी मुक्ति का दान देते हैं।

इस युगान्तकारी प्रोग्राम के बारे में गुरु जी के उस लम्बे प्रवचन के कुछ अंश इस परेड करती निकली टुकड़ी को देख अचानक याद आने लगे!

इन दिनोंजब-तब मुझे अपने गुरु जी के ऐसे प्रवचन अकसर याद आने लगते हैं। कारण है। उन्होंने मुझे संस्कार दिये हैं, सुसंस्कृत किया है और उन्हीं की कृपा से मैंने न जाने कौन-कौन-सी लिंच लीलाएँ की हैं!

भारत के चरित्र-निर्माण की चिन्ता में दिन-रात लगे रहने वाले

फेमिनिस्टों को इस आलोचना की परवाह न थी कि अगर सब लड़के पैदा करने लगे तो लड़कियों का अनुपात एकदम बिगड़ जायेगा और यह समाज के लिए ठीक न होगा।

## *उत्तम सन्तान उर्फ शर्तिया लड़का पैदा करने का फारमूला*

अमरीका चिप लगाकर आदमी को आइरनमैन और एक्समैन बनाता है। हम बिना चिप के ही आदमी को पराक्रमी बना सकते हैं। हम बड़े, हमारी तकनीक बड़ी कि पश्चिम की बड़ी?

जो हर समय पश्चिम की ओर ताकते रहते हैं जिनके दिमाग फिरंगी विद्या के रंग में रंगे हैं, वे क्या जानें कि गर्भ संस्कार क्या होता है? वे गर्भ जान सकते हैं, संस्कार उनके बस के ही नहीं। वो अपने यहाँ ही हो सकते हैं। संस्कार से ही संस्कृति बनती है।

अभिमन्यु ने सारी युद्ध-विद्या चक्रव्यूह भेदनकला तक माता के गर्भ में रहते सीखी। यह तो महाभारत में ही लिखा है कि पिता अर्जुन माता को रोज युद्ध-सम्बन्धी कहानी सुनाते, युद्ध-कौशल की कहानी कहते और गर्भ में बैठा अभिमन्यु सुनता रहता और इस तरह युद्ध का एक्सपर्ट हो गया! ये अलग बात है कि तब उसकी माता को नींद आ गयी और चक्रव्यूह से बाहर आने का कौशल नहीं सुन पाया और इस तरह चक्रव्यूह से बाहर न निकल पाया और छल से मारा गया लेकिन यही तो है भारत की महान संस्कृति कि जो गर्भ संस्कार की महत्ता को बताती है...

प्रवचन याद आये जा रहे थे।

मेरा एक मन कहता कि बात में कुछ दम तो है। आखिर गर्भ के महत्त्व को तो विज्ञान ने भी माना है और बहुत-से देश सन्तानोत्पति के प्राचीन तरीकों की ओर लौट रहे हैं। कोख को स्त्रीत्ववाद ने शिशु उत्पादकता से अलग कर दिया तो हजार रोग मोल ले लिए। अगर गर्भ को उसका रोल दे दिया जाये तो कोख की रक्षा हो जाये, कोख उत्पादक हो जाये, पीढ़ियाँ स्वस्थ हो जायें और देश की रक्षा हो जाये!

ये जो भारतीय संस्कार विरोधी लोग हैं, वे इसका मर्म क्या जानें? ये सूखी-सूखी-सी लड़कियाँ जिन्होंने अपने शरीर को पतला दिखाने के लिए सुखा लिया है, बीमार रहती हैं। पश्चिम देश ही अब मना

कर रहे हैं कि सुन्दर मॉडल दिखने के लिए शरीर को इतना सुखाने की जरूरत नहीं है लेकिन बच्चे पैदा न करना। इधर-उधर पैदा करना ताकि फिगर न बिगड़े। ये क्या बात हुई! अरे! जिस माँ ने देश के लिए अपने लाल नहीं दिये, वो माँ माँ क्या?

माता कहे ना मेरे बेटे वक्त पड़ा तो काम न आये।

देखो वीर जवानों अपने खून पे ये इलज़ाम न आये

ज़मीन पर विमर्श इसी तरह चलता है। गली-मुहल्लों में इसी तरह चलता है, गाँवों में इसी तरह चलता है, क़स्बों में इसी तरह से चलता है और हार्वर्ड वाले अंग्रेजी ऐलीट इसकी लोकल भाषा तक को नहीं समझ सकते! इशारे तक नहीं समझ सकते। वो समझने के लिए पहले अनुवाद करेंगे अंग्रेजी में, फिर उसका किसी देसी भाषा में अनुवाद करायेंगे। तब तक गंगा जी में न जाने कितना पानी बह चुका होता है!

मेरा मन एक रौ में बहा जा रहा था। ऊलजलूल बातें उमड़-घुमड़कर आ-जा रही थीं। मन में जैसे एक झँझा उत्पात मचाए था कि जो दिख रहा है, जो जीतता दिख रहा है, क्या वह धोखा-धुप्पल से जीते जा रहा है या कि उसमें कुछ तत्व की बात है जिसे हारने वाले देख नहीं पा रहे हैं क्योंकि वे दूसरे या कहें पराए 'पैराडाइम' में रहते हैं।

तो जब वे यू.पी. हार गये तो भी न समझ पाये कि क्यों हारे। जब वे अमरीका हार गये और ट्रम्प जीत गया तो भी न समझ पाये कि कैसे जीत गया कि जब फ्रांस में वे जीत गये तो कहने लगे कि नहीं फ्रांस अब भी लिबरल दुनिया की जीत का डंका बजा रहा है, उसने दुनिया को बचा लिया है।

ये क्या है? कौन-सी बातें हैं? कौन-से विमर्श हैं कि इस कदर आत्मलिप्त हैं कि स्वयं जीतें, तभी सत्य की जीत मानते हैं और जरा से हार जायें तो कहते हैं कि षड्यन्त्र है, जैसे कि ईवीएम मशीनों ने हरा दिया!

हमारे यहाँ हमारे राजनीतिक पण्डितों और समाजशास्त्र के पण्डितों ने पश्चिमी शास्त्र-चिन्तन को भी तुच्छ बना डाला है कि उनके लिए भी सच चुनाव से बाहर नहीं होता, इसीलिए सच-सच नहीं होता, वह जीतता-हारता भी है!

आलोचना का अन्त किया जा चुका है। हर आलोचना का जवाब यही दिया जाता है कि हमारे पास मेंडेट है, बहुमत है!

मैं तो कहता हूँ कि उस 'सत्य' को तो हारना था, वह हारने के लिए ही पिछले साठ-सत्तर साल तक जीतता रहा था और सच की तरह तना रहा था। वह एक आधी-अधूरी आधुनिकता के सपने की तरह था कि पुराना गया नहीं और नया बना नहीं। पुराने गूदड फिंके नहीं कि नये ओढ़ लिए गये!

पुराने गूदड़ वही कथरी, वही लंगोटा, वही ब्रह्मचर्य, वही चरित्र, निर्माण की लत, पहले वीर्य रक्षा, फिर चरित्र निर्माण, फिर राष्ट्र-निर्माण फिर दुनिया का निर्माण, दुनिया के गुरु रहे हैं न हम! वह ग्रन्थि, वह मिथक मरता ही नहीं। वही पवित्रता जो हजार बार अपवित्र की जाती रही, वही कि मन्दिर में मन्त्र मारते ही देवता प्रसन्न होते हैं और फिर आप पाप कर सकते हैं, फिर शाम को आकर पाप के प्रक्षालन के करने के लिए सवा रुपये का प्रसाद चढ़ा सकते हैं। हम इसी तरह भ्रष्टाचार से लड़ते आये हैं कि भगवान को पाँच का प्रसाद चढ़ाकर पाँच लाख का फायदा चाहते हैं। हम तो अपने भगवान तक को भ्रष्ट कर देते हैं, इसीलिए हम सबसे भ्रष्टाचार से लड़ने का ड्रामा करते हैं ताकि वह बना रहे और अपनी दुकान चलती रहे।

जब वे यूपी जीत गये तो मेरे एक दोस्त बहुत दुखी हुए। कहने लगे कि साथी जिस चीज की आशा नहीं थी। वही हो गई। बहुत निराश हूँ। ये क्या हो रहा है वे क्यों जीत रहे हैं? हम क्यों हार रहे हैं? अगर सब विपक्षी एक साथ होते तो शायद हरा देते।

मैंने कहा-"तब भी नहीं हरा पाते क्योंकि यह खेल सिर्फ संख्यावाद से नहीं जीता जा रहा। कोई और चीज है बल्कि कई परतों में काम करने वाली कई तरह की चीज़ें हैं जो दिन रात पक रही हैं, काम कर रही हैं और वे सब मिलकर उन्हें जिता रही हैं और उन तक हमारा आपका हस्तक्षेप तो दूर हमारी रीच तक नहीं है।"

वे बोले-"ये तो नंगा हिन्दुत्ववाद है! वे साँस लेने तक की जगह नहीं दे रहे। गली-मुहल्ले सर्वत्र उनके चांडाल नाचते हैं!"

मैंने कहा-"हाँ है ऐसा ही लेकिन यही होगा क्योंकि हिन्दू चित्त

आपसे दूर होकर उनके पास चला गया है। वे उसको अपने निकट लगते हैं। कुछ पहले तक आप आकर्षक विद्रोही लगते थे पर अब नहीं लगते क्योंकि विद्रोही पीढ़ी, विरोधी पीढ़ी, क्रान्ति, प्रगतिशीलता, परिवर्तनशीलता, आधुनिकता आदि सब पुराने पड़ गये हैं और जो पुराने कह दिये गये थे, जड़ीभूत कह दिये गये थे, रूढ़ि कह दिये गये थे फर्श के नीचे सकेर दिये गये थे, जैसे संयुक्त परिवार जाति, धर्म, नस्ल, राष्ट्र, देशप्रेम, भक्ति, उपासना, नाम, जप, कीर्तन, वही कर्मकाण्ड आदि सब और भी विकट और विकृत होकर लौट आये हैं। इन कर्मकाण्डों के मूल मीनिंग तक खो चुके हैं लेकिन वे और अधिक रंगीन और अधिक आकर्षक, यहाँ तक कि डिजिटल होकर वापस आ गये हैं।''

हम डिजिटल पुराणों में जीने लगे हैं। यही नया भारत है, नयी ब्रांडिंग है।

## *वह एक डरा हुआ हिन्दू है*

मैं कह दूँ कि मेरी आत्मा के दो हिस्से रह गये थे–एक वो जो मैं था यानी जरा-जरा नास्तिक, जरा-जरा आधुनकितावादी, तर्कवादी, शंकावादी, दूसरा हिस्सा वो था जो श्रद्धावादी, पुराणवादी तो नहीं हो सका लेकिन उनको अपनी बगल में लिए ही चलता था। हाथ में मोबाइल रहे लेकिन उसकी बगल में जन्मपत्री, पंचांग रहे और संकट के वक्त के लिए हनुमान चालीसा रहे। मुझे कण्ठस्थ था जो बड़े काम आता था और जहाँ कम्यूनिस्ट मेनीफेस्टो फेल था, वहाँ हनुमान चालीसा पास था। वह सफलता के मनोविज्ञान की गारण्टी था और स्योर शॉट गारण्टी था!

मेरे दोस्त की हार पर मेरी हँसी उसका उपहास उडाती हुई चली! सोचने लगा उसके लिए जनता क्या थी अनपढ़-गँवार जिसे सभ्य बनाना है। यह नेहरूकालीन आधुनकिता थी जिसके चलते वह सत्तर साल तक जनता को पिछड़ा मानकर चलता रहा। (इतने ही बरस तो सोवियत सत्ता रही थी!) उसकी डिक्शनरी में हिन्दू शब्द वाला पन्ना ही फट गया था। यह आधुनिकता बरतानी अंग्रेजी से आदमी को देखती। अंग्रेजों ने इसे व्हाइटमेंन्स बर्डन कहा और मैकाले जी सभ्य बनाने पर

तुल गये। ये आदमी को जैसा वह है, वैसा कभी न ले सके! वह धर्म में लगा रहा। कर्म कांडों में फँसा रहा। धर्म की रक्षा में पतला होता रहा। मन्दिर जाता रहा। नियम-व्रत-उपवास करता रहा। कथा भागवत सुनता-कहता रहा। मानस पाठ करता रहा। वह इन्हीं में जीवित रहा! वह तीर्थाटन करता रहा। कुम्भ करता रहा। गंगास्नान करता रहा। जन्म और मरण तक किसी-न-किसी रूप में सोलह संस्कार अपनाता रहा। पण्डित सदा ऊपर ही रहा और उस जैसा होने के लिए निचले तबके तरसते रहे। रिजर्वेशन ने कुछ को अवसर दिया। वे नये ब्राह्मण होने लगे। ब्राह्मणवर्ग को खतरा होने लगा। धर्म की हानि होने लगी। रिजर्वेशन स्वयं सबसे बड़ा कलिकालीन कानून रहा जिसने वर्ण व्यवस्था को विचलित कर दिया! यही 'कलियुग' था। जब आर्थिक संकट बढ़ता महसूस होता तब 'धर्म की हानि' होती दिखती। नये देवी देवता, नये अवतार की प्रतीक्षा की जाने लगती।

धर्म क्या था? वर्ण-व्यवस्था ही धर्म थी। उसे विचलित करने वाला कानून था, राजनीति थी। यह धर्म की हानि की तरह थी। धर्म की हानि को सहा नहीं जा सकता था, इसीलिए धरती पर वर्ण टूटने का पाप बढ़ने लगता। गऊ माता त्राहि-त्राहि करने लगती। ब्रह्मा और विष्णु जी के पास गुहार लगाई जाती तो वे बोल उठते कि कलियुग का नाश करने के लिए कल्कि आयेगा। वह इक्कीसवीं सदी की दूसरी दहाई में आयेगा। जब पाप बढ़ जायेगा, भ्रष्टाचार बढ़ जायेगा और म्लेच्छ शासन कर-करके गो-ब्राह्मण की हानि करने लगेंगे, तब कल्कि आयेगा ही आयेगा। वह डिजाइनर क्रीजदार श्वेत वस्त्रों में सज्जित हाथ मे नंगी तलवार लिए श्वेत घोड़े को दौड़ाता हुआ आयेगा और धरती को म्लेच्छ-मुक्त करेगा!

वही हो रहा है। यह झटके से नहीं किया जा रहा बल्कि हलाल से किया जा रहा है। धीरे-धीरे किया जा रहा है ताकि सबको सबक रहे!

मेरी आत्मा बहुत दिनों तक विभक्त रही। एक हिस्सा अंग्रेजी पश्चिमी रंग में रंगना चाहता रहा लेकिन दूसरा गरीब हिस्सा साल में एक बार वैष्णो देवी जाता रहा। भगवती जागरण करता रहा। भजन-मण्डली बनाकर तरह-तरह के बाबाओं के जरिए कथाएँ कहलवाता रहा जिसमें दुनिया की हर चीज़ का आनन्द मिलता था। ऊपर से भक्ति चलती, अन्दर से भोग चलता और बाहर से लगता भगवान गुरु जी के

पास ही रहते हैं। अन्दर जाकर मालूम होता कि गुरु जी वो ही कर रहे हैं जो भगवान को मंजूर हैं! बाहर से सब जबर्दस्त दिखायी देता और अन्दर से सब बना बनाया ठेके का चमकदार पन्नियों से बना दिखायी देता जिसमें तरह-तरह के हित एक-दूसरे को काटते यानी वही कलियुग यथावत भक्ति के अन्दर चला आता

श्रद्धा-भक्ति और धूर्तता एक साथ मुस्कुराती मिलतीं लेकिन सब अच्छा लगता। ये सब होता। इनके हजारों लाखों संस्करण होते। उनके ऊपर तरह तरह के बाबा होते, उनके ऊपर संगठन होते, उनके ऊपर गुरु जी होते और सब एक साथ सधा रहता क्योंकि एक मिथ में जीना भी हिन्दू आधुनिकता का परिणाम था। अलग-अलग हिन्दू आत्माएँ होतीं। वे अलग-अलग अहंकारों में लीन रहतीं लेकिन जैसे ही उनको किसी का डर दिखाया जाता, वे एकजुट होने लगतीं! डर...डर...डर... इहलोक का डर, परलोक का डर, माया का डर, राक्षसों का डर, म्लेच्छों का डर, डर...डर...डर हिन्दू चित्त पता नहीं कब कैसे ऐसा डरपोक बन गया कि डर के बिना वह एक कदम नहीं चल पाता। जो समाज आत्मा को अमर मानता था शरीर न मरे इसी चिन्ता में घुला जाता था। कृष्ण ने लाख अर्जुन को समझाया कि मोह न करे लेकिन जितनी बार कहा मोह न कर, उतनी ही बार मोह बढ़ा!

यह हजारों उलझी जटाओं की तरह जटिल मनोविज्ञान था। कथाएँ बताती थीं कि ये मुनि, वो ऋषि बिना डरे ये कर गया, वो कर गया। परशुराम ने इक्कीस बार धरती से क्षत्रियों का समूल नाश कर दिया। ये कर दिया, वो हर दिया। हर अवतार ने अपने युग में कलि को भस्म कर दिया लेकिन कलि फिर फिर उठ खड़ा हुआ। एक चक्र बना हुआ था। कलि का डर शाश्वत डर था। वह आज और ज्यादा था...

मैंने अपने हारे हुए मन वाले मित्र से कहा-"प्यारे कामरेड! हिन्दू चित्त हमेशा से एक डरा हुआ चिर आक्रान्त चित्त रहा है। तुम उसे तो देखो, उसे टटोलो! लेकिन तुम उस तक पहुँच ही नहीं सकते। उसे टच तक नहीं कर सकते। वह तुमसे बहुत दूर है। तुम्हारे लिए वह बेहद पराया है। वह सचमुच एक अण्डरग्राउण्ड चित्त है। न जाने कब से तुम अपने इसी पिछड़े, दबे, डरे हिन्दू मन को भूले-भुलाए बैठे हो। उसे जगाओ। उसका स्मरण करो और यह सोचकर न डरो कि ऐसा करके तुम वैसे ही हिन्दू बन जाओगे जिससे तुम परेशान हो।

कुछ दिन के लिए तुम अपने पुराने गँवई, कस्बाती, धर्मभीरू, कायर, हिंसक, शर्मीले गर्वीले एक ही समय में दीन, दुरभिमानी, शिष्ट और दुष्ट अवसरवादी हिन्दू के रूप में लौट जाओ जब तुम एक आधे प्राचीन, आधे अर्वाचीन और विभक्तमना हिन्दू की तरह हुआ करते थे। याद करो तुम्हारा चित्त बचपन से दो-तीन हिस्सों में फटा रहा और तब उससे तुम्हें कोई दिक्कत न थी। ध्यान रखो जिनसे तुम परेशान हो, डरे हुए हो, जिनको तुम फासिस्ट कहते हो, जिनको सबसे बड़ा खतरा मानते हो, वे सब वैसे ही चपल, चतुर, चंट, अवसरवादी और विभाजित चित्त के स्वामी हैं। बढ़ती तकनीकी और गिरती महानता की इस उत्तर आधुनिक दुनिया में वे तब अपने को महान कहना दिखाना चाहते हैं, जब महानता के समस्त वृत्तान्त गिर चुके हैं और तुच्छ वृत्तान्त उठ खड़े हुए हैं। हिन्दू को महान बनना है। इसके लिए उसके पास अतीत में दुनिया का गुरु होने के ओरियंटल मिथ के साथ 'इक्कीसवीं सदी भारत की है' का हल्ला है। (यहाँ भारत माने हिन्दू पढ़िए)! और पिछले बरसों में वह अपनी समूची सड़क लीलाओं के जरिए वह सब कर चुका है जिसके जरिए वह धर्म की हानि को रोकने की बात करता था। धर्म की हानि को रोकने की लीलाएँ अब एक बिजनेस बन चली हैं, उनमें पैसा है। इसीलिए विजिलांते का धन्धा जोरों पर है कि म्लेच्छों पर हमला करें। इस तरह तोष महूसस करें कि अपनी पुण्य भू म्लेच्छों से रहित की जा रही है। डर बिठाओ और राज करो। डिजिटल पर सरकार का राज और सड़क-मुहल्ले व ट्रेन में आपका राज! न सरकार आपके बीच बोलेगी, न आप अपना काम छोड़ें। यह एक पुराना हिन्दुत्ववादी प्रोग्राम है लेकिन इसकी एक बड़ी सीमा हिन्दू चित्त है, जो निडर है जो अपने पर विश्वास करता है जिसे अब तक डराया नहीं जा सका है। इसलिए तुम डरो नहीं। डरोगे तो उनसे लड़ नहीं पाओगे! ध्यान रखो कि हिन्दू हर धर्मोत्सव के लिए अपने लिए नये देवता, नये विग्रह बनाता है, गढ़ता है और इष्ट कार्य सम्पन्न होने पर उनको नदी किनारे विसर्जित कर देता है।

इस बावले से हिन्दू चित्त में यह संस्कारगत बहुदेववाद है, बहुविग्रहवाद स्थायी है वरना वो एक-दो अवतार की जगह दस और अब ग्यारहवें अवतार की कल्पना ही क्यों करता? एक देववादी होता तो एक देवता बनाकर, एक अवतार कराकर, एक किताब बनाकर

काम चला लेता, जैसे कि एक किताब के पीछे चलने वाले धर्म करते हैं। हिन्दू चित्त की यही लीलामयता है कि वह स्वयं इतना लीलाप्रिय है कि वह एक देवता को देर तक सिर पर नहीं बिठाए रखता। जल्द ही ऊब जाता है और उतारकर नदी किनारे सिरा आता है, फिर नये ले आता है...''

मैं और मेरी इस दुष्ट आत्मा के बीच यह सघन-सी बातचीत चल रही थी। हम शीशे से बनी उसी चिकनी परदर्शी सड़क पर थे जो स्वर्ग तक ले जाने का दावा करती थी, जिससे अभी-अभी उत्तम सन्ततियों की एक टोली मार्च पास्ट करती हुई आगे गयी थी और अब आँखों से ओझल हो चुकी थी।

मेरी पवित्र हिन्दू आत्मा ने जब ये सब बोला तो मेरी अधुनिकतावादी आत्मा से रहा न गया। वह क्रोधित होकर बोली–

''ये क्या बकते हो यार! एक बार क्या जीत गये समझते हो सब कुछ का अन्त हो गया! हिन्दुत्व के पास देने को है क्या? वह अल्पसंख्यकों की कीमत पर अगर अपनी तानाशाही चलाना चाहेगा तो उसे मुँह की खानी पड़ेगी। आखिर संख्या बल उसके साथ नहीं है! देखते कि कुल चौंतीस फीसदी वोट ही उसके पास है, बकिया छियासठ फीसदी उसके साथ नहीं हैं। तुम सबसे बड़े अल्पमत जरूर हो लेकिन बहुमत हरगिज़ नहीं हो। एक बार तुम्हारे ख़िलाफ़ सब एकजुट हो जायें तो तुम्हारा ये शीश महल चूर-चूर होकर गिर पड़े।''

मैं सुन रहा था और गुन रहा था। उसकी बौखलाहट स्वाभाविक थी। अब तक जिस तत्व को उसने दफ़नाकर रखा था, अब वही उसके समक्ष था और उसकी गाली सुन तक नहीं रहा था! अपनी आलोचना से बेफ़िक्र हिन्दुत्व इस कदर बेपरवाह था कि वह हर वितर्क को अपने देशभक्ति के दर्प के धोबीपाट पर पटककर मार देता था। कहने लगता था कि तुम साले पश्चिम के दलाल ईसाइयत की वाहक मॉडर्निटी की नाजायज़ सन्तान, तुमको क्या मालूम कि यह देश पाँच हजार साल पहले जगतगुरु रहा है। हम वो सभ्यता हैं जिसने सबको सभ्यता सिखाई है। दुनिया को जीरो दिया है, तब दुनिया को गिनती आयी है और अगर हम इस सब पर गर्व करते हैं तो तुम कहने लगते हो हम

पिछड़े हैं, हिन्दुत्ववादी हैं, साम्प्रदायिक हैं। यह अब नहीं चलेगा। हम हिन्दू हैं तो हैं! संघी तो हैं!

हम नवजागरण से आगे के लोग हैं। मॉडर्निटी तुमको जीने नहीं देगी और विकास का तुम्हारा रास्ता हिंसा से भरा है...आजादी के आन्दोलन में तुम्हारा कोई रोल नहीं था...

मैं चेता। बात नवजागरण पर आकर कुछ इस तरह से टिकी मानो जब तक उसे सेटिल न कर लिया जाय, बात आगे बढ़ नहीं सकती।

मैं रेनेसाँ से पहले से ही परेशान था। जब देखो ये साले हर बात पर 'रेनेसाँ-रेनेसाँ' रोने लगते थे कि बंगाल रेनेसाँ मराठी रेनेसाँ तमिल रेनेसाँ। और इन सबका मालिक यूरोपियन इंगलिश-इतालवी रेनेसाँ... नवजागरण-पुनर्जागरण! जागरण की इतनी बात लेकिन मुझे सोते लगते हैं। जगते नहीं लगते। अगर जगते होते तो इतने एंटी-हिन्दुत्व न होते!

चलते-चलते हम दोनों आत्मा काफी दूर आ गये थे। पारदर्शी सड़क के नीचे एक मल्टीप्लेक्स नज़र आता था जिसमें न जाने कितनी तरह की पिक्चरों के पोस्टर चमकते थे गाड़ियों की रेलमपेल और लोगों की गहमा-गहमी। मन हुआ कि उधर कहीं बैठा जाये और ये जो बातचीत चली है जो न जाने कितने दिन बाद चली है इसे थोड़ा टिकाया जाये और समझा जाये कि हमारे बीच बहस का मुद्दा क्या है? मतभेद के कौन से इलाके हैं?

मैंने कहा–"अगर बुरा न मानो तो क्यों न हम नीचे उस मल्टीप्लेक्स में नये खुले फाइव स्टार रेस्त्राँ में कॉफी का आनन्द लें और चर्चा जारी रखें। वहाँ बैठने की अच्छी जगह बनी है और ए.सी. भी है, सो कोई दिक्कत न होगी।"

दुष्टात्मा को मेरे मुँह से फाइव स्टार रेस्त्राँ और कॉफी का नाम सुनते ही झटका-सा लगा। वह कुछ देर मुझे घूरता रहा और हाँ में गरदन हिला दी।

हम नीचे उतरने लगे। एक बेहद लम्बी लिफ्ट हमको मानो रसातल में तेजी से लिए जा रही थी। हम कुछ देर में ही फाइव स्टार रेस्त्राँ में थे और कोने की एक टेबिल पर दखल करके बैठ गये थे। चारों तरफ लोग बैठे कल्कि अवतार की चर्चा में लीन थे और औरतें 'उत्तम

सन्तान कैसे पैदा करें' का वीडियो अपने-अपने मोबाइल पर देखकर आदर्श माँ बनने की लालसा में उत्तेजित हो रही थीं। उनके बच्चे आपस में युद्धाभ्यास कर रहे थे। हॉल में हलका संगीत बज रहा था।

बेयरे के आते ही ऑर्डर देकर बात को मैंने ही आगे बढ़ाने के लिए पूछा–"यार! एक बात देखो। तुम जितनी देर बोले हो शिकायत के सुर में ही बोले हो और तुम्हारी सारी शिकायतें तुम्हारे ही हिन्दू तत्व से हैं, किसी अन्य से नहीं लेकिन ऐसा और इतना ऑबसेशन क्यों? इतनी नाराज़ी क्यों?"

वो बोला–"क्यों न हो? अगर तुम लोगों का हिन्दुत्वादी एजेंडा ऐसे ही चलता रहा, जैसे चल रहा है तो एक दिन ये देश टुकड़े-टुकड़े हो जाना है...कश्मीर तो जाना ही है, तमिलनाडु भी चले जाना है। सारा दक्षिण भारत आउट हो जायेगा।"

मैंने सोचा उसके तर्क के इसी हाई पॉइंट पर अपना पॉइंट मारूँ क्योंकि सही टाइमिंग न रखी तो मेरी तीस साल की ट्रेनिंग बेकार हुई। यही इसका सबसे ताकतवर बिन्दु है और यहीं मुझे इसे चित्त करना है सो मैंने कहा–"मैं कुछ बोलूँ?"

उसने गरदन हिलाकर मुझे इजाजत दी

मैंने कहना शुरू किया–"एक भी अलग नहीं होने का। अलग होने का तर्क जानते भी हो? अपने किसी भी प्रदेश की इकोनॉमी ऐसी नहीं कि किसी यूरोपीय देश की तरह दिखे। हम एक-दूसरे से घिरे हुए एक-दूसरे को घेरे हुए रहते हैं और लड़ते-झगड़ते भी रहते हैं क्योंकि अपने समाज का यही सबसे सहज मनोविज्ञान है। कश्मीर लड़ते-लड़ते थक जायेगा। आतंकवाद की साइकिल बीस साल की होती है। पाकिस्तान के पीछे खड़े होने से ये साइकिल जरा लम्बी हो गयी है। एक दिन टूट जायेगी, थक जायेगी। फिर राज्य की ताकत पुलिस और सेना के आगे ये क्या हैं। नुकसान कर सकते हैं और नुकसान करते रहेंगे लेकिन जीत तो नहीं सकते क्योंकि आतंकवाद कोई विकल्प नहीं देता। अलग होने की इकोनॉमी बहुत ही जटिल है जो इनमें से किसी के पास नहीं है। दरअसल हमारी विविधता की यही विशेषता है कि हर प्रदेश एक-दूसरे पर निर्भर है। और अब तो जीएसटी आ चुका है एक टैक्स, एक बाजार, एक नेशन"

"लेकिन आज के मानवाधिकारों का हनन करके आप कब तक

ताकत से राज करेंगे? यह फासिज्म कब तक चलेगा? कभी तो हटना होगा और तब...?

"फिर वही गलती कर रहो। तुम भूल गये कि तुम उस हिन्दू से बात कर रहे हो जिसने न जाने कितने युगों बाद सत्ता का पूरा स्वाद चखा है, जिसे अब वह भोग रहा है, जिस सत्ता को वह अपनी समझता है और जिसके जरिए वह इस राष्ट्र को इस देश को अपनी प्रॉपर्टी मानता है। यह हिन्दू सिर्फ उत्तर भारत में नहीं रहता बल्कि दक्षिण भारत में भी रहता है। तमिल को खुरचोगे तो अन्दर से हिन्दू ही निकलेगा!"

"लेकिन वहाँ का तमिल बदल गया है। पेरियार के आन्दोलन ने संस्कृतवादी परम्परा से अपने को न केवल अलग कर लिया था बल्कि अपनी तमिल परम्परा कायम की और चार दशक से तमिल अस्मिता राज कर रही है। तमिल अस्मिता हिन्दू अस्मिता से अधिक तगड़ी है।"

"जरा लिट्टे को याद करो उससे तगड़ी तो यह तमिल अस्मिता नहीं दिखी। वे अलग होना चाहते थे। दुनिया की कई ताकतें भी वैसा ही चाहती थीं और ध्यान रहे। वे कट्टर हिन्दुत्ववादी ही थीं। जिनको लिट्टे कहते हो, वे अलग नहीं हो पाये तो ये तमिल वाले अलग होंगे? फिर न भूलो कि पेरियार का जमाना गया। अब पेरियार एक अतीत का नाम है जिसे बार-बार कुछ लोग याद दिलाते रहते हैं लेकिन तमिल अस्मिता में पानी तभी पड़ गया था, जब डीएमके को तोड़कर एआईडीएमके बना था और अब रजनीकान्त की बारी है जो बिना कहे हिन्दुत्ववादी शक्तियों का हमदर्द माना जाता है! यह हिन्दू तत्व है जिसे तुम जैसे लोगों ने कभी माना ही नहीं कि वह है लेकिन वह था, वह है, वह रहेगा और इसी के चलते कोई अलग नहीं हो सकता। वह अलग जैसा दिखेगा भी, जैसे बड़े परिवार टूट गये और छोटे बन गये लेकिन तीज-त्योहार पर सब मिलते ही रहते हैं। यही तो वह हिन्दू तत्व है जिसे तुम आज तक देख-समझ न पाये। ये तुम्हारे अन्दर भी है जिसे तुम दबाये रहते हो। इसे अवचेतन में डालकर तुम खुद चैन से नहीं रह सकते इसीलिए तुम्हें बार-बार तंग करता रहता है। तुम चीखते रहते हो कि हिन्दुत्व आ गया। हिन्दुत्व आ गया। खतरा है, खतरा है। लेकिन कभी किसी हिन्दू से नहीं पूछते कि उसे किससे खतरा है और उसका कौन धनाधोरी है? कौन है जो उसके दर्द को समझे?"

"मेजोरिटी की ड्यूटी होती है कि माइनॉरिटी के दर्द को समझे।" वह गरजता हुआ बोला।

"लेकिन मेजोरिटी को भी तो दर्द हो सकता है, कष्ट हो सकता है। उसका दुख कौन दूर करेगा?" मैंने पूछा और अपनी बात को जारी रखा–"जानते हो तुम लोग जो आजकल मोदी से लेकर ट्रम्प तक की जीत को राइट की, दक्षिणपन्थी जीत बताते हो और उसका मज़ाक़ उड़ाते हो, उससे किसे नुकसान होता है।"

"ये तो हमारा डेमोक्रेटिक राइट है। बिना लिबरल मूल्यों के समाज नहीं चल सकते। तुम लोग तो तानाशाही की ओर जा रहे हो। हिन्दुत्ववादी तानाशाही की ओर जो सस्टेनेबिल नहीं हैं।"

"अरे भाई! मैंने इसकी सस्टेनेब्लिटी के बारे में नहीं पूछा। मैं पूछ रहा था कि तुम समान हमदर्दी से हिन्दू चित्त को नहीं समझते। तुम मानकर चलते हो कि माइनॉरिटी को भी पालने की सारी जिम्मेदारी हिन्दुओं की ही है। मानकर चला जाता है कि सारी शिकायत, सारी तकलीफ़ माइनॉरिटीज को ही हो सकती है। मेजोरिटी को कोई शिकायत, कोई तकलीफ़ नहीं हो सकती।"

"इसमें क्या गलत है?"

"गलत है क्योंकि अन्य किसी समाज की तरह हिन्दू समाज देशकाल निरपेक्ष होकर नहीं जी सकता। पाकिस्तान एक जन्मना दर्द है। वहाँ जो होता है, उसका सीधा असर यहाँ होता है। सन सैंतालीस उनके लिए अभी खत्म नहीं हुआ। वह अभी तक जारी है। यहाँ भी यही हाल है। भारत माँ की एक भुजा उखाड़ी गयी है। हमें खण्ड-खण्ड किया गया है ताकि हम हमेशा कमज़ोर रहें। तुम किसी आम हिन्दू से पूछकर देखो, वह बतायेगा। यही हाल बांग्लादेश का है, कभी सोचा है कि वहाँ अल्पसंख्यकों का क्या हाल है? आँकड़े निकाल लो। यू.एन. के आँकड़े ले लो। मालूम पड़ जायेगा कि वहाँ हिन्दू का नामोनिशान तक मिटाया जा रहा है। उसकी नस्ल खत्म की जा रही है। इस मुल्क के अलावा और कौन सा मुल्क है जिसे वो अपना कह सके?"

## *गोरक्षण लीला*

हमारी चर्चा चल ही रही थी कि अचानक कुछ शोर सुनायी दिया। जिस बड़े हॉल में पचासों मेज़ कुरसियाँ रखी थीं, लोग खा-पी रहे थे, और गप्प मार रहे थे उस हॉल में बाहर की हलचल को सुनकर अचानक सन्नाटा छा गया! सिक्यूरिटी गार्ड कुछ एक्टिव नज़र आये। इतने में दो-तीन पुलिसवाले भी अन्दर दाखिल हुए। वे अपने हाथ से दो लोगों को कुछ इस तरह से घसीट कर ला रहे रहे थे मानो अपराधियों को ला रहे हों। वे हॉल के दूसरे किनारे तक गये और उन दोनों को वहीं बैठा दिया। एक पुलिसवाला उनके पास खड़ा रहा बाकी दो दरवाज़े के पास चले आये। सबकी नज़र उधर देख रही थी, जिधर वह पुलिसवाला हाथ में अपनी सर्विस रिवॉल्वर हाथ में लिए खड़ा था और जिसकी ओट में वो दो लोग मेज़ पर माथा पकड़े बैठे थे।

इतने में चार-पाँच पुलिसमेन दो स्त्रियों और तीन बालकों को लेकर उसी कोने की ओर गये। उनको उन दोनों लोगों के पास छोड़कर उनका अफसर दरवाजे पर खड़े होकर फोन पर बात करने लगा। तब तक रेस्त्राँ का मेनेजर और सिक्यूरिटी चीफ़, दोनों मुस्तैद हो चुके थे और बाकी सिक्यूरिटी गार्ड भी बुला लिए गये थे।

अचानक ही बदला यह सीन अपने आप बहुत कुछ कह रहा था। सर्वत्र एक दहशत-सी फैल गयी थी लेकिन डर में भी सब जिज्ञासु थे कि क्या हुआ है? वे दोनों लोग जो कुछ परेशान से उधर छिपे बैठे थे, उनकी स्त्रियों और बच्चे उनका घेरा बाँधे खड़े दिखते थे। उनको देखकर लगता था कि पुलिस की हिफ़ाज़त के बावूजद वे डरे हुए हैं, सहमे हुए हैं और दरवाजे की ओर बार-बार देख रहे हैं। एक औरत दोनों पुलिसवालों से हाथ जोड़कर बिना कुछ कहे बहुत कुछ कहे जा रही है कि हमारे बच्चों को बचा लो। हमारे बच्चों को बचा लो! इन्होंने कुछ नहीं किया है। इन्होंने कुछ नहीं किया है...

त्राहिमाम-त्राहिमाम बचाओ-बचाओ की इस गुहार ने जिस तरह की करुण उत्तेजना हॉल में भर दी थी, उससे सबकी प्लेटे जस-की-तस धरी रह गयी थी। सबकी गरदनें उधर ही मुड़ी थीं और चूँकि एक पुलिसवाले के हाथ में रिवॉल्वर कुछ इस तरह से तनी थी कि किसी

ने जरा-सी भी हरकत की तो मानो गोली मार देगा इसलिए कोई उनके पास उठकर पूछने तक न गया कि क्या बात हुई है?

दृश्य ने सब कुछ बयान कर दिया था-रेस्त्राँ के पास कहीं कोई सीरियस वारदात जरूर हुई है जिसमें अमीर से लगने वाले दोनों आदमी किसी आसन्न मुसीबत के इन्तजार में हिले हुए हैं। उनके चेहरे बुझे हुए हैं। वे अवसन्न होकर सामने पड़ी मेज की ओर देखे जा रहे हैं। दोनों हाथों से अपना सिर पकड़े है। कभी-कभी तिरछी नज़र से दरवाजे की ओर देख लेते हैं। दरवाजे पर हलचल है लेकिन सिचुएशन कंट्रोल में दिखती है। दरवाजे पर भीड़ बढ़ रही है और भीड़ को देख उन लोगों की कातरता बढ़ती जा रही है।

इतने में दरवाज़ा टूटा और कोई पन्द्रह-बीस युवकों की भीड़ एक रेले के साथ अन्दर घुस आयी। उनके हाथ में हॉकी डण्डे, रॉड और फरसे थे। उनके सिर पर गेरुआ पट्टी बँधी थी जिस पर 'गोमाता रक्षक सेना' लिखा था। वे आते ही उस मेज की ओर लपके, जिधर वे डरे हुए लोग बैठे थे। वे रिवॉल्वर ताने पुलिसवाले से भी न डरे। इस बीच गेट के पुलिसवाले न जाने कहाँ बिला गये थे सिक्यूरिटी भी न जाने कहाँ गायब हो गयी थी।

हमारी सीट का एडवांटेज ये था कि हम उनको सीधे देख सकते थे।

इतने में उनमें से एक मस्तान ने पिस्तौल ताने पुलिस वाले को ललकारा-"इस तमंचे को तानकर तुम क्या अपने को दबंग का चुलबुल पाण्डे समझ रहे हो। इसे जेब में रख लो और फूट लो। इन दोनों गऊ हत्यारों को हमारे हवाले कर दो। हम इनको सजा देंगे। यहीं और इसी वक्त!"

तब तक एक मस्तान ने अपनी पिस्तौल निकाल ली थी। रिवॉल्वर वाले पुलिसमैन के चेहरे पर एक रंग आता था, एक रंग जाता था। यद्यपि उसके हाथ में पिस्तौल अब भी थी लेकिन अब वह तनी हुई नहीं थी। उसकी पकड़ भी ढीली हो गयी थी।

"जान बचाना चाहता है तो फूट ले वरना साले तू भी गया। जानता नहीं हम कौन हैं?"

ये डायलॉग पिस्तौल ताने पुलिसवाले को जैसे ही बोला गया, पुलिसवाला इधर-उधर देखने लगा। पुलिसवाले को मस्तान की धमकी

सुनकर वो डरे बैठे दोनों लोग हाथ जोड़कर खड़े हो गये और उस मस्तान की ओर देख गिड़ गिड़ाने लगे–"हमें माफ कर दो भाई साब! हमारी कोई गलती नहीं थी। हम तो इधर ही आ रहे थे बिट्टू का जन्मदिन मनाने। सीट बुक कर रखी थी इसी जगह कि बीच में वो एक गाय का बछड़ा सामने आ गया। उसे बचाने के लिए हमने अपनी कार को सड़क के बीच वाली जगह मोड़ा तो पाया कि वहाँ एक गोमाता बैठी है जिनकी पूँछ सड़क की ओर लटकी थी। जब तक ब्रेक लगाता, माता जी की पूँछ मेरी गाड़ी के राइट वाले टायर के नीचे आ गयी। गोमाता जी को कष्ट हुआ। वो डरकर उठने लगीं तो उठ न पायीं और गिर गयीं। हमने गाड़ी तुरत पीछे ली तो माता जी उठ गयीं और घबराकर दौड़ पड़ीं लेकिन न उनको कुछ हुआ है और न बछड़े को कुछ हुआ है। आपको गलतफ़हमी हुई भाई साब जी कि गोमाता हमारे टायर से कुचलकर मर गयी हैं। वो एकदम सलामत हैं। हमने उनको डरके भागते देखा है। आप देख लो, यहीं-कहीं होंगी...

एक फटी हुई-सी आवाज में वह आदमी काँप-काँपकर यह सब बता रहा था कि दूसरा नौजवान बोला–"क्या बकता है बे? हम क्या अन्धे हैं! साले अभी देखकर आये हैं। वो इस कदर घायल है कि बच ही नहीं सकती। तू कहानी बुनकर अपने को बचा रहा है। साले! चल हमारे संग अभी बताते हैं! ऐ इंसपेक्टर! तू हट। हमें निपटने दे।"

पिस्तौल वाले इंसपेक्टर को मानो काठ मार गया था। दूसरा पीछे हट गया था। वह ऊपर से कहता जा रहा था–"हाथ न लगाइए, हाथ न लगाइए। कानून को अपने हाथ में न लीजिए, कानून को अपने हाथ में न लीजिए..."

"तेरी माँ की...तेरी और तेरे कानून की ऐसी-की-तैसी। हमारी गऊ माता मारी है साले ने और तू इस हत्यारे को बचा रहा है। इन हरामज़ादों को तो मैं यहीं काट डालूँगा..."

फरसे वाले नौजवान के साथ आये नौजवान हॉल में हर ओर फैले थे। पिस्तौल वाला उन दोनों की ओर अपनी पिस्तौल ताने खड़ा था। हॉल में हत्यारे किस्म का सन्नाटा पसरा था। बच्चे तक अपनी माँओं के पास दुबके-सहमे चिपक गये थे। कोई हिम्मत नहीं कर पा रहा था कि बीच में बोले। यह नोएडा का एक बड़ा रेस्त्राँ था जो

एक मल्टीप्लेक्स के ग्राउण्ड फ्लोर में था। उसके गेट पर उत्सुक और उत्तेजित तमाशबीनों की भीड़ थी। हॉल में तनाव फैला था। कुछ देर यही स्थित रही। वह नौजवान काटने की धमकी बार-बार देता रहा। वे दोनों आदमी हाथ जोड़कर उससे जान की भीख माँगते रहे, फिर उनकी स्त्रियाँ भी अपने पल्लू फैलाकर कहे जा रही थीं–"हमारे पतियों को छोड़ दो, बदले में चाहे हमारी जान ले लो। अरे कोई है? कोई बोलता क्यों नहीं...ये क्या हो रहा है...कोई मदद करो..." वे जोर-जोर से रोने लगी थीं और बच्चे और भी जोर से रोये जा रहे थे...

इस रोआराट ने सीन में करुण रस की जगह बना दी।

औरतों के इस क्रन्दन ने जाहिर कर दिया कि वे गुंडे औरतों को टेकिल करने में असमर्थ हैं। जिस तरह की गन्दी-गन्दी गालियाँ वे मर्दों को दे रहे थे, औरतों को नहीं दे पा रहे थे। वे सिर्फ इतना कह रहे थे–"देखिए मेडम! देखिए मेडम! हम आपसे कुछ नहीं कह रहे हैं। ये तो आप माानेंगी कि गऊ की हत्या की है और इसकी सजा मिलनी ही चाहिए..."

तभी उन निशाना बने हुए एक मर्द को कुछ याद आया। उसने पुलिसवाले को इशारे से बुलाया और उसके कान में कुछ खुसफुसाया। पुलिसवाले को जैसे ड्यूटी मिल गयी। वह उस फरसे वाले के पास कुछ ऐसे पहुँचा, जैसे कह रहा हो कि सर जी! आप जो चाहते हो वही होगा...नौजवान मानो इसी के इन्तजार में था। वो तुरत इशारा समझा कि पुलिसवाले ने उसके कान में कुछ खुसफुसाया।

उसका असर तुरत नज़र आया। फरसे वाला कुछ ढीला पड़ा। उसने इशारे से पिस्तौल वाले को बुलाया और उसके कान में कुछ कहा तो वो बोला–"चेक करो फोन लगाओ अभी।"

उसने फोन लगाया लेकिन थ्रू नहीं हुआ। डरा हुआ आदमी फिर सिर पकड़कर बैठ गया। उसने तो पत्ता चलाया था, नहीं चल पाया। उसकी बात कन्फर्म नहीं हुई और मामला वहीं लौट आया।

तब तक गेट पर पत्रकारों की भीड़ लग गयी थी। वे दो गायब पुलिसवाले और पलटन के साथ गेट पर तैनात हो गये थे। चैनलों के कैमरामैन अन्दर आने को उत्सुक थे लेकिन पुलिसवाले उनको अन्दर नहीं जाने दे रहे थे क्योंकि अन्दर जिसके हाथ मे पिस्तौल थी, उसके हाथ में अब भी उसी तरह थी और जिसके हाथ में फरसा था, उसी

तरह था और बाकी दस–बारह और खड़े थे। हॉल में सौ–सवा सौ की भीड़ थी, डरी हुई। अगर उसने गोली चला दी और बेगुनाह मर गये तो पुलिस तो गयी काम से। सो वह गेट को किसी तरह मैनेज किये थी, मीडिया भी लगभग काबू में था।

तभी फरसे वाला उस आदमी पर गरजा–"साले! हमें उल्लू बनाता है कि तू खुद गऊ सेवक है! हमने कनेक्ट किया तो तुम्हारे शर्मा जी ने उठाया तक नहीं। नकली गऊ रक्षक है तू! आजकल न जाने कितने नकली गऊ भक्त घूमते हैं। साले! गऊ को मारते भी हो और अपने को गोसेवक बताते हो। असली भक्त हम हैं। अब तक हजार से ज्यादा गऊ माता की रक्षा की है, गोशालाएँ चलाते हैं!"

तब तक गेट पर पुलिस सब तरह से तैयार हो चुकी थी, अचानक एक लाउडस्पीकर से आवाज आने लगी कि देखिए, कानून अपने हाथ में न लीजिए! गऊ रक्षको! कानून अपने हाथ में न लीजिए! आप बाहर आइए। आपको कुछ नहीं होगा। उनको छोड़ दीजिए। कानून उनके खिलाफ अपना काम करेगा। फिर एक नया अफसर आगे आया और नौजवानों के सरगने से कुछ कहा और फिर सरगने ने अपने चेलों को इशारे से बुलाया और आपस में खुसुर–पुसुर की। फिर वह पुलिस अफसर उन डरे हुए दोनों लोगों के पास गया और कान में कुछ बोला और आदमियों की गरदनें सहमति मे हिलीं और तब जाकर तनाव शैथिल्य हुआ।

इस काम में भी बड़ा अनुशासन दिखा। पहले गऊ रक्षा सेना वालों ने रेस्त्राँ के किचिन के रस्ते से अपना रस्ता बनाया। उधर गेट पर खड़ी भीड़ और मीडिया अन्दर जाते हुए नौजवानों के पीछे दौड़ा लेकिन बहुत आगे नहीं गया। उसे यही ठीक लगा कि पहले इन परेशान लोगों को लाइव करें, उनसे बात करें, उनकी आपबीती सुनवाएँ!

इसके बाद के सीन रोज़मर्रा की तरह के हो गये, सारे कैमरे एक साथ उन दोनों को फोकस कर बात करने लगे कि क्या हुआ और कैसे हुआ? वे आदमी चुप लगाये रहे कि अभी हम कुछ नहीं कह सकते कि क्या हुआ। औरतों ने बोलने की कोशिश की तो उनको इशारे से चुप कर दिया कि मीडिया के आगे कुछ न बोलें वे चुप हो गयीं। उनके चेहरे का तनाव जा चुका था और एक तरह की वीर मुद्रा उनके चेहरे पर आ चुकी थी।

मीडिया वाले पुलिस की ओर लपके कि वो बताये कि क्या हुआ और क्या गोहत्या की वारदात हुई है कि सिर्फ अफ़वाह है?

पुलिस अफसर बोला कि क्या हुआ है, उसके बारे में अभी तफ़तीश करनी होगी लेकिन जो भी हुआ हो, वो इस रेस्त्राँ में नहीं हुआ। जो हुआ, बाहर हुआ है। थाने चलकर ही देखेंगे कि किसी ने कोई शिकायत की है या नहीं। फिलहाल तो हमारा मक़सद इन सिरफिरे नौजवानों को शान्त करना था। इन लोगों को बचाना था, सो बचा लिया। अब देखेंगे कि केस क्या है और कैसा है। उसके हिसाब से काम करेंगे लेकिन एक बात समझ लें कि कानून कानून है। अगर किसी ने भी तोड़ा है तो सख़्त कार्रवाई होगी। आप जानते ही हैं कि इन दिनों नयी सरकार की नीति है कानून तोड़ने वालों के प्रति जीरो टोलरेंस!

उस पुलिस अफसर ने इस तरह से उस जगह की उत्तेजना को शान्त किया। सब रिलेक्स से दिखने लगे। रसोइए बरतन खटकाने लगे। खाँसने वाले खाँसने लगे बच्चे रोने लगे। जिनको खेलना था, खेलने लगे। बड़े लोग गोलगप्पे खाने लगे यानी सब नॉर्मल हो गया!

मगर जिज्ञासा तो जिज्ञासा थी और वह जिज्ञासु कैसा जो उत्तर पाये बिना तुष्ट हो जाये!

कहानी के कई सिरे अचानक खुल गये थे। कुछ देर पहले तक वे दोनों आदमी जो कुछ फटे-टूटे से थे, सपरिवार कोने की मेज पर बैठकर रोते दिख रहे थे, डर के मारे काँपते दिखते थे इतने डरे लगते थे कि जब एक आदमी ने अपना मुँह खोला तो उसकी आवाज बच्चे की आवाज की तरह कँपकँपाई और रिरियाई अब वे अपनी 'फॉर्म' में थे।

खाते-पीते मिडिल क्लास के दो परिवार, जिनमें से एक के बच्चे का आज बर्थडे था, का अच्छा खासा बिजनेस था। एक बिजली के सामान का बड़ा व्यपारी था दूसरे का एक बहुत बड़ा प्रोविजन स्टोर था जो दूर-दूर तक प्रसिद्ध था। क्वालिटी माल देता था लेकिन सवाए दाम लेता था और टाइम पर होम डिलीवरी के लिए मशहूर था। इन दोनों के पास मॉडल टाउन में पाँच-पाँच सौ गज़ की दो बड़ी कोठियाँ थीं जिनका दाम अब दस-पन्द्रह करोड़ से कम न लगता था। वे दिल्ली

विश्वविद्यालय के कॉरेस्पोंडेंस से बी.ए. किये हुए थे और सिर्फ हिन्दी ही बोल सकते थे लेकिन जिनकी बीवियाँ लवली पब्लिक स्कूल वाली थीं वे जो अंग्रेजी बोल सकती थीं। वे इस रेस्त्राँ में बिट्टू का बर्थ डे मनाने आये थे। वे यहाँ तक अपनी-अपनी एसयूवीज में आ रहे थे कि तभी पास के मोड़ वाली सड़क की ओर मुड़ते ही अचानक एक बछड़ा गाड़ी के सामने आ गया था और उसे बचाने के चक्कर में गाड़ी डिवाइडर पर चढ़ गयी थी, जहाँ उस महान गोमाता की पूँछ पसरी थी जिस पर गाड़ी को चढ़ना था और चढ़ गयी थी और जो पूँछ भारी गाड़ी के उस चौड़े टायर के नीचे कुछ कुचली जाकर दबी रह गयी थी और जिस कारण पीड़ा से बिलबिलाकर गोमाता उठ खड़ी होकर भी पूँछ के टायर के नीचे अटके होने के कारण अचानक गिर पड़ी थी और फिर-फिर उठने की कोशिश में कई बार गिरी थी जिससे उसकी टाँगें घायल हो गयी थीं। तमाशबीन जुट चुके थे। उन्हीं तमशाबीनों में से ही कुछ न जाने कैसे कहाँ से भगवा पटका माथे पर बाँध कर हमला करने आ गये। न जाने कहाँ से उनके हाथ में डण्डे, सरिए, फरसे आ गये और गऊ माता की जै बोलते हुए उन्होंने इन कारचालकों को धर लिया। वो तो कारचालक-मालिक जवान थे, थोड़े तगड़े थे, इसलिए गोरक्षकों के दस-पाँच हाथ खाकर भी गिरे नहीं थे। इधर गोरक्षकों ने दूर कार के बोनट में जमी वैष्णो देवी की प्लास्टिक की मूर्ति को देख लिया था और संग में उन हनुमान जी को कार के बैक मिरर से लटके देख लिया था जो मेड इन चाइना थे। इन सबको देख गोभक्तों को अपने हमले में कुछ पानी डालना पड़ा। थप्पड़ मारते-मारते उन्होंने पिटने वालों की कलाई पर बँधे लाल कलावे को देख लिया था और कार पर लिखे ओम को देख लिया था।

पिटते-पिटते भी वे दोनों कहे जा रहे थे कि हम इण्डिया गेट से कल्कि भगवान की अवतार की लीला को देखकर आ रहे हैं। हम तो पक्के हिन्दू हैं आज बिट्टू का बर्थडे थे। रेस्त्राँ में बुकिंग कर रखी थी कि रेस्त्राँ वाली सड़क की ओर मुड़ते ही बछड़ा सामने आ गया। उसके बचाने के चक्कर में गाड़ी बीच वाली पटरी पर चढ़ गयी, जहाँ गऊ माता की पूँछ लटकी थी...

मैं उन दोनों के बारे में ऐसी ही सूचनाओं को टटोल रहा था कि अचानक रेस्त्राँ की गन्ध में परिवर्तन हुआ। लगा कि कोई तीसरा भी है जो आसपास है और वह मुझे वाच किये जा रहा है। मन में एक अजीब-सा तनाव व्याप्त हो गया। खुटका-सा लगा कि कहीं ये वही काना जासूस तो नहीं जो मेरे पीछे इतने बरसों से लगा है। अगर वह है तो उसका कुतवा भी उसके साथ जरूर होगा क्योंकि यह काना जासूस कुतवे के बिना कहीं जाता-आता नहीं।

मैंने इधर-उधर देखना शुरू किया, फिर पीठ के ऐन पीछे देखना शुरू किया लेकिन वह कहीं नहीं दिखा पर उसकी खुशबू मेरे नथुनों में अब भी आ रही थी यानी कि वह था यहीं-कहीं, भले दिखायी नहीं दे रहा था मेरी नज़र काउंटर की ओर गयी, जहाँ बैठे दो-तीन लोग ग्राहकों से हर आइटम का पेमेंट लेकर टोकन देते थे। जिन टोकनों के बदले किचन के पास खड़े लोग खाने का सामान देते थे, उन्हीं काउंटरमैनों में से एक का हुलिया मुझे उस जासूस से मिलता-जुलता दिखा! वही शानदार तनी हुई मूँछें, एक प्रोफेशनल किस्म की मुस्कान ओढ़े-तीखे होंठ, सिर पर रेस्त्राँ के नाम की कैप और काजी लेकिन तीखी नज़र, चपलता से नोट गिनती और खट-खट कम्प्यूटर चलाती रसीद देती उँगलियाँ।

मैं उठा और बहाने से उसके नजदीक गया! मेरा शक पक्का निकला। ये तो साला वही है जो पिछले बरसों से मेरे पीछे लगा है। मज़े की बात ये है कि यह हमेशा एक सुरक्षित दूरी पर ही मुझे दिखा है। न कभी हलो की, न हाय की लेकिन एक सख्त-सी दूरी से हमेशा दर्शन देता रहा है।

इतने में उसकी नज़र अचानक मेरी नज़र से चार हुई। उसने मेरी नज़र पकड़ी, मैंने उसकी पकड़ी और मुझे लगा कि वो मुझे इशारे से बुला रहा है और मैं बेबस उसकी ओर बढ़ा जा रहा हूँ।

मैंने देखा कि वो उठा। उसने काउंटर के दूसरे कुलीग के कान में कुछ कहा, फिर गल्ले का हिसाब दिखाया और कहा मैं आता हूँ और काउंटर से बाहर आकर मेरी तरफ बढ़ा! मुझे भी न जाने क्या हुआ कि एक नये तरह की निडरता मुझमें आ गयी और मैं

कुछ इस तरह उसकी ओर बढ़ा, जैसे कोई पुराना दोस्त अचानक मिल गया हो।

उसने अपनी टोपी वहीं काउंटर पर ही छोड़ दी। रेस्त्राँ का एप्रन भी वहीं छोड़ दिया था। अब वह हरे रंग की टीशर्ट और जीन्स में था। पैरों में नाइकी के जूते थे, दायें हाथ की अनामिका में एक मोटी-सी नग जड़ित अगूँठी थी और कलाई पर मोटा-सा लाल कलावा बँधा था!

वह मेरे और मैं उसके साथ-साथ चलकर उसी मेज तक आये जिस पर बैठा मैं कुछ देर पहले तक अपनी दुष्टात्मा से विमर्श में तल्लीन था। मेज तक पहुँचने से पहले मुझसे जिरह करने वाली वो दुष्टात्मा अपने आप अण्डरग्राउण्ड हो चुकी थी जिसके साथ मैंने गोरक्षकों की तमंचा लीला देखी थी।

तमंचा लीला तो जासूस ने भी देखी थी, फिर भी बात बनाने की खातिर मैंने उससे बैठते-न-बैठते पूछ लिया कि जो हुआ क्या उसने देखा और वह इस सबके बारे में क्या सोचता है?

उसने इशारे से एक बॉय को बुलाया और दो केपीचीनो का आदेश देकर सामने बैठ गया, साथ ही उसने हाँ में गरदन हिलाई कि उसने भी वो सब देखा था जो मैंने देखा था लेकिन उसने अपनी गरदन हिलाकर भी यह अस्पष्ट रहने दिया कि उसे वो सब कैसा लगा?

कॉफी का एक सिप लेने के बाद वह मुझे तकने लगा। उसकी नज़र एकदम नेज़े की तरह पैनी महसूस हुई। इतने पास से भी वह मुझे इतनी तीखी नज़रों से क्यों तक रहा है? मैं घबराया लेकिन समझ न पाया।

मैंने पूछा-"भाई जी! क्या मेरी स्केनिंग कर रहे हो?"

वह कुछ न बोला और उसी तरह से देखता रहा लेकिन अब मैं डरने लगा कि ये क्या कर रहा है? इसे हो क्या गया है? गप्प करने आया है कि तके जा रहा है? क्यों?

बहरहाल तब मैंने बचपन में सीखे नुसखे पर आचरण किया। जो तुझे तके, उसे तू भी उसी तरह तकने लग! कभी तो उसकी पलक झपकेगी। तब बात कर या कि उसके फोकस से अपने को हटा ले। उठ और इधर-उधर होने लग।

मैंने पहला नुसखा अपनाया और उसी तरह उसे घूरने लगा, जिस तरह से वो मुझे घूरे जा रहा था...कुछ देर बाद उसकी नज़र कुछ

विचलित-सी हुई और बोला–''यार! मैं इतनी देर से सोच रहा हूँ कि तुझे बताऊँ कि न बताऊँ?''

मैंने पूछा–''क्या बात है?''

वो धीमे सुर में बोला–''गुरुदेव ने मुझे आदेश दिया है कि तुम्हारी खबर रखूँ और तुमको सन्मार्ग पर लाऊँ। तुम्हारे ऊपर पहले से ही एक मर्डर केस चल रहा है। जाँच-वाँच अब तक सब मेरे हाथ में है। मैंने गुरुदेव के आदेश पर ही अपनी रिपोर्ट सबमिट नहीं की है वरना अब तक तुम लटक गये होते।''

उसकी बातें सुन मुझे उस मर्डर की याद आयी। यह एक काँवरिया था जिसका मर्डर हरिद्वार के रूट पर एक खेत में हुआ था, जिसकी लाश के पास खून का एक कतरा तक न मिला था और ये मुझे उसी में लपेट रहा है। मुझे ब्लैकमेल कर रहा है। अगर अब चुप रहा तो साला जीवन भर ब्लैकमेल करता रहेगा।

मैंने उससे उसी की तरह के धीमे सुर में कान के पास मुँह लाकर कहा–''तू ब्लैकमेल करना चाहता हो तो करके दिखा साले! गुरुदेव का नाम बीच में क्यों टपकाता है। तुझसे जो उखड़ता हो उखाड़ ले लेकिन तू सात तक जन्म उस मर्डर में मेरी भूमिका नहीं सिद्ध कर सकेगा! मैं वहाँ जब था ही नहीं तो कैसे करेगा सिद्ध कि था और यह कि मैंने ही मर्डर किया?''

''करने को तो मैं साले वो कमीनी चीज़ हूँ कि तू तो चीज़ क्या, तेरे बाप तक को मर्डर में लपेट दूँ। अभी अरेस्ट करा दूँ। वो तो गुरु जी ने इशारा नहीं दिया। सिर्फ इतना कहा है कि ये लाइन के कुछ बाहर जा रहा है। जरा देख। लाइन पर आ सकता हो तो ले आ वरना बेकार में सुधार-गृह में सड़ता रहेगा। मैं तेरा दोस्त रहा हूँ। तेरा खयाल करता रहा हूँ। तेरी बुद्धिमत्ता का कायल हूँ लेकिन अब मुझे भी लगता है कि तू बुरी सोहबत में रहने लगा है। कम्युनिस्टों के प्रभाव में आ गया है। उनकी साज़िश का शिकार हो गया है। राष्ट्र-विरोधी शक्तियों के प्रति तेरी हमदर्दी बढ़ने लगी है और अपने आपसे तुझे घिन आने लगी है। तभी तो तू कुछ ज्यादा ही सवाल करने लगा है। तू अश्रद्ध होने लगा है और अश्रद्ध के गुणगान करने लगा है। ये सब खबरें हमारे पास हैं। तेरे ऊपर दो हजार पेज का डॉजियर है मेरे पास!''

उसने बेहद ठण्डे तरीके से कॉफी का एक सिप लिया और जारी रहा–"तेरी बातचीत की न जाने कितनी सीडीज मेरे पास हैं जिनमें तू बड़े भाई जी से लेकर गुरुदेव तक को गरियाता सुना गया है।"

उसने कप में कुछ चीनी और घोली और कहने लगा–"तेरा काम क्या था? तू विचारक-प्रचारक था। दिशा देने वाला था। तू स्पेशल मोक्ष एक्सपर्ट था। तेरा नाम तक 'मोक्ष गुरु' पड़ गया था। तेरे पास बात-बात में हजारों को मोक्ष देने की कला थी तू मोक्ष देता तो जिनको मोक्ष मिलता, वे आभार व्यक्त करते कि अच्छा किया। ऐसा अतुलनीय प्रातिभ था तू। सब तुझे इतना मानते थे, फिर अचानक तुझे क्या हुआ कि दिशाहीन हो गया। यहाँ तक कि बिना गुरु-आज्ञा के एक मर्डर तक कर बैठा! वो भी एक भक्त का, शिवभक्त का, काँवरिया था जो बेचारा गंगा जी से गंगाजल लेके जा रहा था। वो तो गुरुदेव ने केस सँभाला वरना तो तू गया था। तेरी असली फाइल अभी तक गुरुदेव के ही पास है। अब भी वक्त है कि तू सँभल जा! इतना अहंकार किस बात का? क्यों अड़ रहा है? और उनके आगे जिनके आगे कोई नहीं अड़ता और न अड़ सकता है!"

"लेकिन मैं तो कुछ पहले गुरु जी की गुफा में गया था। उनके विचार सुने। उनसे एक सवाल भी किया। उन्होंने प्यार से मेरा सिर थपथपाया भी। चूँकि वे कल्कि अवतार के इन्तजाम में बिजी थे इसलिए मुझे जाने को कह दिया। अगर ऐसी कोई बात होती तो गुरु जी मुझसे न छिपाते। मुझे तो लगता है कि तू ही केस बना रहा है, गुरु जी नहीं। मेरे से अपना पर्सनल स्कोर सेट कर रहा है।"

"मुझे क्या पड़ी है? हजारों केस देखता हूँ। एक तेरा ही केस नहीं है मेरे पास। वो तो जो गुरु जी ने कहा, वो तुझे बता दिया। अब तेरी मरजी।"

"मैं कैसे यक़ीन करूँ कि जो तू कह रहा है, वो गुरुजी ही कह रहे हैं?"

'संशयात्मा विनश्यति...संशयात्मा विनश्यति...' वह गुरु जी की तरह ही बोला। ऐसा लगा वो नहीं उसके मुँह से गुरु जी ही बोल रहे हैं।

मैंने कहा–"अरे यही सवाल तो मैंने गुरु जी से किया था कि अगर आत्मा अजर-अमर है और शरीर ही नश्वर है, तब गीता में 'संशयात्मा विनश्यति' क्यों कहा गया? आत्मा तो निराकार-निर्विकार

ही हुई, वह तो संशय में क्यों पड़ेगी? मोह में क्यों पड़ेगी? माया का शिकार क्यों बनेगी?"

गुरु जी ने तो इसे सुनकर कुछ खास नहीं कहा था, सिर्फ मेरा सिर कुछ देर के लिए अपनी हथेलियों मे लेकर दबाया था, थपथपाया था।

वह हँसा–"तू इतने दिन गुरु जी का पट्टशिष्य रहा। तुझे वे अपने उत्तराधिकारी की तरह देखते थे। तब भी तू उनके स्पर्श का मतलब नहीं समझ पाया। जानते हो जब गार्गी ने याज्ञवल्क्य के आगे कुछ ज्यादा ही सवाल किये तो याज्ञवल्क्य ने क्या कहा था–"जा तेरा सिर टुकड़े टुकड़े हो जाये! और हो गया! ऋषियों-मुनियों की वाणी कभी खालीं नहीं जाती। इसी तरह जब अर्जुन ने कुछ ज्यादा ही क्वेश्चन किये तो भगवान कृष्ण ने इतना ही तो कहा कि संशय से तेरी आत्मा यानी तेरे मन का नाश हो जायेगा यानी तू बेकार में मारा जायेगा, इसलिए सवाल मत कर। धनुष बाण उठा और भिड़ जा। तू उनको नहीं मारेगा तो वे तुझे मार देंगे। गीता युद्ध की समूची थियरी देती है कि अपना कर्तव्य करते हुए आप मोह के आगोश में न आयें। एकदम निष्काम कर्म करें और परिणाम ऊपर वाले पर छोड़ दें।"

"मैं तेरा मतलब समझा नहीं?"

"नहीं समझना है तो नहीं समझ। न समझने का परिणाम मैं तुझे बता चुका हूँ। फाइल खुलेगी और पचास केसों के चक्कर में तू अन्दर हो जायेगा, फिर सीधे अन्दर जायेगा। लौटकर बाहर नहीं आ पायेगा। अब तक तू हीरो था, अब जीरो हो जायेगा। मेरा संकेत समझ और शंका छोड़ और 'श्रद्धावान् लभते ज्ञानम्' हो जा। गुरु जी के चरण पकड़। तब तक पकड़े रह, जब तक वे न कहें। अच्छा जा पन्द्रह दिन की ट्रेनिंग पर जा, फिर मिल...

असली बात बताऊँ? जब से बिग ब्रदर (बी.बी.) आये हैं तब से गुरु जी भी कुछ बदल गये हैं। अब वे पाँच सितारा से कम में नहीं ठहरते। सो स्वभाव में कुछ नरमी भी आ गयी है, इसीलिए उन्होंने मुझसे खास कहा कि उस बेवकूफ को समझा कि और बेवकूफी न करे।"

इसके बाद उसने घड़ी देखी और अचानक उठ गया और 'फिर मिलेंगे' कहकर निकल गया। मेरा दिमाग भिनभिनाने लगा लगा। ऐसा लगा, जैसे दिमाग में एक बर्र का छत्ता टूट गया है और लाखों बर्र भिनभिन करती हुई डंक मारे जा रही हैं। दिमाग सूजे जा रहा है और

मैं चक्कर खाकर कुरसी के नीचे गिर गया। वो तो एक बेयरे ने मुझे गिरते देख लिया। सो तुरन्त सहारा देकर फिर से बिठा दिया। ठण्डा पानी मुँह पर मारा तो मैं पूरे होश में आया और पास खड़े लोगों से सॉरी बोला और उठकर चल दिया।

## *हंटिंगटन उर्फ हिन्दू हाईस्कूल*

रेस्त्राँ से जब मैं उठा तो रात के साढ़े दस बजे थे। मैं उठ तो गया लेकिन कुछ देर तक कदम न उठा पाया। जस-का-तस वहीं-का-वहीं कुछ क्षण खड़ा रहा। मुझे अपने पाँव बेजान महसूस हुए। लगा कि उनमें दम ही नहीं बचा और वे मेरे बोझ को सँभाल न पायेंगे। मैं खड़ा रहा, फिर जब पाँवों में कुछ दम आ गया तो कदम उठाए और धीरे-धीरे बाहर निकल आया!

बाहर की हवा ने मुझमें कुछ जान डाली। दुनिया अब भी अपनी गति से चल रही है। सड़क चल रही है। रौशनियाँ जगर-मगर हैं। उस मॉल की दीवारों पर न जाने कितने किस्म की लाइटें उस जगह को लास वेगास बनाये दे रही हैं। एक छोटा-सा अमरीका उग आया है जिसमें अमरीकी टाइप लोग-लुगाइयाँ और बाल-बच्चे आ-जा रहे हैं। यहीं-कहीं गाय का बछड़ा कार के आगे अचानक आया होगा। यहीं कहीं गाय की पूँछ कार के भारी टायर के नीचे दबी होगी। यहीं गोभक्त अचानक बने होंगे, एक्शन में आये होंगे और दो लाला लोगों की ठुकाई की होगी।

लेकिन सब बस फास्ट फॉरवर्ड की तरह ही गुजरा। मेरा मन अगर यहाँ नहीं था तो शायद कहीं और भी नहीं था। एक डरावना-सा बेगानापन तारी था। मैं दहशत-सी महसूस कर रहा था। उसकी धमकी, उसके इशारे, उसकी बातें मुझे हिला गयी थीं।

जो खुद दूसरों के लिए डर सिरजता था, डर पैदा करने का एक्सपर्ट था, वह मैं आज खुद अन्दर से हिला हुआ था। अजीब स्थिति थी।

मैं पटरी-पटरी चलने लगा। यह एक लम्बी सड़क की पटरी थी जो उसी लम्बी चिकनी स्वर्ग ले जाने वाली सड़क से मिलाती थी और मैं न जाने क्यों चाहता था कि जल्द-से-जल्द उस सड़क के चिकने बियाबान में खो जाऊँ। शायद वहीं मुझे चैन मिले, मेरी घबराहट कम हो और मैं पूरी साँस ले सकूँ।

बहुत पढ़ा-लिखा होना, बहुत बुद्धिजीवी होना इन दिनों एक अभिशाप की तरह था यह मैं जानता था क्योंकि मैं भी उनमें से एक था जो पढ़े-लिखों से घृणा करने के आदी थे लेकिन आज न जाने क्यों मुझे अपना वो अतीत याद आने लगा जब मैं खुद वैसा ही बुद्धिजीवी हुआ करता था। हर एक से वाद-विवाद करता। हरेक से लड़ता-भिड़ता तर्क करता हुआ! 'हेट' करता हुआ।

ये क्या हो रहा है? मेरे अन्दर क्या अघट घटे जा रहा है कि अतीत याद आये जा रहा है जिसे गुरु जी की लम्बी सोहबत ने कहीं दफ़ना दिया था। याददाश्त का वह हिस्सा तीस-पैंतीस साल से एकदम डिलीट ही हो गया था जिसमें एक-से-एक विद्वानों की किताबें, उनके सिद्धान्त, उनकी रचनाएँ, उनके विचार, उनके विमर्श किसी गूगल के क्लिक मात्र पर निकल आते थे और हम किसी से भी टकरा जाते थे...कहीं वही तो पुनर्जागृत नहीं हो रहा!

ये क्या हो रहा है? मैंने खुद से पूछा! तीस-पैंतीस साल पुराने मेरे जैसे अखण्डव्रती का मन भी डोल सकता है, पलटी मार सकता है और उस सबको जगा सकता है जिसे बड़ी मेहनत और अभ्यास से मन के अँधेरे कोने में सरकाकर रख दिया था। लेकिन मैं क्या करूँ। मैं उनमें से नहीं हो सका जिन्हें जगत् गति व्यापती ही नहीं। मुझे न केवल व्यापती है बल्कि एक्टिव भी कर देती है।

फिर सोचा इतना परेशान होने की जरूरत नहीं। यह सब इस षड्यन्त्री का एक और षड्यन्त्र है। सब जासूस का किया धरा है। न वह धमकाता, न मेरा मन अपने अन्दर डूबता और न अपने किये पर अफसोस करता कि मैं ऐसा क्यों हुआ?

क्यों न मैं जासूस जैसा बन गया? और बहुत सौं की तरह गुरु जी का अन्ध भक्त क्यों नहीं बन गया? मैं भी उन्हीं की तरह चैन से रहता। काहे को मैंने गुरु जी से सवाल किया और साला सवाल भी कैसा सवाल कि जिसकी जरूरत ही नहीं थी? मैं सवाल की एकेडेमिक्स में, उसके भाषाविज्ञान में क्यों घुस गया जब कि उसकी कोई तुक नहीं थी। साला मैं भी तो कल्कि अवतार वाले सुपर शो में स्टेज पर खड़ा होकर कल्कि की वन्दना गा सकता था? क्या यह भी कलि का असर था मेरे ऊपर कि अहंकार ने सिर उठा लिया था जिसे इतने दिन तक मैंने दबाया हुआ था?

लेकिन सवाल करना मना कहाँ है? मैंने तो पूरी श्रद्धा से सवाल किया था ताकि सही जवाब मिल सके। हमारी अपनी परम्परा में सर्वत्र सवाल और जवाब हैं। सभी दर्शन प्रश्न से शुरू होते हैं। प्रतिप्रश्न करते हैं। शास्त्रार्थ की परम्परा ही सवाल-जवाब की ही परम्परा है। तब मैंने सवाल कर लिया तो क्या गुनाह किया?

लेकिन मन में एक अफसोस तारी था। मेरा मन खुद को धिक्कार रहा था कि तू ऐसा क्यों हुआ? तू जासूस की तरह क्यों न हुआ। आराम से मस्ती मारता रहता। बता तू इस उसकी तरह क्यों न हुआ? क्यों तुझे ऐसी बातें सूझती हैं कि अकसर बना-बनाया खेल बिगाड़ लेता है? ये क्या प्रॉब्लम है तेरी? तेरे दिमाग की कोई गड़बड़ है कि पहले बनाता है, फिर उसे बिगाड़ लेता है। लोग दूसरों का बिगाड़कर अपना बनाते हैं तू है कि अपना बनाकर अपना ही बिगाड़ लेता है!

क्या कोई चिर संचित गहरी दबी निराशा ऐसा कराती है कि तू अपना ही आजमाया हुआ मार्ग त्यागने लगता है। क्या है यह?

तीस-पैंतीस साल हिन्दुत्व की ट्रेनिंग कम ट्रेनिंग नहीं होती और जिस तरह से माना जाता है कि एक बार कम्यूनिस्ट तो हमेशा कम्यूनिस्ट, उसी तरह से ये माना जाता है कि एक बार हिन्दुत्ववादी हुआ तो फिर लाख इधर-उधर हो जाये, रहेगा हिन्दुत्ववादी ही!

और ये हिन्दुत्व के दिन हैं। सब मलाई काट रहे हैं और तू है कि उसे ही लात मारने पर तुला है। क्यों?

क्या तुझे अपने हिन्दू होने पर शरम आने लगी है या कि हिन्दुत्व में तेरी आस्था डगमगाने लगी है कि तू ऐन टाइम पर गुरु को नाराज़ कर बैठा? जिन दिनों हिन्दुत्व सिंहासन पर बैठा है, दिग्दिगन्त में उसके जै-जैकार हो रही है। कल्कि कलिकाल के कार्यभारों को पूरा करने के लिए अवतार ले चुके हैं। ऐसी शुभ घड़ी और मुहूर्त में तू उलटा चल रहा है...

मैं अपने आपसे जूझ रहा था। एक ओर गर्व ओर दूसरी ओर अपराधबोध, दोनों के बीच मन पिसे जा रहा था।

मन तो मन है। मन में कुछ तो सवाल तो उठते ही रहते हैं। जैसे ये कि हिन्दुत्व का विचार अगर कल्चरल है तो क्या हम हंटिंगटन की थीसिस में रह रहे हैं जो सारी दुनिया की सभ्यताओं के टकराव

में व्यस्त देखती दिखाती है? जो मानती है कि आज दुनिया के सारे तनावों के पीछे धार्मिक फॉल्ट लाइनें हैं जो अब टकराने लगी हैं?

हंटिंगटन की थीसिस मुझे अधूरी लगती थी। वो सभ्यता यानी धार्मिक सभ्यताओं के टकराने की बात करता है जबकि अपनी थीसिस कल्चरल टकराव की थी। इसके प्रमाणस्वरूप मुझे एक गोभक्त का वह बयान याद आया जिसमें उसने कहा था कि तीसरा विश्व युद्ध गाय को लेकर होगा!

इन दिनों हम गो-गृहयुद्ध की ओर बढ़ रहे थे। क्या पता वैसा ही हो, जैसा उस गोभक्त ने कहा था।

ये मेरी आशंकाएँ थीं क्योंकि मैं अच्छी तरह जानता था कि जो युद्ध के लिए फिलहाल ताल ठोक रहे हैं, वे खुद तो आगे बढ़कर लड़ने वाले नहीं, अलबत्ता इस-उसको लड़ाने वाले अवश्य बन सकते हैं।

यह मेरा पागलपन था या क्या था कि सत्ता के इतने पास पहुँचकर मैं अचानक अपनी ही लाइन के खिलाफ हुए जा रहा था। अपना ही दुश्मन बने जा रहा था!

लेकिन मुझे उस गोभक्त हिन्दू की उस भविष्यवाणी में उपहासास्पद 'दम्भोक्ति' के साथ एक दयनीय 'दीनोक्ति' भी दिख रही थी।

यह उस जाति की 'दीनोक्ति' थी जो अगली ही साँस में कहती रही है कि वह 'पाँच हजार साल पहले दुनिया की गुरु रही थी'!

यही हिन्दू चित्त है। एक पल में दीन और अगले ही पल में दम्भी! बीच से फटा हुआ एक पुराना-सा आदमी! महानता के साथ उदात्तता! उत्तम पुरुष वही जो हर्ष और विषाद के समय एक समान भाव में रहे!

यह एक भावभूमि थी-"हम महान थे, हम ये थे, हम वो थे, हमारे पास एटम बम था, पुष्पक हवाई जहाज था, शब्दभेदी बाण चलाना जानते थे, दूध-दही की नदियाँ बहती थीं और गोधन की पूजा होती थी। तब सर जी क्यों हारते रहे?

ऐसी बातें किसी चाय के ढाबे पर, किसी पान की दुकान पर सुनी जा सकती थीं। ये रोज की बातें थीं। बहुत से लोग इन पर सौ फीसदी यकीन करते थे। मैं सोचता था कि ये बातें पुराने जराजीर्ण बूढ़ों के बीच के किस्सों में ही आती थीं कि समुद्र रावण के घुटनों तक आता था और एक ऋषि ने तो गुस्से में आकर सारा समुद्र ही

सोख लिया था जब त्राहि-त्राहि मची तो पेशाब कर दिया। इसी लिए समुद्र खारा है...

लोग किस्सों में, मिथकों में जिन्दगी जीते होते। किस्सों के किसी सिरे पर एक गर्व होता एक घमण्ड होता जो कहता कि मैं जो दिखता हूँ और जैसा लगता हूँ, वो हूँ नहीं। मैं ज़मींदार हूँ। गाँव में पचास बीघे जमीन है लेकिन किसानी करने में मन नहीं लगता, सो एक दिन चले आये। यहाँ रिक्शा चलाते हैं लेकिन न समझना कि हम गरीब हैं। हमारे पास जमींदारी है। घर पर सब कुछ है। ऐसे मार खाए मन में बहुत कुछ अण्डरग्राउण्ड रहता है मित्र! हिन्दू चित्त जितना ऊपर दिखता है, उससे ज्यादा अण्डरग्राउण्ड में रहता है

कुछ डरा-डरा, कुछ डराता हुआ, कुछ खुला, कुछ छुपा, सबके सामने रिरियाता, अकेले में गुर्राता यह जो आम आदमी है, वह इसी तरह की दीनोक्ति और दम्भोक्तियों में रहता है। सत्य में असत्य की मिलावट करना, सच में गप्प पेलना उसकी रचनात्मकता है। यह दुनिया बदमाशी, झूठ और भ्रष्टाचार पर खड़ी है। अकेला मैं हूँ जो ईमानदार हूँ, बाकी सब भ्रष्ट हैं। जो नाकामयाब हैं, ईमानदार हैं; जो कामयाब हैं, भ्रष्ट हैं, जिसके पास लाठी है, भैंस ही नहीं तबेला भी उसी का है। सरल-सी बातें सरल तरीके से सब जानते हैं।

इस बीच जब कोई कान में कू कर कहता है कि भारत महान था, सोने की चिडिया था जिसे पहले मुसलमानों ने लूटा, फिर अंग्रेज़ों ने लूटा, फिर कांग्रेस ने लूटा। तुम चाहो तो फिर से उसी महानता को पा सकते हो। तुम दोबारा दुनिया के गुरु बन सकते हो...फिर से दुनिया का गुरु बनना है...यह सुनकर किसकी भुजाएँ न फड़क उठेंगी? जो भुजाएँ फड़कवा दे, वही नैरेटिव असली है और गोरक्षा का नैरेटिव ऐसा ही नशीला है जिसके जरिए धर्म-अर्थ-काम-मोक्ष चारों पुरुषार्थ सधते हैं। गऊ के नैरेटिव में हिन्दू नेशन का नैरेटिव समाया है। नेशन किसका है, बहुसंख्यक का है। बहुसंख्यक कौन है, गोभक्त हिन्दू है ओके! पीरियड!

अपनी पॉपुलर कल्चर हिन्दू कल्चर है। पुराण, मिथक, कल्पना, इतिहास कथा, वार्ता सब एक-दूसरे में मिक्स हैं। अतीत का गौरव एक नशा है।

ऋषियों-मुनियों की त्याग-तपस्या की कहानियाँ, हजारों बरसों

तक तप करने के बाद भगवान का प्रसन्न होना और वरदान में कुछ भी माँगने का हक़। जीवन के अभावों को एक मिथ के जरिए आपूर्त करने की सम्भावना बनी रहती है।

हमें वो चाहिए जिसे पाने के बाद हम सब चिन्ताओं से मुक्त हो जायें। चिन्ता सबसे बड़ी प्रॉब्लम है। चिन्तामुक्त होना ही निष्काम होना है! चिन्तामणि, कल्पतरु, कामधेनु ऐसे ही आइटम हैं। एक बार मिल जाये तो सारी समस्याओं का निदान हासिल हो गया समझो!

यही ब्राह्मणीय पॉपुलर कल्चर है!

सो हर हिन्दू को चाहिए एक कामधेनु! दिव्य गोमाता! कामना की धेनु यानी 'जो माँगोगे वही मिलेगा' वाली चमत्कारी जादुई गाय!

सभी मनोकामनाओं को पूरा करने वाली एक अगूँठी! एक गाय! कामधेनु गाय! कैच लाइन है—जो माँगोगे, वही मिलेगा!

'जो माँगोगे, वही मिलेगा' के विरुद्ध को देखकर ही तो विश्वामित्र का कामधेनु को लेकर मन डोल गया था जिसके कारण वे मुनि वशिष्ठ से भिड़ गये और न जाने कब तक लड़ते रहे। यही नहीं जब उनको लगा कि सब कुछ के बावजूद वे वशिष्ठ की तरह ब्रह्मर्षि नहीं माने जा सकते तो उन्होंने तप करके यह पद पाया। तप क्या नहीं कर सकता! एक क्षत्रिय को भी ब्रह्मर्षि का पद दे सकता है।

इस हिन्दू चित्त की कितनी कथा-व्यथाएँ, कितने किस्से, कितनी गप्पें एक-दूसरे से उलझी हुई, मिली हुई, जुड़ी-तुड़ी हुई चलती हैं कि एक सिरा पकड़ो तो दस सिरे निकलते हैं और उनके सैकड़ों सिरे उनके भी हजारों सिरे निकलते हैं। पढ़ा-लिखा आदमी, अंग्रेजी पढ़ गया आदमी, मॉडर्नाया आदमी सबसे पहले ऐसी तमाम पुराण कथाओं के सूत्रों की उलझनों, गुत्थियों और गाँठों को लात मारता है लेकिन जब वह किसी 'दूसरे' के गर्वीले अतीत से टकराता है और जब दूसरे के गौरव से टकराता है तो वह दोगुनी गति से पुराण कथाओं को अतीत की कथाओं को बिना किसी तर्क के हजम कर जाता है क्योंकि वही है जो उसे अपने रक़ीबों से, अपने दुश्मनों से टक्कर लेने योग्य बनाता है!

जीन्स-टीशर्ट पहनकर अंग्रेजी स्कूल या हिंगलिश मीडियम में

पढ़कर जितना मन पश्चिमी हुआ जाता है, उतना ही अपने पूरब की महानता को ललचाता है। अपनी पुरागाथा में जितने सितारे कथावाचक लोग जड़ते हैं, उनके अलावा दो-चार सितारे वो खुद जड़ देता है।

गप्प-से-गप्प तक बनता है नित्य का इतिहास! नित्य की गप्प है नित्य का इतिहास! यह कानूनी समाज के समानान्तर संसार है जिसमें आम आदमी रमता है। आम आदमी का सपना क्या है? मोक्ष-मोक्ष प्रदायिनी गंगा, गोमाता कामधेनु, चिन्तामणि ऐसी मणि जो समस्त चिन्ताओं को दूर करती है, कल्पतरु ऐसा पेड़ जिससे जो माँगते हो, वही मिलता है और वो भी बिना पैसे के। एकदम सेंतमेंत में। मुफ्त में!

खूब पढ़े-लिखे लोग जब कहते हैं कि हिन्दू अपने किसी 'दूसरे' से घृणा करके ही खुद को बनाता है इसे अधूरा सच कहा जाता है। हिन्दुत्ववादी कहता है पूरा सच इसके विपरीत है। हिन्दू तो सबको अपना समझता है। कोई दूसरा ही उसे 'दूसरा' बनाता है। पहले इसलाम ने बनाया जो अब भी बनाता रहता है, फिर ईसाइयों ने बनाया और अब भी बनाते रहते हैं। अपने से 'अन्य' बनाने का धन्धा इसलाम और ईसाई का है। अपन तो सबको अनन्य समझते हैं!

जब कोई कहता है कि अपना समाज मल्टी रिलीजस, मल्टी कल्चरल है तो उसका मतलब ही यह है कि यहाँ पल-पल हर एक का कोई-न-काई दूसरा या अन्य समक्ष रहता ही है। दूसरे की समक्षता के बिना यहाँ कोई अपने को सम्भव नहीं कर पता। मल्टीपने का यह अनिवार्य फल है! इसी ने हमें विभाजित किया है। जाति तो एक ही थी और है वह है 'हिन्दू जाति' लेकिन उसे म्लेच्छों ने, म्लेच्छ विचार ने नाना जाति, पन्थ, सम्प्रदायों में बाँट दिया है! इसीलिए अपना नेशन पोच और कमज़ोर बना रहता है।

क्या इस विभाजनकारी विचार में पलीता लगाने के लिए किसी को बहुत मेहनत करने की जरूरत है? जहाँ हर एक-दूसरे के बरक्स ही अपने को पहचान पाता है। जहाँ जाति-भेद उपजाति-भेद के जरिए बारीक-से-बारीक भेद-व्यवस्था है, वहाँ अपने स्वत्व का एहसास बिना दूसरे के अस्तित्व को सामने रखकर, बिना उसे छोटा किये नहीं हो सकता। तो सिर्फ हिन्दू ही अन्य नहीं सिरजता, अन्य भी अपने अन्य सिरजते रहते हैं। हम हिन्दू अन्यों से अन्यों तक मुठभेड़ करते रहते हैं!

जरा अकेला होते ही मेरा मन न जाने ये क्या औल-फौल सोच गया? अस्थिर और विचलित मन कुछ भी कर सकता है और डरा हुआ मन बावला ही होता है। वह कुछ-का-कुछ सोचता है।

न जासूस मुझे धमकाता, न मैं डरता। न गुरु जी का भय होता। न मैं अपने हिन्दू चित्त की अन्धेरी खोहों में झाँकता, न बताता कि जिसे हम अहिंसाप्रिय समाज मानकर चलते हैं जिस मिथ को गाँधी ने पक्का किया है कि अहिंसक भारत का भाव है, यह मिथ है, मिथ्या है। अगर पुराण पढ़ें। चाहे वे अंग्रेजों के अनुसार अठारहवीं सदी में ही लिखे गये हों तो भी वे एक ऐसे हिन्दू चित्त के बारे में बताते हैं जो न जाने कितने बरसों से अनरवरत युद्धों और हिंसाओं में लगा रहा है!

एक परशराुम की कहानी पढ़ लीजिए और जान जाइए कि कितने रक्तपात से गुजरकर आये हैं हम। राम-रावण की कथा या महाभारत की कथा तो बाद की हैं। आप किसी कथा को उठा लीजिए। जिनके नाम से हम अपने गोत्रों को जानते हैं, उन महर्षियों के किस्से उठा लीजिए। वे सब एक-से-एक फाइटर रहे हैं और अपने किसी अन्य को दूसरे को निपटाने के लिए युद्धरत रहे हैं। रामायण और महाभारत तो दो महायुद्धों की कथाएँ हैं ही। हमारी पुराण कथाओं में न जाने किस-किस के किस-किस से युद्ध बताये गये हैं।

हिन्दू लड़ता नहीं हैं, लड़ाका नहीं हैं, फाइटर नहीं हैं। यह मिथ तो गाँधी जी का फैलाया मिथ है, यह वणिक धर्म का मिथ है, ब्राह्मण धर्म का सच नहीं। पुराण कथाएँ प्रमाण हैं कि शायद सबसे लम्बे जाति-युद्ध तो ब्राह्मणों और उनके 'अन्यों' के बीच ही चले हैं!

इक्कीस बार क्षत्रियों का धरती से समूल नाश करने वाले परशुराम आज भी ब्राह्मणों के आदि पूज्य देवता है, अवतार हैं। आज भी परशुराम सेनाएँ हैं। राम तो बहुत बाद की कहानी हैं और रावण भी तो ब्राह्मण ही था! क्या पता रामकथा ब्राह्मण के वर्चस्व के अन्त की कथा कहती हो?

तो पाँच हजार साल के अतीत के गौरव का मतलब है ब्राह्मणीय गौरव जिसे अब शूद्रों से, म्लेच्छों से खतरा है।

और जानते हैं ब्राह्मणों का माहात्म्य इतना क्यों है? क्या इसलिए कि वे ब्रह्मा के मुख से निकले हैं, यह एक कारण है? असली कारण यह है कि 'ज्ञान' पर उनका एकल कंट्रोल है। इसीलिए शास्त्र कहते

हैं कि ब्राह्मण और गाय, दोनों अवध्य हैं। उनकी रक्षा करना, धरती की रक्षा करना है, इहलोक और परलोक का सँवरना है यानी ब्राह्मण और गाय की रक्षा बराबर का पुण्य है तो आप गाय की ही रक्षा की बात नहीं करते संग में ब्राह्मण की रक्षा की बात भी करते हैं। आज ब्राह्मण गोरक्षा की बात कर रहा है।

## *ब्रह्मचर्य प्रतिष्ठायाम् वीर्यलाभः*

चलते-चलते मुझे अचानक लाउडस्पीकर्स से गूँजती एक उद्घोषणा सुनायी पड़ी। यह एक बस्ती थी जिसके एक खाली मैदान पर बने मंच पर लगे लाउडस्पीकर्स से आवाज आ रही है।

लगा कि जागरण जैसा कुछ हो रहा है। यह जागरण वैष्णो देवी जागरण जैसा न था कि दो-तीन घण्टे के भजनों के बाद खत्म हो जाये।

पास आकर मालूम पड़ा कि यह कल्कि जागरण था जो कई बरस नहीं कई युग नहीं, कई कल्प चलना था क्योंकि इसी तरह यह कल्पान्तकारी हो सकता था! कल्कि के कल्पान्त के पश्चात् ही 'क्रतयुग' या 'सतयुग' सम्भव था!

डीजे वाले ने इसका पूरा महत्त्व नहीं समझा। वह इस जागरण और अपने वाले जागरण को मिक्स कर बैठा! कल्कि का महत्त्व न समझा। कल्कि का उच्चारण ही गड़बड़ा बैठा और कल्कि को कलकी कहने लगा। जब ऐसा अनर्थ बार बार कानों में पड़ने लगा तो आयोजक श्री जी के कान खड़े हुए। उन्होंने चेले को आवाज दी कि इस डीजे वाले को समझाये कि कल्कि भगवान का नाम तो सही उच्चारित करे ताकि सुनने वालों में संस्कार पड़ें! लेकिन उसका उच्चारण ठीक नहीं हुआ। जब बोलता कलकी की धुन सुनायी पड़ती। आयोजक श्री ने चेले से पूछा कि कौन है ये आदमी तो मालूम पड़ा कि आदिल है और दूसरा पीटर है। नामी डीजे हैं। आयोजक श्री की समझ में आ गया कि कहाँ सांस्कृतिक घपला हुआ है। इसे ठीक करना ही होगा तो आदेश दिया कि इनको बोलने न दो। जो करना है, खुद करो। कम-से-कम भगवान का नाम तो सही बोलो। लेकिन ये नये हिन्दू युवा पंजाबी कल्चर के थे। वे भी संयुक्ताक्षर नहीं बोल पाते थे और जिस मशीन पर उनको

सीडी लगानी होती, उसको पूरी तरह कंट्रोल करना वे जानते नहीं थे। इस तरह जब भजन लगाते तो फिल्मी गाना लग जाता!

मैं दूर से सुनता आ रहा था। एक भजन बजता कि चलो बुलावा आया है, कल्कि ने बुलाया है तो कुछ देर बाद कोई घटिया-सा फिल्मी गाना बजने लगता!

ये दिन कुछ ऐसे ही खीझे हुए दिन थे। कहीं भी कोई किसी को मार बैठता था। मारने के तुरत बाद मारने वाला एक गेरुए रंग का कपड़ा सिर पर बाँध लेता और गोमाता की जय बोल देता। उसके सुनते ही पुलिस पीछे हट जाती और बिना किसी एफआईआर के वहीं फैसला हो जाता। मीडिया को इसकी खबर दी जाती। यह इसी तरह बताता कि ये जो पिटा हुआ मनुष्य है, वह पिटनशील ही था क्योंकि उसने या तो गऊ माता को तंग किया था या किसी माता या बहन को तंग किया था। जनता ने उसको अपने आप ठीक कर दिया न कानून का लफड़ा और न पुलिस का रगड़ा! न्याय और वो भी नकद!

ये कुछ झुलसे हुए दिन थे।

दिल्ली में गरमी बढ़ रही थी और रिकार्ड तोड़ रही थी। लोग लू से नहीं पीने के पानी के अभाव में मर रहे थे। किसान उस नये कानून से परेशान हो रहे थे जिसने उनके मवेशियों के लाने-ले जाने को सन्दिग्ध बना दिया था जिसके तहत हर कहीं गोभक्त उग आये थे। वे जिसके साथ गाय देखते, उसे ही धर लेते और उसके पैसे छीन लेते उसके गोधन को छीन लेते और अपनी गोशाला में पहुँचा देते और अगर वो रोकता तो वहीं ठौर भी कर देते! न रपट, न पुलिस थाना, कोर्ट-कचहरी और फैसला एकदम तुरत!

गोशाला बिजनैस जोर से चल पड़ा था। अनजान किसान किसी मेले से गायें खरीदकर लाते तो रास्ते में ही पकड़ लिए जाते पैसा छीन लिया जाता और जो दबंग होता उसे ठुकना होता। जो ठोकते, उनको गोभक्त शिरोमणि की उपाधि मिलती। उनको शहीद भगत सिंह के समकक्ष बताया जाता। उनका नागरिक सम्मान होता!

दूसरों की गायों की लूटमार से बनी एक आदर्श गोशाला में दस हजार गायें एक साथ हिल-मिल के रहती दिखतीं। कोई कहीं से आयी, कोई कहीं से लायी गयी, कोई किसी से छीनी गयी, कोई कहीं से लूटी गयी, कोई किसी के मुन्ने की प्यारी थी, कोई किसी मुन्नी की दुलारी थी लेकिन अब सब वे एक लम्बे चौड़े खेतनुमा मैदान में एकत्र कर दी गयी थीं!

मेरे बाजू में जो एक बड़ा-सा बंजर मैदान था, उसमें गायें छोड़ दी गयी थीं। उनके रँभाने की, उनकी गरदन हिलाने की, गरदन में लगी घण्टियों के बजने की आवाज कानों में पड़ रही थी। सड़ते हुए गोबर की दुर्गन्ध से नाक बन्द करनी पड़ती थी।

उनको खिलाने-पिलाने के लिए वही बन्दोबस्त थे। सरकार अनुदान देती थी, गोशाला को चढ़ावा निरन्तर आता था और पिछले दिनों से तो अनाजमण्डी वालों ने और घासमण्डी वालों ने रोज की बोरियाँ बाँध दी थीं ताकि गायें भूखी न रहें। एकाध पशु डॉक्टर थी लगा दिया गया था।

सब कुछ ठीक-ठाक था लेकिन एक दिन अचानक गोशाला में कुछ अजीब-सी बात हुई। कई गायें आदमी की आवाज में बोलने लगीं कि हमें आजाद छोड़ो। हम शहर के चौराहे पर बैठकर पागुर करेंगी। आते-जाते लोगों को देखेंगी। हमारे चाहने वाले वहाँ आकर हमें खाना दिया करते थे। कभी पूड़ी, कभी चने की दाल, कभी रोटी और कभी सब्जी वाले बची सब्जी दे जाते थे। वो गाना, वो नाचना, वो लोगों का शराब पीकर बहकना-झगड़ना, वो बारातों का निकलना, वो कारों का जाम लगना, वो टीवी का चलना, वो गानों का बजना, वो अमीरों की खुशबुएँ, वो धूप के महँगे चश्मे लगाई औरतों का अंग्रेजी में इतराना, सब-का-सब हमें अच्छा लगता था। दिल लगा रहता था क्योंकि हर वक्त कुछ-न-कुछ नया होता रहता था और तुमने यहाँ हमको अपनी तिहाड़ जेल में बन्द कर दिया है। दिनभर एक-दूसरे का मुँह देखती रहती हैं। दिनभर बोर होती हैं। क्या करें? यह असह्य है सहन नहीं किया जायेगा।

और एक दिन वे भूख हड़ताल पर चली गयीं। गरमी ज्यादा थी, सो डिहाइड्रेशन मार गया और एक ही साथ पाँच हजार गायें गोशाला में मर गयीं! गोभक्त मीडिया को खबर लगी तो उसने तस्वीरें छाप

दीं कि ये सरकार क्या कर रही है। गोशाला में गायों को सुरक्षित तक नहीं रख पा रही है। कहते हैं कि ये सारी गायें गोभक्तों ने वक्त-वक्त पर लूटी थी और गोशाला में दूध, गोबर, गोमूत्र आदि की एक बड़ी इंडस्ट्री विकसित हो गयी थी और ऑनलाइन गोमूत्र और गोबर से लाखों डॉलर कमाने लगी थी।

सरकार चेती और उसने तुरन्त कमेटी बिठा दी! गोशाला के प्रवक्ता ने मीडिया में आकर गो-शोक में मन्त्र पढ़कर 'उनकी आत्मा को शान्ति मिले' कहकर शोक सभा की और बताया कि प्राथमिक जानकारियों के आधार पर इतना ही कहा जा सकता है कि गाय डिहाइड्रेशन से नहीं मरी। उनके खान-पान और दवा के सब इन्तजाम परफेक्ट थे लेकिन एक साथ इतनी गायों की हत्याओं से लगता है कि यह दुष्काण्ड एक सोची-समझी साज़िश है। इसमें म्लेच्छों का हाथ हो सकता है जो गाय को माता नहीं मानते और जो उसका आदर नहीं करते। उनमें से ही कोई एक हो सकता है। 'बीफ बैन' के बाद यह पाक की बदले की कार्रवाई भी हो सकती है। पूरा सच जाँच के बाद सामने आयेगा कि इस हृदय-विदारक काण्ड को किसने अंजाम दिया!

असली खेल कहानी बदलने और अपनी कहानी बनाने का था ताकि आप कहानी को कंट्रोल कर सकें! इसे 'अपना नैरेटिव' को बनाना क़हते।

दुनिया नैरेटिवों में रहती थी जिसका नैरेटिव तगड़ा उतना, ही तगड़ा उसका सत्य होता। कोई कोई काउण्टर नैरेटिव के चक्कर में रहता तो उसका एनकाउंटर हो जाता!

असल दबाव नैरेटिव पर कहानी को कंट्रोल करने का रहता। कहानी पर सवारी करने का रहता। जिस तरह पुराणों की कहानी वाचक के कंट्रोल में रहती थी, उसी तरह गो-कथाएँ भी उनके सर्जकों, वाचकों और रक्षकों के कंट्रोल में रहती थीं। यही इस गोशाला नैरेटिव के साथ होना था।

गायों की हड़ताल, उनकी माँगों का न माना जाना और डिहाइड्रेशन से मरने की कहानी के मुकाबले साज़िश की कहानी, ज्यादा दमदार थी! वही चली, वही बिकी! मीडिया बावला होता रहा कि देखो गो माताओं में भी सिविल सोसाइटी के गुण आ गये। भूख हड़ताल तक पर चली गयीं।

जाँच जारी हो गयी थी। तब तक के लिए मैनेजर को सस्पेंड कर दिया गया था! और कहानी मैनेज हो गयी थी।

इसी बीच गोभक्त कोर्ट में याचना करने लगे कि कोर्ट गऊ माता को राष्ट्रीय पशु घोषित करे और इस तरह अखिल भारतीय स्तर पर उसके वध को बन्द कराए या फिर गोरक्षा का कोई उपाय करे यानी देश को एक विशाल गोशाला में बदल दे क्योंकि गो हर तरह से एक बड़ा बिजनेस बन सकती है।

इस इक्कीसवीं सदी में गो ही वह प्राणी है जो आने वाले दिनों में किसी भी एटमिक हमले से बचा सकता है। उसके गोबर पर एटम बम का असर नहीं होता। उसके पेशाब का सेवन करने से तीन हजार बीमारियाँ नहीं होतीं। उसके सींगों में चमत्कारी शक्ति होती है। इसलिए उसे हर हाल में बचाया जाये चूँकि ज्यादातर राज्यों ने पहले से ही गोवध बन्द कर रखा है, इसलिए अगर केन्द्र ऐसा कर देते बकिया राज्य भी मान लेंगे और नहीं मानेंगे तो मनवा लेंगे क्योंकि कोर्ट का दिशा-निर्देश होगा और सरकार का आदेश होगा तो उनका बाप भी मानेगा!

जिस न्यायेश्वर की अदालत में केस की सुनवाई थी, उस न्यायेश्वर के न्यायदान के लम्बे कैरिअर का अन्तिम दिन बचा था। इसी दिन के लिए उसने फैसला देने की सोची थी कि वो न्यायेश्वर इतिहास बनाकर जाये! उसने सोचा ऐसा फैसला करके जाऊँगा कि सरकार के बाप को भी ये करना पड़े। गऊ को वो जगह दूँगा जो ऋषियों-मुनियों ने भी न दी होगी और रिटायरमेंट के बाद अपने फार्म हाउस में मैं भी एक गोशाला खोलूँगा...भैया जी का राज है, गैया जी का काज है!

अपने वचन के पक्के न्यायेश्वर महाराज ने सचमुच युग-प्रवर्तक फैसला दिया। सुनते ही अवसरवादी सरकार की खटिया खड़ी हो गयी कि या तो राष्ट्रीय पशु घोषित करो या मरो! जय गऊ माता नाम परमात्मा का! ओम् हरि ओम्!

उन्होंने अपने फैसले में तीन बिन्दु छुए। एक ब्रह्मचर्य का महत्त्व दूसरे गऊ माता का महत्त्व और तीसरे गऊ को राष्ट्रीय पशु घोषित करने की माँग! अपने लम्बे और वेल डॉक्यूमेंटेड और जिसमें 'मांइड एप्लाई किया गया है', ऐसे लगने वाले फैसले में उन्होंने कहा कि गाय कारबन पीती है, ऑक्सीजन उगलती है, गोबर और गोमूत्र से डायबिटीज

और हार्ट अटैक नहीं होते, गाय के सींग कॉस्मिक ऊर्जा को सोख लेते हैं और उसका गोबर ऑर्गेनिक खेती के लिए बड़े काम का है।

लेकिन फिर उनको ब्रह्मचर्य के महत्त्व की याद सताई। वे मोर के ब्रह्मचर्य पर पहले ही मोहित थे। इसलिए प्रसंग न होने पर भी खींच दिये कि कृष्ण ने मोर के पंख का मुकुट लगाया तो इसीलिए कि मोर ब्रह्मचारी होता है। वह कभी मोरनी से सहवास नहीं करता बल्कि उसकी आँख के आँसू मोरनी पी जाती है तो उन्हीं से गर्भिणी हो जाती है। जय हो, जय हो! सब ईश्वर की कृपा है!

होइय वही जो राम रचि रा...खा! को करि तरक बढ़ावहिं शा...खा...!! गोस्वामी जी की चौपाई धुन समेत मेरे कानों में गूँजने लगी!

कलजुगी चैनलों के कलजुगी एंकर इस तरह के शाश्वत सत्यों पर बहसें करवाने लगे। ऐसी ही एक बहस में एक एंकर ने एक विचारक को जरा-सा टोक दिया कि कहर बरपा हो गया। अगले ही दिन चैनल की बोलती बन्द हो गयी!

ऐसा था गोरक्षकों का प्रताप।

ऐसा होता ही। एक तो गऊ माता के खिलाफ ऐसी कलजुगी माइंडेड बातें, फिर मोर के ब्रह्मचर्य के खिलाफ ऐसी-वैसी बातें!

चैनल के पाप का नमूना यहाँ तक दिखा कि एक गोभक्त को स्टूडियो में बिठाकर एंकराएँ हँसकर पूछने लगीं कि मोर बिना सहवास के मोरनी को गर्भिणी कैसे बना सकता है? कौन-सा बायोलॉजीकल तर्क ऐसा सिद्ध करता है!

कुछ देर ज्ञानी जी सहते रहे, फिर वे आक्रामक होकर बोले कि क्या आप बता सकती हैं कि पाण्डव कैसे पैदा हुए थे? क्या बता सकती हैं कि दशरथ ने अपनी रानियों को गर्भधारण करने से पहले कौन-सा फल खाने को दिया था जिसके फलस्वरूप चार बेटे हुए?

कलिजुगी एंकराओं को क्या मालूम? वे पुराण-ज्ञान की बातें क्या जानें? वे परम्परा की बातें, ऋषियों-मुनियों की बातें क्या जानें? वे महाभारत की बातें क्या जानें? रामायण की बातें क्या जानें?

मुनि जी के ऐसे गम्भीर सवाल के आगे एंकराएँ हँसते-हँसते खामोश हो गयीं! मुनि महोदय से बोलीं कि अच्छा अब बहस खत्म होती है लेकिन मुनि जी हटते कैसे, वे तो अब शुरू हुए थे!

टीवी शास्त्रार्थ में मुनि जी ने पश्चिमी रंग में रगी एंकराओं

को अवाक् कर दिया। उनका चेहरा विजय श्री में दमका! वे सोचते गये–'इन कलजुगी अंग्रेजी वालों को कुछ नहीं आता! अपनी परम्परा से एकदम अपिरिचित होते हैं। मंच छोड़कर भाग जाते हैं! इनमें दम नहीं है! लेकिन इनकी बदतमीज़ी पर इनको सबक सिखाना होगा!'

उसके बाद उस चैनल को मुनि जी का शाप लगा! चैनल के होश फ़ाख़्ता हो गये, विज्ञापन आने बन्द हो गये और कॉर्पोरेशनों ने मुँह मोड़ लिया!

चैनल का मालिक दौड़ा-दौड़ा मालिकों के मालिक के पास पहुँचा और लौटकर उसने दो एंकराओं को छुट्टी पर भेज दिया कि अपनी महान परम्परा समझकर आयें, फिर एंकरिंग मिलेगी!

यह था कलिकाल का असर कि हमारे देश की दो ललनाएँ बिगड़ गयी थीं। वे टीवी में बैठ के सम्भोग और गर्भाधान जैसे गोपनीय मामलों के बारे में प्राइम टाइम में सबके सामने गन्दे और अश्लील सवाल कर रही थीं कि मोर से सम्भोग के बिना मोरनी गर्भ कैसे धारण कर सकती है?

'जी तो हुआ कि इनको ठीक कर दें लेकिन वही मर्यादा याद आ गयी। कमबख़्त निर्भया कानून याद आ गया वरना तो ये जनानियाँ हैं इसी लायक़ मर्यादा पुरुषोत्तम तिलकधारी जी ने सोचा।

कैसा कलजुग आ गया है? प्राइम टाइम में कोकशास्त्र की गन्दी-गन्दी बातें की जा रही हैं और सबसे बड़ी बात कि औरतें कर रही हैं। इसी तरह तो बच्चे बिगड़ते हैं। ब्रह्मचर्य से विमुख होते हैं। समय से पहले वीर्य नष्ट करते हैं। ऐसे में राष्ट्र ताकतवर बने तो कैसे? क्या कोई भारतीय ललना ऐसे खुल के बातें कर सकती है? घोर कलियुग आ गया है!

जो पुण्य वचन कहे गये, जो पुराणसम्मत और शास्त्रसम्मत थे, जो ऋषियों-मुनियों और देवों की वाणी थी, उस पर ऐसा संशय? संशय होते ही संशयात्मा विनश्यति हो गयी!

चैनल को ताला लगते-लगते बचा दोनों एकरांओं ने परम्परा के बारे में जानने के लिए स्टडी की। उन्हीं मुनि जी की क्लास जॉइन की और तीन महीने तक फुलटाइम पढ़ाई की! उसके बाद वे लाइन पर आ गयीं! उनको खबर पढ़ने चर्चा कराने की जगह परम्परा-प्रेम नामक कार्यक्रम दे दिया गया! वे कथा वचनामृत कराने लगीं लेकिन

कुछ दिन बाद उनको नौकरी छोड़नी ही पड़ी! न्याय अभी बचा था। वो अपराधी को दण्ड अवश्य देता था, भले कुछ देर लगती थी!

मुझे मालूम था कि मेरे केस में भी ऐसा ही होता लेकिन मुझे ऐन टाइम पे बचाया मेरी सेकण्डरी यानी दोयम दुष्टात्मा ने जिसें मैं हमेशा रिजर्व में रखता था।

मेरा अपना बनाया मन्त्र था कि आत्मा के कई संस्करण होते हैं और एक आत्मा अपने आपको 'एकोहमबहुस्याम:' कहकर बहुरूपिया हो सकती है। इच्छानुसार एक से बहुत हो जाने का यह मन्त्र बड़े ही काम का था। यह आत्मा को इच्छाधारी बनाता था यानी आत्मा होकर भी इच्छा बनी रहती थी और एक्टिव रहती थी! वह थियरी सिरे से गलत थी कि देह से निकलकर आत्मा मोह-माया के बन्धनों से मुक्त हो जाती है मैंने अपने तप यानी गुरु-सत्संग और रिसर्च के जरिए जान लिया था कि जिस तरह देह पर अनुभव के निशान छपते रहते हैं जिनको हम नहीं डॉक्टर या मनोचिकित्सक पढ़ पाते हैं, उसी तरह आत्मा पर भी निशान पड़ते रहते हैं और देह से अलग होते वक्त कुछ निशान, कुछ खरोंचें लगी रह जाती हैं जिनको आत्मा सहलाती रहती है। आत्मा की इच्छा-कामना खत्म नहीं होती। वह नये-नये रूप में जारी रहती है इसलिए आत्मा स्प्लिट कर अपनी इच्छानुसार काम करती रहती है।

मैंने भी अपने को दो-तीन हिस्सों में तोड़ डाला था। यही मेरे काम आया!

## *मिस काउ की लघु लव स्टोरी*

जिस बीच मैं जासूस की धमकी में था और जिस बीच मैं गुरु जी के दुष्ट दुलार भरे हाथों के बीच अपना सिर दिये रहा, उस बीच मुझे मेरी दुष्टात्मा ने इस तरह प्रबोधा कि मेरा क्षणिक और क्षुद्र अहंकार तुरन्त नष्ट हो गया। मोहपाश कट गया और मैं सच्चिदानन्द का अनुभव करने लगा। यह भी क्षणमात्र का अनुभव था लेकिन अद्भुत था। यह कर्मफल से मुक्त करने वाला था इसके लिए बस दो-चार

मिनट की गुरु-कृपा चाहिए थी यानी मुझे एक बार अपने गुरुवर से मिलना अवश्य था!

इसके लिए मैंने वो मार्ग चुना जो शास्त्रसम्मत था। मैंने गऊ माता की पूँछ पकड़ी!

कैसे?

ऐसे कि एक दोपहर जब सूरज बेदम था। आकाश में हलकी बदली थी और उमस मानसून की एडवांस सूचना दिये जा रही थी। तब मैं नगर के उस महान चौराहे पर पहुँचा जिसे 'गोष्ठी चौराहा' कहा जाता था! यह शहर का एक बेहद भीड़भाड़ वाला और बेहद बिजी इलाका था। इस शहर की यह सड़क चौड़ी थी। बीच में पटरी बनी थी जो सड़क को बीच से दो फाड़ करती थी। चौराहे पर एक गोल चक्कर था जिसके चारों ओर बड़ा-सा ऊँचा पटरीदार घेरा था जिस पर पटरियों पर रहने वाले लोग अपने जुएँ बीनते थे। चारों ओर की रेलिंगों पर कपड़े सुखाते थे।

मेरी प्यारी कामधेनु जैसी, मेरी माँ सरीखी वह श्यामा गाय यहीं बैठकर गोष्ठी करती थी। उसका सेवक आजकल उसे सुबह ही निकाल देता और नहीं चाहता था कि वह रात को आये लेकिन आदत से लाचार वह लौट आती थी। वह गोसेवक की गाली सुनती कि बेशरम कहाँ से आ जाती है? कहीं जा के मरती भी नहीं। बच्चों को खिलाऊँ कि इस बूढ़ी को खिलाऊँ?

गोसेवक झींकता रहता और जब तक यह वृद्धा श्यामा वहाँ रहती, वह इसी तरह बकता रहता। रोज रोज की गाली-गलौज से तंग आकर स्वाभिमानिनी सीनियर शयामा ने भी मन-ही-मन कसम-सी खा ली थी कि वह अब इस घर का अन्न न खायेगी। इसलिए अगर उसे वो दो-चार बासी बची हुई रोटी डाल भी देता तो वह न खाती। वह इस चौराहे पर आ जाती जिसके पास शहर का सबसे विशाल कूड़ा-भण्डार था! वह अपना नाश्ता, दोपहर का भोजन और रात का खाना यहीं खाती-लाला सालिगराम ने एक हौद बना रखी थी जिससे पानी मिल जाता, बाकी दिनभर अपनी-सी अन्य गऊओं के साथ गोष्ठी चलती रहती!

मैं इसी श्यामा मैया के पास गया और उससे कहा कि उसका इंटरव्यू लेना चाहता हूँ। अगर माता का मूड हो तो शुरू करूँ? मैया

एकदम मीडिया सावी निकली। उसने फौरन हाँ में गरदन हिलाई। मैंने मोबाइल निकाला और हमारी बातचीत शुरू हुई!

मैं–"माता जी आप कब से यहाँ बैठती हैं?"

गो माता–तीन बरस हो गये।"

"क्यों?"

"मेरी उम्र पूरी हो गयी। बच्चे दे नहीं सकती। बच्चे नहीं दे सकती तो दूध नहीं दे सकती। दूध नहीं देकती तो गोसेवक पर बोझ की तरह हो गयी! वो सुबह होते ही घर से बाहर निकाल देता!"

"तो क्या उसके घर में जगह नहीं है?"

"है लेकिन जब तक बछड़ा-बछड़ी दे सकती थी दूध दे सकती थी, तब तक मुझे प्यार से रखता था लेकिन जब बच्चा देने लायक न रही तो उसकी नज़रें फिर गयीं। सोचता है कि बेकार को क्यों रखे? जरा-सा बैठती तो खरी खोटी सुनाने लगता। उसकी खरी-खोटी कौन सुने? गालियाँ कौन सुने?"

"वो तो आपको गऊ माता मानते हैं।"

"खाक मानता है! जब तक दूध देती रही तो माता रही और जब लात गयी तो कुत्ते की जात पूछना शुरू कर दिया। कहने लगा कि मुफ्त का खाना इसके लिए कहाँ से लाऊँ। अगर पशुओं के प्रति क्रूरता निवारण कानून न आता तो अब तक किसी के हाथों बेच चुका होता!"

"वे तो गोभक्त शिरोमणि कहलाते हैं?"

"काहे के शिरोमणि! सब पाखण्ड है! क्या खाक सेवा करते हैं! खाना-पीना तो दान में आता रहता है। बोरियाँ भरी रहती हैं। सब हमारे नाम पर आता है और बिक जाता है। हमें तो सुबह ही गोशाला से बाहर निकाल दिया जाता है कि जाओ और कूड़े में मुँह मारो, उसी से पेट भरो!

ये जो हमारे फूले हुए पेट तुमको दिखते हैं न बेटा। वे इसी कूड़े के खाने से फूले हैं। न खायें तो जिएँ कैसे? यहाँ प्लास्टिक की भरमार रहती है। मीट-शीट, दाल, फाल, सब्जी-बब्जी और न जाने क्या-क्या किस-किस स्वाद का यहाँ पड़ा रहता है। सड़ता रहता है। हम उसी को खाके जीती हैं। हममें से जिसके कुछ भी दूध निकलता है, उसे वो दुह लेता है और फिर निकाल देता है। हमारे बाल-बच्चे हमारे दूध के लिए तरसते रहते हैं और बेचता रहता है पानी मिला-मिलाकर!

जानते हो? हमारी एक सिस्टर ने तो प्लास्टिक की वजह से परसों यहीं दम तोड़ दिया। हम सबको प्लास्टिक की थैलियाँ मारे दे रही हैं। दिन-रात आँतें कुलबुलाती हैं। दर्द रहता है। किससे कहें? कौन सुनेगा? कुछ कहेंगे तो उलटे देशद्रोही कह देगा। राष्ट्रद्रोही बना देगा। लोग पत्थर मार-मारकर मार डालेंगे और किसी और बेगुनाह को धर पकड़ेंगे!''

''लेकिन आपकी महिमा तो सभी शास्त्र गाते हैं कि आपके सींग पर ही धरती टिकी है। अभी एक न्यायेश्वर जी ने भी आपकी महिमा गायी है कि आपके शरीर में तैंतीस कोटि देवता निवास करते हैं। आप हम सबको वैतरणी पार कराती हैं।''

सब बकवास है बेटा! हमसे पूछो कि हमारे शरीर में क्या रहता है? तैंतीस कोटि देवताओं की जगह तैंतीस कोटि रोग रहते हैं रात-रात नींद नहीं आती। दिन-दिन चैन नहीं मिलता। न वक्त पर खाना और न पानी। न जाने कब से तो हममें से कोई नहाया नहीं। न साफ हुए। अगर कानून न आता तो अब तक हम बिक चुके होते। अच्छा हुआ होता इस तकलीफ से तो पार निकल गये होते।''

''लेकिन तैंतीस कोटि देवता...?''

''क्या तू भी इन्हीं के जैसा हो गया है? हमसे किसी ने पूछा कि हममें क्या है? हम बताते लेकिन नहीं पूछा। हम तो उसके लिए दूध की मशीन रहे। जब कम दूध निकलता तो ये सेवक का बच्चा हमारे अन्दर लम्बा-सा इंजेक्शन ठूँस देता ताकि हम ज्यादा दूध दे सकें। इसे हमेशा दूध से मतलब था। गोबर भी लेता था क्योंकि तब बहुत यूरिया न था। हमीं हम थे इसलिए हम गोधन हो गये। महान हो गये। कसीदे गा दिये गये। ये बना दिया, वो बना दिया। बताना बेटा! हम तो वैतरणी पार कराने वाले हुए और हम खुद जिन्दगी की वैतरणी कभी पार न कर पाये? यहीं इसी चौराहे पर अटके रहे गये। हमारी कितनी ही बहनें इसी शहर के हर चौराहे पर प्लास्टिक खाने के लिए छोड़ दी जाती हैं और हमसे कोई नहीं पूछता कि कैसी गुजर रही है। सब जय-जय करते रहते। सच कहूँ इस जय-जय ने सबको मारा है। जय-जय करते रहो, घण्टी बजाते रहो और अपना उल्लू सीधा करते रहो!

वो जो प्लास्टिक की वजह से मरी, उसके पेट से मरते वक्त कितने देवता निकले? कोई बताये तो। और ये तो बता बेटा कि हम यहाँ पन्द्रह बैठी हैं। यहाँ तो हम सबके शरीर मे तैंतीस कोटि देवता

हैं तो तुम्हीं कहो कि इसी वक्त हम सबके पास मिलकर तैंतीस कोटि गुना पन्द्रह देवता हुए? देश की करोड़ों में गायों को और गुणा कर दो। कितने देवता हुए बताना? अब तय कर लो कि अगर कुल देवता तैंतीस कोटि होते हैं जो हममें रहते हैं और हम करोड़ों में हैं तो कुल जमा कितने देवता हो गये? इतने देवता हैं और इतनी बदहाली, पामाली, जहालत, गरीबी, गन्दगी? हमारी छोड़ो, देवता कब से इस नरक के निवासी हो गये?

देवता-वेवता की बात सब गढन्त है बेटा! सब गप्प है। हमको लेकर जितनी गप्पें हैं, वे हमारी कीमत पर हैं क्योंकि हमारा दूध सबको चाहिए एक वक्त था तब हम-ही-हम थीं, फिर भैंस बहन आ गयी, बकरी बिटिया आ गयी और तरह-तरह का दूध मिलने लगा। ये दूध की इंडस्ट्री में इंटरेस्टेड हैं हममें नहीं।

"लेकिन आपके दूध में कैंसर से लड़ने की क्षमता बतायी जाती है। मूत्र में और गोबर में डायबिटीज से और हार्ट अटैक से बचाने की क्षमता बतायी जाती है?"

"अच्छा ये बात है। तब हमें मरने क्यों छोड़ देते हो भाई? अगर ऐसा होता तो वेदों के रचयिता ऋषि-मुनि कभी कोई न मरता। क्यों? हम थीं न हर बीमारी का इलाज! हम ऐसे ही कमाल के थे तो अपना ही रोग-निवारण न कर लेते? क्या-क्या गप्पें नहीं गढ़ी गयीं हमको लेकर कि हम कार्बन पीती हैं, ऑक्सीजन छोड़ती हैं। आज के पशुविज्ञानी बताते हैं कि हर बड़े साइज का पशु जब ऑक्सीजन अन्दर ले जाता है साँस के लिए तो कुछ-न-कुछ ऑक्सीजन अन्दर जज्ब होने से रह जाती है वही बाहर आ जाती है जिससे ये समझा जाता है कि ऑक्सीजन छोड़ी जा रही है। वह ऑक्सीजन न होकर मिक्स ऑक्सीजन होती है। पूछ लेना किसी पशुविज्ञानी से!

"लेकिन न्यायेश्वर जी ने ऐसा लिखा है?"

"उस न्यायेश्वर की न पूछो। वह पूरा नाटक है। इन दिनों हमारा हल्ला है, इसलिए यह पॉलिटीकली करेक्ट होने के चक्कर में कुछ-का-कुछ लिख गया है। यह पोस्ट रिटायरमेंट की व्याधि है! वो भी गप्पों के चक्कर में आ गया। मिथक के चक्कर में आ गया। जिस तरह हम गोमाता एक मिथ बना दी गयी हैं कि ये कर सकती हैं, वो कर सकती हैं और हर कहानी से पण्डित का पुजापा बढ़ता जाता है।

शर्तिया लड़का पैदा करने का धन्धा करने वालों ने ब्रह्मचर्य का मिथ बनाकर रखा हुआ है। सारे बदमाश अपने ब्रह्मचर्य पर बड़ा जोर देते हैं। एक स्वामी जी हैं जो जब भी बोलते हैं तो कहने लगते हैं कि हम तो बचपन से ही संन्यास ले लिए थे। हमें क्या मालूम स्त्री-संसर्ग क्या होता है। सामने बैठी कन्याएँ-स्त्रियाँ इस प्रसंग को कान लगाकर सुनती हैं। वे अचानक अपने को उर्वशी-मेनका के मोड में ले आती हैं। और सोचने लगती है कि बाबा जी ही उनके सही पति बनने लायक हैं। वो तो अच्छा हुआ बच्चे कि हम गाय हैं, औरत होतीं तो हम बतातीं कि वो कितना ब्रह्मचारी है साले! और ब्रह्मचर्य के लिए चाहिए हमारा घी!

हर औरत जानती है कि ब्रह्मचारी होने की बात करना हर औरत के अन्दर की मेनका को जगाना है, पटाना है। इसी चक्कर में तो न जाने कितने बाबा जेल की हवा खा चुके हैं और खा रहे हैं। फिर किस बात के ब्रह्मचारी! ब्रह्मचर्य औरतों के शोषण करने का एक मिथ है और कुछ नहीं। हमें भी मिथ बना डाला है...''

मैं जान गया कि माता आज मूड में है और अपने दिल के सारे गुबार को निकालकर रखने वाली है। जो पूछना है पूछ ले! सारा माल अनकट दिखा और टॉप की टीआरपी बटोर!

''आपको नेशनल एनीमल घोषित करने को कहा जा रहा है? आपकी क्या राय है?''

''हमें पहले एनीमल ही मान लो तो बेहतर! हमारा दुश्मन बाहर का नहीं है, अन्दर का बन्दा ही है जो हाथ जोड़कर आता है। जब तक हम दूध देती हैं, खातिर करता है और जब बाँझ हो जाती हैं तो कसाई के हाथ बेच देता है। इसमें हिन्दू-मुसलमान कुछ नहीं हैं। हमारे मीट और चमड़े के बिजनेस में हिन्दू सबसे आगे हैं और अब गोरक्षक मण्डली बनाकर इस बिजनेस पर मोनोपॉली बनाने जा रहे हैं। हमारा हित कोई नहीं देखने वाला। सब अपना उल्लू सीधा करने वाले हैं।

जब तक हमारा मिथ है और जब तक उसे बेचा जा सकता है, हमें बेचा जायेगा वरना क्या हम पहले नहीं थीं लेकिन जिस तरह से इन दिनों हमें लेकर हंगामे किये जाते हैं, वह कब थे? क्या इससे हमें कुछ मिल जाता है? हमें तो दाना तक नहीं मिलता और अब तो जब से कानून आया है, तब से ये हाल हो गया है कि हमारी ओर कोई

देखता तक नहीं। सबको डर लगा रहता है कि अगर पास गये और किसी गोभक्त ने देख लिए तो पीट और देगा। क्या पता जान से भी हाथ धोना पड़े! अब तो किसान भी हमें त्याग रहे हैं कि हम क्या करें। कहीं लाने ले-जाने के नहीं। किसी को जरूरत पड़ने पर बेचने के नहीं। पता नहीं कौन क्या कर दे?

हमारी रक्षा करने के नाम पर धन्धा करने वाले इन तथाकथित गोरक्षकों ने जितनी दुर्गत हमारी की, वैसी दुर्गत किसी और की नहीं हुई। हमें ऐसे रक्षक नहीं चाहिए जो हमारे ही भक्षक बन जायें। ये हमें ले जाते हैं और जरा-जरा से गन्दे-गन्दे बाड़ों में बन्द कर देते हैं। हमारे लिए मिलने वाले चारे को बाहर बेचते हैं। दूध पूरा दुह लेते हैं। हमारे बछड़े बछिया दो बूँद के लिए तरस जाते हैं। हम पछताते रह जाते हैं कि इनके हाथ क्यों पड़े? बीमार पड़े तो इलाज नहीं कराते। मरने देते हैं। मरने के बाद ये हमारी खाल तक को ब्लैक में बेचते हैं। इनके कनेक्शन तो बड़े मैकेनाइज्ड कट्टीखानों से हैं। हमारी न जाने कितनी माताएँ-बहनें अचानक गायब हो जाती हैं। वे कहाँ जाती हैं? वे जाती हैं इन सालों के ब्रह्मचर्य को मज़बूत करने, शर्तिया लड़का पैदा करने के नुसखों में इस्तेमाल के लिए...जानते हो ये देश में वेजीटेरियन होने का गर्व करते हैं। अमरीका, इंगलैण्ड जाते ही इनकी पहली इच्छा बीफ खाने की होती है कि देखें तो गाय के मीट में क्या एक्स्ट्रा सिफ़त है कि पश्चिमी लोग इतने लम्बे-तगड़े होते हैं। जवानी का मजा लेते हैं। शायद बीफ खाने से ये हमेशा जवान बने रहते हैं। इस मिथ में ये बाहर बीफ खाते हैं। सब ढोंगी हैं। ये आपको इधर नहीं खाने देते लेकिन जैसे ही जहाज में बैठे तो छककर शराब पीते हैं और बीफ खाते हैं। वे खुद देखना चाहते हैं कि ये विदेशी जो बीफ इतना पसन्द करते हैं तो क्यों? ऐसे पाखण्डी हैं ये जो खुद को हमारा रक्षक कहते हैं।

जब आदमी मरने के बाद अपनी आँख, नाक, कान, दिल, गुरदे दूसरों को दान कर सकता है तो हम बूढ़ी गायें अपने शरीर को समाज को क्यों नहीं दे सकतीं? हमें बचाने के ठेकेदार हमारे सबसे बड़े हत्यारे हैं। वे हमारे नाम पर खुलकर कमा रहे हैं।''

मैंने थीम बदली। कहा : माता एक पर्सनल सवाल पूछना चाहता हूँ। माता ने हाँ में सिर हिलाया तो मैंने पूछा : आप तो इस उम्र में भी इतनी ब्यूटीफुल दिखती हैं, अपनी जवानी में तो आप तूफान रही

होंगी! माता शर्मा गयी। उसके चेहरे पर शर्म की ललाई छा गयी। बोलने लगी : अरे बेटा मैं तीस साल तक लगातार 'मिस काउ' चुनी गयी थी। यू ट्यूब पर ढेर सारे फोटो लगे हैं। देख लेना। माता का मूड बदलते देख मेरी हिम्मत बढ़ गयी। मैं पूछ बैठा : तब ये भी बता दीजिए कि क्या आपको भी किसी से लव-शव हुआ था? माता मुस्कुराते हुए बोली : बड़े दुष्ट हो तुम। अरे भई अपने वक्त में तो हमारे भी हजारों दीवाने थे, हमारा दिल भी एक पर आया था लेकिन उसे दुश्मनों ने जहर दिला दिया। हमारी लव स्टोरी वहीं की वहीं खत्म हो गयी, उस की कसक आज तक है। उसकी आँखों से आँसू निकल पड़े। मैंने तुरन्त सॉरी कहा।

माता से ऐसे सवाल पूछना यों तो वर्जित था लेकिन माता का मूड देख मैंने पूछ लिया और मैंने देखा इस अवस्था में भी माता के चेहरे पर रौनक आ गयी। इस छोटी-सी लव स्टोरी ने पशुओं के बारे में मेरी अवधारणा बदल दी। गऊ माता की युवावस्था की उस छोटी-सी लव स्टोरी ने समझा दिया यह भी एक खूबसूरत लव स्टोरी है लेकिन मनुष्य ने इसे कभी लव स्टोरी लायक नहीं समझा। मुझे लगा कि यह छोटी-सी लव स्टोरी इन दिनों समस्त 'हेट स्टोरीज' पर भारी है और इसको भी रिकार्ड किया जाना चाहिए।

बहरहाल, माता अपनी रौ में थी कि अचानक खामोश हो गयी। उसके बड़े-बड़े कान पीछे की ओर अचानक मुड़ गये। फिर कुछ इधर-उधर हिले, जैसे कनहेर ले रही हों और फिर उसके चेहरे पर चिन्ता की लकीरें खिंच गयी। उसका सुर गिर गया फुसफुसाती हुई बोली-"बेटा अब तुम निकल लो। वो बदमाश आ रहे हैं, बेकार में पिट लोगे। चुपके से निकल लो इधर से...उसने दायीं गली की ओर इशारा किया और फिर समाधिस्थ हो गयी..."

कुछ देर के लिए मुझे मानो काठ-सा मार गया। देह में डर उग आया। मोबाइल बन्द कर मैंने उस ओर देखा, जिधर उसके बड़े-बड़े कान कुछ देर पहले उठे थे और फड़फड़ाए थे। देखा तो पाया कि दूर से कुछ मोटर साइकिलें तेज स्पीड से इधर की ओर दौड़ी आ रही थीं। हर मोटर साइकिल पर दो-दो युवक सवार दिखते थे जिनके माथे पर भगवा पटका बँधा था और हाथ में भगवा झण्डे थे जिनमें मोटे से डण्डे दिखते थे।

मैं तुरन्त उठा और माता की बतायी गली में तेजी से निकल लिया। यह एक संकरी गली थी जो आगे जाकर एक चौक में खुलती थी। उसके आगे एक और बाजार शुरू हो जाता था। बाजार में शादी का सीजन होने के कारण अच्छी-खासी भीड़ थी। मैं उसी भीड़ में समा गया। तेजी से चलते हुए मैं पीछे की भनक लेता जाता था कि कहीं कोई पीछा तो नहीं कर रहा है...

जब आधा बाजार पार कर गया, तब मैं एक बड़े से इलेक्ट्रॉनिक सामान के शोरूम के आगे रुका और उस विशालकाय टीवी की ओर देखने लगा, जिसमें क्रिकेट मैच आ रहा था, मेरे अलावा पहले से ही सात-आठ लोग दत्तचित मैच देख रहे थे। मैं भी उसी भाव से उनमें मिल गया मानो न जाने कब से देख रहा हूँ लेकिन मैं अपने पीछे दायें-बायें देखता जाता था कि मेरी तलाश में कहीं कोई आ तो नहीं रहा? मुझे ताक तो नहीं रहा? जब ऐसा कुछ नहीं दिखा तो मैं कुछ निश्चिन्त हुआ कि अब आराम से घर तक जा सकता हूँ।

तभी उस विशाल स्क्रीन पर ब्रेकिंग न्यूज जोर मारने लगी और तुरत खबर दी जाने लगी कि अभी-अभी सूचना मिली है कि किसी ने उस काली गाय को जहर दे दिया है जो मंगल बाजार की बीच की पटरी पर अन्य कई गऊओं के साथ रोज पागुर किया करती थी और जिनके खान-पान का पूरा खयाल बाजार कमेटी के गोभक्त रखा करते थे। एक चित्र बार-बार दिखाया जा रहा था। एंकर बता रही थी कि पुलिस पूछ रही है कि आप ध्यान से इस फुटेज को देखें, हालाँकि पिक्चर क्लीयर नहीं है क्योंकि दूर से एक दुकानदार ने अपने मोबाइल से ली है। आप इस आदमी को पहचानें जो इस गाय के पास देर से बैठा है। कुछ बोल रहा दिखता है और कुछ देर बाद उठकर तेजी से इस गली में निकल गया है। उसका चेहरा साफ नज़र नहीं आ रहा, इसलिए पहचान नहीं हो पा रही अगर आप इस हुलिए वाले को कहीं देखें तो इस नम्बर पर जरूर खबर दें! पुलिस को शक है कि इसी ने गाय को जहर दिया है जो फिलहाल एक अस्पताल में उपचार के लिए भरती की गयी। डॉक्टरों ने उसकी हालत नाजुक बतायी है। ऐसे तत्त्वों से हम सबको सावधान रहना चाहिए क्योंकि ये सब म्लेच्छ हैं जो हमारी गोमाता की नस्ल को खत्म करने पर तुले हैं...

मुझे काटो तो खून नहीं। बस राहत थी तो इतनी कि मेरा चेहरा

साफ नहीं दिख रहा था। मेरी कद-काठी ही दिख रही थी जिसमें मैं कुछ झुका-सा चल रहा था। मैंने तुरत अपनी कमर और गरदन सीधी की ताकि पकड़ के बाहर रहूँ। कुछ देर मैं और खड़ा रहा। लोग दृश्य देख कह रहे थे कि देखा। 'आई ऐस' वाले कितने शैतान हैं। यहाँ आकर जहर दे गये और हम देखते रह गये। साला मिल जाये तो यहीं मार दें...मैंने उनकी हाँ-में-हाँ मिलाकर काम चलाया और फिर वहाँ से कट लिया!

मैं किसी सुनसान जगह की तलाश में था ताकि इस नयी मुसीबत की काट सोच सकूँ। अगर किसी और ने वीडियो बनाया और वो फेसबुक पर डाल दिया और उसमें मेरा चेहरा पहचान में आ गया तो सीधे जेल मिलनी है। उससे पहले पिटाई होनी है। जेल से ज्यादा मुझे पिटाई से डर लगता था।

मैं शहर के बाहर की सड़क की ओर निकल गया और एक ढाबे को देख उसकी ओर मुड़ गया। यहाँ शायद टीवी न हो और चाय पी जा सके।

मैंने प्लास्टिक की एक कुरसी पर अपने को रख दिया और डबल कड़क चाय के लिए छोटू का आवाहन किया। प्लास्टिक की मेज़ों के गिर्द पड़ी प्लास्टिक की कुरसियों पर लोग जमे थे। कुछ चाय पी रहे थे। कुछ खा भी रहे थे। कोई अपने मोबाइल पर मैसेजिंग कर रहा था। मेरे सौभाग्य से अखबार वाला अखबार से जल्दी ही ऊब गया। उलट-पलटकर उसने पेपर को अपनी मेज के आगे रखकर एक कप से उसे दबा दिया। मैं अपनी कुरसी से उठा और उससे 'एक्सक्यूज मी' कहकर पेपर उठा लाया और इतने ध्यान से पढ़ने लगा, जैसे इम्तहान देने जाना हो। इतने में ढाबे का छोटू चाय दे गया था जिसमें से अदरक की महक उठ रही थी। मैंने उस कप को उठा लिया और पहला सिप लिया कि मैंने महसूस किया, जैसे किसी ने मेरे कन्धे पर हाथ रखा हो। वह बेहद चुपके से धरा गया हाथ था। वह इतनी कोमलता से रखा गया था कि अगर मैं अतिरिक्त चौकन्ने मूड में न होता तो फील तक न करता! फील हुआ और और हाथ वाले के दर्शन करते ही मेरी रीढ़ की हड्डी में पसीना उग आया! तेज धक-धक और हलक सूख चला लेकिन सँभला-"पूछा अरे तुम यहाँ? कब आये? बैठो। चाय लोगे?" बदहवासी में मैं एक ही साँस में सारी बातें बोल गया।

यह वही जासूस था जिसकी मुझे आशंका तो थी लेकिन इतनी जल्दी आयेगा, इसकी उम्मीद न थी। लेकिन वो था। उसी ठसक से, उसी तरह चश्मा लगाये, अपनी मूँछों में, हँसता हुआ।

वह मेरा डर था जो न जाने कब से मेरे पीछे लगा था। मैं चाहे कुछ कर लूँ, वो मेरा पीछा नहीं छोड़ता था और इस बार यहाँ जब वो आया तो मैं समझ गया कि ये साला उसी गाय के चक्कर में आया है जो मेरे होते तो ठीक-ठाक थी बाद में गोरक्षकों ने उसे मारकर नयी कहानी बनायी है ताकि मुझे एक दुश्मन की तरह धरा जा सके और कहा जा सके कि हमने एक म्लेच्छ को गोकुशी करते हुए रंगे हाथ पकड़ा है।

मेरी आशंका सही थी। वो इसी चक्कर में आया था। वह एक कुरसी खींचकर सामने बैठ गया और गिलास से पानी का एक सिप लेकर उसने अपने होंठ तर किये और मुस्कुराते हुए मेरी ओर ताकने लगा मानो कुछ कहना चाहता हो लेकिन नहीं कह रहा हो कि मैं ही कुछ बोलूँ तो अच्छा हो।

मैं समझ गया था कि यह मेरे लिए स्पेशली भेजा गया है। गुरु जी ने ही आदेश दिया होगा कि जाके उसे पकड़ो। साला न जाने क्या-क्या करता फिरता है।

वो मुझे सीधे ताक रहा था। उसकी मूँछें मेरा मज़ाक़-सा उड़ा रहीं थी। देर तक ऐसा रहा। तब मैंने उसकी ओर देखा। उसने मुस्कुराकर कहा–''वो फुटेज का क्या हुआ?''

मैंने पूछा–''किस फुटेज की बात करते हो?''

वो बोला–''उस गाय से इंटरव्यू वाला फुटेज!''

''कौन-सी गाय?''

''वही जिसे तुमने जहर दिया और जो मर चुकी है!''

मैं ऊपर से नीचे तक सिहर गया। दिल जोरों से धड़कने लगा। गला सूखने लगा। बोलती बन्द-सी होने लगी लेकिन मुझे बचना था। ये साले मुझे फाँसने वाले हैं, इसलिए कुछ भी ऐसा मत बोल जिससे ये हावी हो जायें और तू कमजोर पड़ जाये। डिफेंसिव मत हो। एग्रेसिव होकर बात कर। इस जासूस की क्या औक़ात जो हाथ लगाये। डरा तो मरा। सो मैंने तुरत एग्रेसिव लाइन ली!

मैं जोर से बोला–''ये क्या बकवास करते हो? कौन गाय? किसकी गाय? कैसी गाय? षड्यन्त्रकारी मेरे साथ षड्यन्त्र न रच। मेरे

से दुश्मनी निकालनी है तो वैसे निकाल। लेकिन झूठे आरोप न गढ़। देश में कानून है। व्यवस्था है। तुम ऐसे ही किसी को ब्लैकमेल नहीं कर सकते। मैंने तुम्हारी सारी बात अभी रिकॉर्ड की है। मैं चैनल को देने जा रहा हूँ कि किस तरह सत्ता का एक एजेंट मुझ जैसे पढ़े-लिखे नागरिक को ब्लैकमेल कर रहा है, तंग कर रहा है जबकि मैं यहाँ एक घण्टे पहले आया हुआ हूँ और अब शान्ति से चाय पी रहा हूँ।''

मेरे जोर से बोलने पर कुछ अन्यों का ध्यान खिंचा। मैं उठ खड़ा हुआ और सबको सम्बोधित कर कहने लगा-''कल को ये लोग आपको इसी तरह फाँसेंगे। देखो तो ये मुझे किसी गाय के केस में फँसा रहा है। कह रहा है कि मैंने जहर दिया है। मैं तो पिछले एक घण्टे से यहीं हूँ। मुझे क्या मालूम कि कहाँ क्या हो रहा है। ये नया धन्धा है। ये किसी-न-किसी को रोज किसी जाली केस में फाँसते हैं और उससे पैसा वसूलते रहते हैं। मुझसे भी माँग रहा है। आजकल यही इन हरामियों का धन्धा है कि किसी भी शरीफजादे को ऐसे केस में फाँस लो और ब्लैकमेल करते रहो!''

लोगों की निगाहें हमारी और खिंच आयीं। उनमें से एक-दो तो मेरे पास तक आ गये और मुझे कहने लगे कि आप शान्त हो जायें सर! हम भी तो सुनें कि मामला क्या है। हाँ भई, क्या कहना है आपका?

वो बोला-''इसने गाय को जहर दिया है!''

''क्या सबूत है?''

पढ़े-लिखे से दिखने वाले उस व्यक्ति ने उससे प्रतिप्रश्न किया।

''मैं कह रहा हूँ न!''

''तेरे कहने से क्या होता है! तू मुझे चोर कहेगा तो क्या मैं चोर हो जाऊँगा। सबूत ला और बात कर वरना निकल!''

उस व्यक्ति के इन तेवरों के लिए जासूस तैयार नहीं था। वह उखड़ गया।

कहने लगा-''तुम जानते नहीं मैं कौन हूँ?''

''कौन है तू? जरा बता न कौन है? क्या पीएम है, सीएम है, पुलिस कमिश्नर है? और है तो होगा। देश में कानून का राज है, तेरे बाप का नहीं। मैं वकील हूँ, कोई ऐरा गैरा नहीं और जानता हूँ कि बिना सबूत के तुम हाथ नहीं लगा सकते।''

''लेकिन मैं जानता हूँ कि इसी ने मारा है।''

तुम क्या भगवान हो, सर्वज्ञ हो जो सब जानते हो क्या सबूत कि हत्या तुमने न की हो? ये शरीफ़ों का इलाका है। अपनी ये बकवास बन्द कर और फूट। ज्यादा बक-बक करेगा तो पिटेगा और यहीं!''

इसका सीधा असर हुआ। जासूस खिसियाता हुआ झटके से उठ खड़ा हुआ और जिधर से आया था, उधर ही निकल गया!

मैं इस वकील का अहसानमन्द हुआ। मैंने उसे अतिरिक्त 'थैंक्यू वेरी मच' किया। उसका कार्ड लिया और निकल आया!

वो तो गनीमत थी कि मैंने जितनी देर गोमाता से बातचीत की थी, उसको तुरत अपनी दुष्टात्मा को मेल कर दिया था ताकि अगर मेरे संग कुछ ऐसा-वैसा हो तो वो ये फुटेज सोशल मीडिया पर डाल दे। गुरु जी की चालें जानता था। वे 'बेड मीडिया' से सबसे ज्यादा डरते थे। वे नहीं चाहते हो सकते थे कि उनका नाम ऐसे प्रसंग में आये और इस बार मैं तय किये था कि अगर बात बढ़ती है तो मैं उनको फाँसे बिना न रहूँगा!

अगले रोज गुरु जी के एक चेले का फोन आया। उसने कुशलक्षेम पूछी। मैंने कहा सब ठीक है। उसने मेरे हाल-चाल पूछे। मैंने कहा सब सामान्य है। गुरु जी के ही दिये काम के चक्कर में कुछ बची खुची रिसर्च में बिजी था। कुछ दिन और उसी में बिजी रहूँगा। चेला बोला कि गुरु जी शायद उसी की स्टेटस रिपोर्ट माँग रहे हैं। जितना जल्दी दे दो, उतना बेहतर!

सुबह का वक्त था। चाय बनाते हुए मैंने टीवी ऑन किया तो देखा कि गाय को जहर दकर मारने वाले गऊ हत्यारे की कहानी हर चैनल पर दुहराई जा रही थी। पुलिस इनाम घोषित कर रही थी कि गऊ माता को जहर देकर मारने वाले का सुराग देने वाले को एक लाख एक हजार एक इनाम दिया जायेगा।

गोमाता को जहर देने की कहानी रहस्य बनी रही। वही फुटेज बार-बार आता रहा जो मैंने टीवी शोरूम में देखा था। दिल्ली में एक गो-हत्यारा आजाद घूम रहा है। वह कहीं भी किसी भी गाय को जहर दे सकता है। सावधान। नागिरकों के लिए सलाह कि अपनी गायों को बाहर न निकलने दें।

दूसरा चैनल लाइन दे रहा था–दिल्ली गऊ माता के लिए भी असुरक्षित! क्या हो रहा है कहाँ हैं? सीएम–पीएम? कहाँ हैं पुलिस चीफ? जवाब दें जिनकी ऐन नाक के नीचे गोहत्या कर दी गयी। इसमें दुश्मनों का, पाकिस्तान का, आईऐस का तो हाथ नहीं?

'गाय के शोक में कल बाजार बन्द' का ऐलान हो गया था। गाय की शवयात्रा निकाली जायेगी। उसके नाम पर उसी सड़क के चौराहे पर एक भव्य मन्दिर बनेगा। वो शहीद हुई इसलिए गऊ माता कही जायेगी। मन्दिर का नाम 'कामधेनु मन्दिर' होगा। एक 'शहीद कामधेनु कमेटी' बन गयी थी।

गाय के लिए आदमी मार दिया जाता था तो उसके लिए रोने वाला कोई न होता था लेकिन एक गाय के लिए मातम मनाने वालों की कमी न थी। ऐसा तो पुराण कथाओं तक में नहीं पढ़ा था! हम पुराण कथा से आगे निकल चुके थे अपने नये पुराण रच रहे थे। कामधेनु कमेटी एक नया पुराण ही तो बाँच रही थी। वह गो–हत्या की रहस्य कथा को बिग स्टोरी बना रही थी। मीडिया बना रहा था और सत्ता बनने दे रही थी!

जासूस से ढाबे वाली मुठभेड़ के बाद मेरे लिए यह एकदम साफ हो चला था कि अब गुरु जी मुझसे हिसाब चुकता करने के चक्कर में हैं। तभी तो उन्होंने एक चेला भेज कर मेरा हाल–चाल पुछवाया और गायों की प्रोफाइल तैयार करने को लेकर अब तक किये काम की रिपोर्ट का तगादा किया!

गुरु जी ने कुछ साल पहले कहा था कि गायों की प्रोफाइल बनाने में मदद करो। रिसर्च करो ताकि कोई कमी न रह जाये! मैं समय–समय पर आनलाइन डाटा भेजता रहा। पुराण छाने, कहानियाँ छानीं, सब कुछ छान–छूनकर मैंने गाय का पूरा इतिहास, पूरा भूगोल दे दिया था। शायद दस मोटी किताबें बनने लायक मैटीरियल था लेकिन 'समरी' नहीं लिखी थी और सिफ़ारिशें नहीं दी थीं जिनका तगादा अब किया जा रहा था।

इसी कारण मैंने उस श्यामा गाय एक इंटरव्यू लिया था और बातचीत गोपनीय रहे, इसलिए अपने मोबाइल से लिया था और जैसा

कि आप जानते ही हैं, तभी उस कजरी गऊ माता ने गोरक्षकों की मोटरसाइकिलों की आवाजें और नारे सुन मुझे संकेत कर भगा दिया था और तब से मैं भागा-भागा-सा ही महसूस कर रहा था।

अब कहानी साफ हो चली थी : मुझे इंटरव्यू लेते हुए देख वहीं के किसी दुकानदार ने किसी को खबर दी होगी। चूँकि गऊ माता की दया से मैं वहाँ से बचकर निकल गया तो उन्हीं दुकानदारों या गोरक्षकों या दोनों ने उसे जहर दिया होगा ताकि मुझे लपेटा जा सके! यह तो गनीमत रही कि मेरा चेहरा सीसीटीवी में साफ रिकॉर्ड नहीं हुआ! मेरे चेहरे पर अँधेरा रहा और पहचान छिप गयी!

लेकिन अब मुझे महसूस हो रहा था कि हो न हो इस सारी साज़िश के पीछे गुरु जी का हाथ है वरना इस कदर सटीक कहानी बिछाने की अक्ल किसी और में तो नहीं है! और अब वे रिपोर्ट का स्टेटस माँग रहे हैं। इतने दिन से कुछ नहीं कहा, अब तगादा करवाया। क्यों? वे जरूर इस गो-हत्या और मेरे बीच कोई सम्बन्ध देख रहे हैं। सीसीटीवी ने मुझे उस गाय के पास उसके मुँह से कुछ सटाए तो दिखाया ही है!

साफ था। मेरे असल दुश्मन मेरे गुरु जी ही हैं।

अजीब वक्त था। गुरु-शिष्य सम्बन्ध भी सत्ता-सम्बन्ध से तय हो रहे थे। जिन पर मेरी अगाध-अटूट श्रद्धा रही, वही मेरी जान के दुश्मन बने थे।

क्यों?

मैं समझने में असमर्थ था। मेरी बची-खुची श्रद्धा अब भी गुरु जी के खिलाफ कोई बुरा खयाल नहीं आने देती थी। श्रद्धा जन्य 'कंडीशंड रिफ्लेक्स' ऐसा था कि मैं गुरु जी को अपना रहनुमा, फादर-फ़िलॉस्फ़र-गाइड सब कुछ मानने के अलावा कुछ और सोच तक नहीं सकता था!

लेकिन कभी-कभी मन सोचने लगता-'क्या अब गुरु-शिष्य सम्बन्ध भी कलि के ग्रास बन गये हैं? क्या मेरे ही गुरु अपने सबसे अच्छे पटु शिष्य के पीछे पड़े हैं? जब तक मैं सहमत रहा, तब तक मैं उनका आदमी रहा। मुझे अपार अधिकार रहे। जो चाहे करूँ, की छूट रही, लेकिन जरा-सी असहमति हुई नहीं कि दुश्मन नम्बर एक हो गया!'

उन्हीं के अखाड़े की बड़ी-से-बड़ी कुश्ती मारने वाला बड़े-से-बड़े का शिकार करने वाला मैं गुरु जी की हर चाल की काट भी जानता था लेकिन उनकी ताकत के आगे मेरी ताकत कुछ नहीं थी क्योंकि ये मामला एकेडमिक्स का नहीं था, सत्ता के डिस्कोर्स का था, शक्ति का था।

उनमें ओज था, तेज था, ताकत थी, वाणी थी, तन्त्र पर पकड़ थी और वे ही इस तन्त्र के विधाता थे जिसका मैं एक पुरजा था यानी सेवक था।

मैंने देखा था कि उनकी नज़रों से एक बार गिरने के बाद आपकी सारी ताकत निकल जाती थी। आप अकेले हो जाते थे। मैंने स्वयं कई सीनियर्स को हीरो से जीरो होते देखा था। कई बार गुरु जी के आदेश पर मैंने खुद ऐसे बड़े लोगों का शिकार किया था। शिकार करने के, सताने के, डराने के, सारे-तौर तरीके जानता था और उनसे निकलने के तरीके भी जानता था लेकिन ये भी जानता था कि गुरु जी ये जानते हैं कि मैं उनको बेहतर जानता हूँ। उनकी एक भी गलत चाल उनके लिए भी भारी पड़ सकती है लेकिन मैं ये भी जानता हूँ कि मेरी एक गलती मुझे एकदम ले बैठेगी!

मेरी आत्मा ने तय किया कि गुरु जी से एक बार डाइरेक्टली मिल लेना चाहिए और मामले को आर-पार करना चाहिए। कब तक इस ब्लैकमेल में जिऊँ?

मैं फिर उसी लम्बी-चिकनी सड़क पर आ गया जो स्वर्ग को जाती बतायी जाती थी जिसके आसपास अनेक स्मार्ट गाँव और स्मार्ट नगर थे, जो आदेशानुसार नाप-तोलकर बसाये गये थे। इन तमाम स्मार्ट गाँवों में शहरों में, सब कुछ चमकीला था। सड़कें शीशा-ही-शीशा थीं। मकान भी ऐसे ही एकदम डिजाइंड थे। बिना ड्राइवर अन्दर चलने वाली गाड़ियाँ इतनी शरीफ़ थीं कि जरा-सा भी धुआँ नहीं उगलती थीं। आदमी-औरतें एकदम डिजाइंड कपड़ों से लैस होते। उनके चेहरे खुशी से चमकते रहते थे! उनके चेहरे खाये-पीये एकदम सन्तुष्ट दिखते। उनके बच्चे उत्तम सन्तति की प्रक्रिया से पैदा हुए होते। वे बचपन से ही माता-पिता की सेवा करने वाले, उनके चरण नित्य छूने वाले, गुरु

को प्रणाम करने वाले, आज्ञाकारी होते। स्मार्ट शहरों में अपराध नहीं होते थे। नर-नारी हर समय हँसते-मुस्कुराते नज़र आते।

सीन देवोपम होते! ऐसे सीन धार्मिक पत्र-पत्रिकाओं और फिल्मों में ही दिखते!

ऐसे गाँव अमरीका तक में नहीं थे। वे पर्यावरणप्रिय थे। पेड़-पौधे थे, मैदान थे, खेत थे लेकिन धूल का लेश मात्र न था! इन स्मार्ट गाँवों की सबसे बड़ी स्मार्टनेस यह थी कि यहाँ हर जगह ऑर्गेनिक खेती की जाती थी। सबसे स्वास्थ्यवर्धक अन्न यही उगता था! ऑर्गेनिक खेती के लिए ऑर्गेनिक खाद होती, बीज होते, पानी होता, खुरपी व फावड़ा तक स्मार्ट होते। उनको पकड़ने वाले हाथ भी स्मार्ट होते।

यहीं मेरे सामने गोरक्षा अभियान का मर्म खुला।

ऑर्गेनिक खाद का मतलब गाय का गोबर और गोमूत्र से बना खाद था। यों भैंस के गोबर और गोमूत्र भी ऑर्गेनिक खाद बनाते थे लेकिन गाय का गोबर और गोमूत्र अधिक महिमावान माने जाते थे और स्मार्ट गाँवों मे गोमूत्र और गोबर की खाद से ही खेती की जाती थी, इसलिए इनकी माँग ज्यादा रहती थी!

गोबर और गोमूत्र की इतने बड़े पैमाने पर सप्लाई उन बड़ी गोशालाओं और गो-अभयारण्यों से होती थी जो पिछले बरसों में गोरक्षा अभियानों के जरिए बनाये गये थे!

अखिल भारतीय गोरक्षकों के लट्ठ संचालन की कृपा से और सरकारों की लम्बी-लम्बी चुप्पियों से तीन-चौथाई गायें या तो गोरक्षकों की गऊ शालाओं में ले जाई जा चुकी थीं या अभयारण्यों में ले जाई जा चुकी थीं। गाय पालने वाले लोग गोरक्षकों के डर के मारे अपनी गायों को फ्री में देने को तैयार हो गये थे और इस तरह लाखों गायें फ्री में गोशालाओं और अभयारण्यों में हाँक ले जायी गयी थीं।

पुराने गाँव और शहर ऐसे अभयारण्यों को इंडस्ट्री की तरह चलाते थे। वे नये स्मार्ट गाँवों और शहरों के लिए गाय का गोबर और गोमूत्र बेचा करते। वे उससे ऑर्गेनिक खेती करते जिसकी उपज ऊँचे दामों पर बिकती और माल सीधे अमरीका-यूरोप जाता। वहाँ एनआरआईज और अमरीकी इसके सबसे बड़े ग्राहक थे!

नगरों, महानगरों और गाँवों के बीच की नई खाई थी। अब पुराना

गन्दा गाँव बरक्स स्मार्ट गाँव और स्मार्ट शहर का नया 'डिवाइड' था! इसके अपने नये फलितार्थ थे जो बहुत जल्दी सामने आये।

किसानों के आन्दोलन अचानक फूट पड़े लेकिन ये आन्दोलन पुरानों से कुछ अलग थे। पहले किसान आन्दोलनों में शान्ति रहती थी जबकि ये अशान्त होते, क्रोध में होते। यहाँ एक नेता न होकर समूह होते जो व्हाट्सएप पर बने होते और वे हर रोज एक-दूसरे से चर्चा कर आन्दोलन बनाते।

ये किसान आन्दोलन नये तनावों का परिणाम थे। इन्हीं ने स्मार्ट विकास को टँगडी मारी। नई आकांक्षित पीढ़ी अपने हाथों में मोबाइल लिए सड़कों पर नारे लगा रही थी कि उपज का सही दाम देने का जो वादा किया, उसे निभाओ और लोन माफ करो! गाय तो पहले ही गोरक्षक ले गये थे उससे पैदा हुई नाराजी भी आन्दोलन में मिक्स हो जाती थी।

खेती की उपज के दाम नहीं मिले तो हल्ला हुआ। पहले धीमे हुआ, फिर जोर पकड़ गया!

और कुछ इस तरह हुआ:

महाराष्ट्र के नासिक में एक गाँव में बैठा एक किसान टीवी में खबरें देख रहा था। अचानक उसका ध्यान डॉक्टरों की, एमपी के किसानों की हड़ताल की ओर गया और उनकी हड़ताल को देख उसे भी हड़ताल का आइडिया आया। उसने व्हाट्सएप पर अपने अन्य किसानों से बात की और देखते-देखते दो सौ गाँव एक साथ खड़े हो गये। प्याज को सड़कों पर फेंककर विरोध-प्रदर्शन करने लगे। उपज ज्यादा हुई, दाम मिले नहीं तो किसान क्या करते?

इधर उनकी गायें उनकी दुश्मन बना दी गयी थीं। वे उनको लाने-ले जाने से डरते थे। जब कहीं बेचने को ले जाते तो गोरक्षक मारते-पीटते और हत्या तक कर देते। ऊपर से केस कर देते। कोई बोलता तो देशद्रोह का केस बनवा देते! किसान हर तरह से परेशान थे।

उससे पहले नोटबन्दी ने भी उनको कैश से वंचित कर रखा था गाय वंचित होने और बीफ विजिलांतों ने ऐसे-ऐसे डर बिठा दिये कि इन सबके खिलाफ संचित गुस्सा अचानक फट पड़ा! स्मार्ट नगरों और

गाँवों की ओर ले जाने वाली, स्वर्ग को ले जाने वाली यह सड़क अचानक किसानों के आन्दोलनों से जाम हो गयी! गाय का गोबर और मूत्र की सप्लाई बन्द हो गयी। स्मार्ट शहर के स्मार्ट नर-नारियों में त्राहि-त्राहि मच गयी! पहली बार किसानों को मालूम पड़ा कि वे जिन गायों को पालते थे और जिनको गोरक्षक ले गये, वे इन स्मार्ट शहरों और गाँवों के लिए ही ले गये थे। किसानों को जेनेटिक मोडीफाइड पैदा करने को कहा जाता और इनके लिए ऑर्गेनिक खाद से बनी चीज़ें बेची जातीं। यह भेदभाव अलग से चुभता था।

जब वे अपने गाँव देखते और इन स्मार्ट गाँवों को देखते, स्मार्ट शहरों को देखते जिनमें उनका प्रवेश तक वर्जित था तो उनकी समझ में आता कि गायों को लेकर उनके धर्म-भाव को ठगा गया। उनको डराकर उनसे गायें ले ली और न माने तो पीट-पाटकर ले लीं। आज उनके बालक गाय के दूध के लिए भी तरसते हैं और स्मार्ट वाले उत्तम सन्तति के मालिक बनकर चकाचक हो रहे हैं!

तो बहुत-से कारणों में एक कारण गाँव और गाँव के बीच पैदा किया गया। यह नया भेद भी था, इसीलिए इस बार का किसान आन्दोलन इतना तीखा और नाराजी भरा था। पुलिस ने गोली चलाकर पाँच किसान मार दिये तो आन्दोलन और उग्र हो गया।

लेकिन इस नये विभाजन को न पत्रकारों ने पढ़ा और न समाज-चिन्तकों ने समझा जो इस नये स्मार्टवाद ने पैदा कर दिया था। उसके बाद गाँव की कहानी बदली जाने लगी कि किसानों की आत्महत्या का कारण निजी है, आर्थिक तंगी नहीं है। हजार बार दुहराया गया यह सन्देश सच बनता गया। किसान खुद चकित कि उनकी आत्महत्या का पाठ तक बदल दिया जा रहा है। वे पैसे के अभाव में मरते हैं। और ये बताते हैं कि कारण घरेलू लड़ाई थी, शराब की लत थी जिससे दिमाग का बैलेंस बिगड़ गया था और इस चक्कर में सिरदर्द की दवा की जगह भ्रमवश सलफास खा गया!

एक दिन वही हुआ जिसकी मुझे आशंका थी और जिसके बारे में मैंने उस हरामी दोगले जासूस को उस ढाबे पर इशारा भी दिया था, जहाँ बैठ वो मुझे पकड़ने आया था!

मैंने अपने संचित क्रोध के वशीभूत हो उसको शाप-सा दिया था–ये जो तू बहुत स्मार्ट-विस्मार्ट-सा बना फिरता है न साले! इन पर इतना न अकड़। एक दिन ऐसा आयेगा कि तेरी दूसरी आँख भी न बचेगी। पानी न मिलेगा साले! क्योंकि अब तुम लोगों का घड़ा भी पापों से भर गया है।

किसान आ रहे हैं, वही तुमको ठीक करेंगे।

## *कट टू चिकनी सड़क*

एक दिन नाराज़ किसान नीचे से ऊपर चिकनी सड़क पर आ गये और इस स्वर्ग ले जाने वाली दुनिया की चमचम करती बिल्लौरी शीशे की तरह साफ सड़क पर बैठ गये। आसपास उन्होंने अपने संग लायी प्याज और सब्जियों को फैला दिया। टनों दूध फैला दिया। दालों की हजारों बोरियों को खोल दिया। सड़क पहले सब्जी बाजार-सी बनी, फिर सड़ने लगी। पहली बार इस निर्गंध सड़क में दुर्गन्ध बनी और चारों ओर फैली! अमरीका कैमरा लेकर दौड़ा आया और रिसर्चर आये कि देखें ईथनिक गावों वाले किस तरह का स्थानीय खेल कर रहे हैं और हिन्दुस्तान थर्ड वर्ल्ड से फर्स्ट वर्ल्ड में घुसने का जो जेबरातोड़ प्रयत्न कर रहा है, उसमें कितनी जान है?

दुनियाभर के कृषि विशेषज्ञ, किसान विशेषज्ञ, एनजीओ, शोधकर्ता, सड़क पर अपने-अपने चार्टर्ड जहाज लेकर उतर पड़े और हर समय क्लिक-क्लिक होने लगा, लाइव-लाइव होने लगा, हाय-हाय हूई-हूई होने लगी, मुर्दाबाद-ज़िन्दाबाद होने लगा। दुनिया के सारे चैनल किसी नये की सम्भावना में उत्तेजित हो रिपोर्ट करने लगे।

यह नया किसान था। वह गाँव के मैले-कुचैले धुर्रे की तरह नहीं रह गया था। वह युवा था। टीशर्ट-जीन्स या पेंट-शर्ट में था। पैरों में नोकिया था। सबके बाल मशरूम कट। कनपटी पर कम लेकिन चाँद पर एकदम ऊपर की ओर उठे हुए। सबके हाथ में स्मार्ट फोन थे जो हर समय या तो उनके मुँह के पास होते या दोनों हाथों से वे उसमें कुछ कर रहे होते। वे व्हाट्सएप-दक्ष व्हाट्सएप कम्यूनिटी द्वारा संचालित एक साइबर दबंगई से सम्पन्न थे। वे मझोले किसान थे जो कैश क्रॉप उगाते थे और वो जमकर होती थी। उनको पैसा

मिलता था लेकिन पिछले सीजन से सब कुछ ठण्डा था। नोटबन्दी के कारण नकदी की एक लम्बी कमी रही। हाथ में पैसा न हो तो डिजिटल-फिजिटल कुछ रास नहीं आता। प्यारे ये किसान थे जो हर चीज को छूकर, देखकर, सूँघकर पसन्द करने के आदी थी। डिजिटल राजा का डिजिटल कहने को बढ़िया था लेकिन न सूँघने का मजा था, न उसमें चखने का मजा था। सो एक तो नकदी छीन ली और दूसरे डिजिटल का झुनझुना दे दिया जो एकदम निर्गंध और प्लास्टिक का। चिढ़ का एक कारण यह भी रहा!

फिर मण्डी की ज्यादतियाँ। आढतिये माल उतरवा लेते और पैसा दस दिन बाद देने की कहते जिसकी गारण्टी न होती। किसान क्या करते?

किसान कन्फ्यूज्ड थे। परेशान थे। जेब में नकदी नहीं बची। बच्चों को दूध नहीं कर्ज वाले तकादे करते। अधिकारी मदद न करते। मन्त्रीजन भूत-प्रेत निवारक विद्याओं की शरण में 'ओं हीं श्रीक्लीं' करते रहते। हैप्पी मिनिस्ट्री की कृपा से हैप्पी-हैप्पी से दिखते रहते।

यहीं-कहीं किसानों के पेट पर हमला कर दिया गया। एक जगह भक्तों ने लोगों को मीट खाने पर ही ठोक दिया। इससे बात और बिगड़ी। एक आदमी खाना खा रहा है, मीट खा रहा है। कुछ मुस्टंडे आते हैं और उसको वहीं ठोकने लगते हैं कि बीफ खा रहा है और वह पिटता रहता है...आये दिन ऐसा होने लगा और ऐसी खबरे बनने लगीं।

यह सीधे पेट पर, आमाशय और हमारे चौके पर हमला था जो कि आज तक किसी दुश्मन तक ने नहीं किया था। चौके पर हमला करने की हिम्मत न मुग़लों की हुई और न अंग्रेजों की हुई लेकिन भक्तों की हो गयी।

सत्ता-मद के नशे में धुत लोग नहीं जानते थे कि पेट पर हमला देश पर हमले से भी बुरा होता है और ये वो हमला था जो कई बरसों से हर रोज कहीं-न-कहीं किया जा रहा था।

एक ने मीट खा लिया तो आपने उसे बीफ कहकर उसके पेट को मरोड़कर उसकी आँतें तक बाहर निकाल लीं और जब बीफ न पकड़ सके तो मीट को ही बीफ बना दिया। एक ने दो गायें खरीदीं

तो उनको कसाई बताकर लूटकर ले गये! किसी ने किसी रेस्त्राँ में कुछ खा लिया तो अफवाह फैला दी कि रेस्त्राँ बीफ परोसता है और उसे जला दिया। न पुलिस और न कोट कचहरी। सब कुछ तुरत, वहीं-का-वहीं। गोरक्षकों का न्याय!

मुसलमान हुआ तो इनकी मार पाकिस्तान तक जाती कि ये पाक के एजेंट हैं, हमारे देश को तोड़ने के लिए ऐसी हरकत कर रहे हैं। उधर सेकूलर रक्षात्मक होकर बिसूरते रहते कि बीफ सब जगह बैन नहीं है पर कोई न सुनता!

जब गाय को राष्ट्रीय पशु घोषित करने की भावना बल पकड़ रही हो, तब मीट भी बीफ ही की तरह लिया जा सकता था और पिटाई तय हो जाती थी। लिंचिंग भीड़ आ जाती थी और उसे दौड़ा-दौड़ाकर मार डालती थी।

खबरें आतीं, बहसें होतीं, दिन-रात विजुअल्स दिखते और आप कौर तोड़ते वक्त ये सोचते कि ये जो मैं खा रहा हूँ, वह सही है कि नहीं, शास्त्रसम्मत है कि नहीं? और आपको कोई देख तो नहीं रहा है?

आज तक किसी शासक ने, किसी राज्य ने, किसी राजा ने, किसी मालिक ने किसी के खान-पान पर हाथ नहीं डाला था कि आदमी क्या खाता-पीता है? यह सब उसका निजी, पारिवारिक, घरेलू और उसके चौके का मसला था। उसके स्वाद का मसला था जो कि किसी के एजेंडे में नहीं रहा!

नया चरित्र बनाने वालों ने, नये चरित्र का निर्माण करने वालों ने, उसका आदर्श स्थपित करने वालों ने मगर ऐसा कर दिया। सीधे पेट पर हमला किया। आपके चौके में क्या बन रहा है? आप अपने चौके के लिए थैले में क्या ले जा रहे हैं? आपकी शक्ल देख, आपकी दाढ़ी देखकर आपको धर लिया जाता और फिर दौड़ा-दौड़ाकर मार दिया जाता। फिर कह दिया जाता कि किसी ने नहीं मारा, वो अपने आप मर गया! एकाध ने थप्पड़ मारे होंगे लेकिन बताइए थप्पड़ों से कोई मरता है क्या? आप रोते रह जाते लेकिन मारना न रुकता। जब तक एक जगह भीड़ पीटती और खबर ठण्डी पड़ती, तब तक दूसरी-तीसरी जगह पिटाई होने लगती। सत्ता मौन हो देखती रहती। कानून देखता

रहता। पुलिस देखती रहती और अगर केस बनाती थी तो पहले मारे गये को ही सब कुछ का जिम्मेदार ठहराती! धीरे-धीरे केस कहने लगता कि जिसे मारा गया, उसे मारा नहीं गया बल्कि वह अपने आप मरा। वो छिपकर जा रहा था जब पूछा कि क्या है तो डर के मारे भाग निकला और हार्ट का पेशेंट था तो खुद ही मर गया! लोग थोक में मारे जाते तो कह दिया जाता कि वे अपने आप मरे हैं और सिद्ध भी किया जाने लगता कि ऐसा ही हुआ होगा। वे आत्महत्या का पेक्ट कर चुके थे वरना वैदिकी हिंसा हिंसा न भवति।

तो पेट पर हमला, लोगों की इन्द्रियों पर, आमाशय पर, जिगर पर, आस्वाद पर, स्वास्थ्य पर और समूची जिन्दगी पर ही हमला था जो रोज होता था और रोज सहा जाता था!

यह जुगुप्सा की राजनीति थी जो तारी कर दी गयी थी। मीडिया इसे फ्रिंज समूहों की हरकतों की तरह दिखाता!

वे जितने दिखाये जाते, उतने ही हीरो बनते जाते। वे घृणा बनाते, घृणा को सक्रिय करते, मारते-पीटते और वही घृणा सबसे प्रिय चीज बनती जाती थी। घृणा की बात घृणा की राजनीति की बेशकीमती थी! और यह घृणा हर एक के मन में हर एक के खिलाफ भरती जाती थी।

अब तक बोलने की आजादी रोकी जाती थी, चलने-फिरने की आजादी पर प्रतिबन्ध लगते थे लेकिन विशेष स्थिति में ही पर अब तो इस अनापातकालीन स्थिति में ही भोजन की आजादी तक पर अंकुश लगने लगा।

यह अघोषित आपातकाल था!

सच कहूँ मेरे पेट में एक मरोड़ तभी से बैठ गयी, सबके पेट में बैठ गयी क्योंकि वो खाना भी क्या खाना है जिसका कौर तोड़ते ही सोचना पड़े कि कहीं कोई देख तो नहीं रहा है, कहीं कोई मुझे पकड़कर मेरी आँतों को मरोड़ने तो नहीं आ रहा है!

यह नये किस्म की दहशत थी जो सुबह, दोपहर, शाम, रात हर वक्त महसूस होने लगती थी। आप लंच या डिनर करते और टीवी अचानक ब्रेकिंग न्यूज दिखाने लगता कि एक आदमी को लिंच मॉब ने बीफ खाने के शक में घर में घुस के मारा तो खाने का सारा मजा खराब हो जाता।

अधिक संवेदनशील लोगों का डर उनके अन्दर बैठ गया था

जो हर वक्त महसूस नहीं होता था लेकिन एक कसक की तरह बना रहता था।

इस तरह सामान्य आदमी ही सन्दिग्ध बना दिया गया था, अपराधी बना दिया गया था, एक जुगुप्सुति प्राणी बना दिया गया था और इस जुगुप्सा को इस कदर थोपा गया था कि आदमी स्वयं को ही घृणास्पद मानने लगता था।

यहीं-कहीं से 'शुचिता विमर्श' की शुरुआत होती थी जिसका प्रकट हेतु रोज़मर्रा के आम जीवन में कूड़ा हटाना था लेकिन जिसका 'महाशय' यानी 'महा आशय' यानी बिग आइडिया एक व्यापक सफाई का आइडिया था जो रोज़मर्रा के मलमूत्र विसर्जन से खान-पान की, रहन-सहन की, नये किस्म की 'शुचिता' (प्योरिटी) तक जाता था।

शुचिता या शौच बिग आइडिया था जिसका प्रथम पाठ सबको शौचालय में शौच करना सिखाना था और वृहत्तर उद्देश्य व्यापक सफाई का था। मेरा मन सोचने लगता-कहीं ऐसा तो नहीं कि यह सब भी उसी सफाई का हिस्सा हो?

अंग्रेजों ने हमें बताया था, मिस मेयो ने 'मदर इण्डिया' लिखकर हमें सिखाया था कि हम किस तरह अस्वच्छ, गन्दे और गन्दगी करने वाले, उसी में रहने वाले असभ्य और फूहड लोग हैं कि हिन्दुस्तान को एक विशाल पाखाना बनाये हुए हैं-चाहे जहाँ, चाहे जब करते रहते हैं! जब चाहा और जहाँ चाहा पेशाब कर दिया। जब चाहा, जहाँ चाहा लेट्रीन कर दी। अब वो सड़ रही है, मक्खी आ रही है, वही मक्खी खाने की चीजों पर जा रही है। हैजा हो रहा है, टाइफाइड हो रहा है। लोग मर रहे हैं लेकिन फिर-फिर किये जा रहे हैं।

यानी हम सब इण्डियन्स उस अंग्रेज बहादुर के 'व्हाइटमेंस बर्डन' थे जो आपको अपने से घृणा करना सिखाता था कि तुम गन्दे हो, असभ्य हो। तुमको सभ्य बनाना है, आधुनिक बनाना है तो हम बनायेंगे और इसके लिए तुम पर शासन करना होगा वरना तुम तो वही टट्टीछाप रहोगे!

समूचे शौच-विमर्श में पब्लिक की इंसल्ट करने का, उपहास उड़ाने का भाव तब भी था और अब भी है।

जो टॉयलेट में नहीं जाते, वे उपहास के पात्र हैं। टॉयलेट हो भी तो उनकी आदत नहीं है। हमें आदत बदलनी है! आदत बदलनी है

यानी आदमी बदलना है। यह कोई मामूली विमर्श नहीं था जो सबके सिर पर आकर बैठ गया था! यह एक सम्पूर्ण स्कीम की तरह था! एक पंचवर्षीय योजना की तरह था।

इसका गहरा राष्ट्रीय हेतु भी था।

आदत! रुचियाँ! स्वभाव! इन सबको बदलना है। तभी चरित्र बदल सकता है यानी बदलना चरित्र को बदलना है। आदर्श चरित्र बनाकर ही राष्ट्र को बनाया जाता है। जोर चरित्र पर है। उसके लिए स्वभाव को बदलने पर है, उसके लिए अभिरुचि को कंट्रोल करने पर है और उसके लिए आदत बदलनी है। ऐसी स्थितियाँ पैदा करो कि आदमी मजबूर होकर बदले!

यह सब करना है तो प्यार से नहीं करना है, अपमानित करके करना है, हीन बनाकर करना है, नीचा दिखाकर करना है इस बिगड़े समाज को ठोककर ठीक करना है।

पहले जेब मरोड़ी फिर पेट मरोड़ा। अब जो खाया-पिया है, उसे निकालने के लिए आदमी को कंट्रोल करना है कि वो क्या करे और कहाँ करे?

यह उसी पेट मरोड़ने का विस्तार था!

किसी के पेट में दर्द है और आप उसे इस बात के लिए शर्मिन्दा कर रहे हैं कि किधर जा रहा है? वह दर्द को रोकेगा तो उसका क्या होगा?

फिर पानी नहीं है, मल की निकासी सही नहीं है, किसी तरह टॉयलेट बना लिया है तो अब बदबू घरों में भर रही है और वे अब कह रहे हैं कि दरवाजे बन्द रखो, बीमारी दूर रखो! टॉयलेट बनवा दिये लेकिन घरों में टॉयलेट के कारण बदबू फैलती है। बदबू बाहर निकल जाये, इस कारण दरवाजे बन्द नहीं किये जाते! अब कह रहे हो कि टॉयलेट का दरवाजा भी बन्द रखो! बड़े भाई ऐसे टॉयलेट में एक बार जाकर तो देखो!

आपने तो घर को ही संडास बना डाला है!

सिर्फ टॉयलेट बनवा देने से काम नहीं चलता भाई जी! उसके लिए नल चाहिए, पानी चाहिए, मल की निकासी चाहिए, और पानी खूब चाहिए। जिस तरह के शहरी टॉयलेट होते हैं, उनमें मल को बहाने के लिए एक बार में दस लीटर पानी बहता है क्या? गावों में

इतने की व्यवस्था है? नहीं है। जब पीने तक का पानी नहीं था, तब काहे पूरे घर को लेट्रीन बना डाला?

मेरी आत्मा रह-रहकर उस दर्द, उस घुटन, उस बदबू को महसूस करती है जो ऐस घरों में भर जाती है जिनमें सड़ते हुए टॉयलेट होते हैं लेकिन पानी नहीं होता!

लेकिन आदमी बदलना है, उसकी आदत बदलनी है। उसके लिए ऐसी स्थिति पैदा करनी है कि आदमी वही करे जो आप चाहें!

पावलोव का 'कंडीशंड रिफ्लेक्स।' एकदम देसी! इधर दबाओ तो उधर आदमी वही बोले जो उसे बताया गया है। आदमी को हारमोनियम बना दो! वह की दबाते ही सरगम बोलेगा! उससे ज्यादा न बोलेगा!

मुझे ऐसे सीन देख-देख मरोड़ उठती। पेट दर्दाने लगता। मन करता कि इन विज्ञापन बनाने वालों, इनको वाणी देने वालों के घर के आगे सबको ले जाऊँ और वहीं लोटा लेकर बिठा दूँ और बताऊँ कि हे अहाअहिम जी! महामहिम जी! जब पेट में जोर की मरोड़ उठती है, न तब घर सूझता और न टॉयलेट सूझता है। आदमी जहाँ होता है, वहीं निकलने लगती है। जब आप बहुत छोटे होंगे, तब आपकी भी कभी-न-कभी निकलने को हुई होगी। तब आपने क्या किया होगा?

और उस वक्त अगर आपका टीचर, आपका भाई आपको शेम-शेम करता, आपकी खिल्ली उडाता और आपको एक बदबूदार टॉयलेट की जरा-सी जगह में बैठने को कहता तो आप क्या करते? सच तो ये है कि तब वो आपके निक्कर में ही निकल जाती?

शर्मिन्दगी का यह अनुभव जिन्दगी भर आपको हीन बनाये रखता। आपको हर समय लगता कि कहीं आप देख तो नहीं लिए गये कहीं। आपको आ तो नहीं रही। कहीं आपको कोई देख तो नहीं रहा!

जबर्दस्ती थोपी जाती इस शेम को, इस शर्म को, इस उपहास को अपमान की किस कोटि मे रखूँ और जो उपहास कर रहे हैं, उनको किस कोटि में रखूँ? उपहास वे उड़ाते हैं जिनके पास बड़े-बड़े बँगले हैं और उनका उड़ाते हैं जिनके पास एक छोटा-मोटा पक्का-सा मकान तक नहीं है! इतने ताकतवर लोग इतने कमजोर लोगों का इस कदर अपमान करते हैं। आप खुद आकर आपके द्वारा बनवा दिये गये टॉयलेट में दो-चार दिन क्यों नहीं शौच करते? मित्रो! आप उनको निमन्त्रण भेजिए न! आप महामहिम से ही कहिए कि सर जी! एक

बार लोटा लेकर, हमारे घर आपके दिये टॉयलेट में एक बार आनन्द लेकर तो देखिए?

मुझे मालूम है कि जब पेट में मरोड़ उठती हो, हाजत आ रही हो और तब कोई टोके तो कैसा लगता है? लेकिन मुझे नहीं मालूम कि आपके शेम-शेम करने से, रोकने टोकने से पेट के अन्दर जो गडबड़ी होती है, उससे देह में कौन-कौन से रोग पैदा हो सकते हैं?

एक रिसर्च के अनुसार हिन्दुस्तानी औरतों को ज्यादातर मूत्र और किडनी रोग इसलिए होते हैं कि औरतों के लिए शहरों मे पर्याप्त टॉयलेट नहीं होते और जो होते है, वे गन्दे होते हैं। उनको देर तक पेशाब रोकना पड़ता है और उसके कारण न जाने किस-किस अंग को इन्फेक्शन लग जाते हैं।

तब भी आप कहते हैं कि कुछ भी हो, कहीं भी लगे, आपकी स्वच्छता के लिए मैं टॉयलेट ही जाऊँ!

जरूर जाऊँगा पहले। अपने जितना पानी दीजिए अमिताभ जी! शिल्पा जी! जो आपके मकानों में आता है, टॉयलेट में बहता है फिर उतनी सफाई दीजिए, जितनी आपके यहा रहती है और इस सबको सम्भव करने के लिए आप जैसा रोजगार तो दीजिए। हम भी चकाक रहने लेंगे तो डाइपर खरीदकर लगाकर चला करेंगे, मजाल आपकी नाक को बदबू आ जाये!

लेकिन हमें देंगे चुल्लू और बनायेंगे उल्लू!

आप कहेंगे कि ये क्या बके जा रहे हो? टॉयलेट-विरोधी होकर तुम राष्ट्र-विरोधी हुए जा रहे हो। अरे स्वच्छता जैसे महान काम में तो बढ़ के हाथ बँटाना चाहिए!

कैसे बँटाऊँ? क्या उस तरह, जिस तरह अक्षय कुमार 'टॉयलेट' को 'एक लव स्टोरी' बनाकर बँटा रहे हैं?

क्या इस संडास की भड़ास पर कोई वैसी कहानी लिखी जा सकती है जिसमें एक नायक और एक नायिका हो और खुले में शौचं करने के हमीं लोग खलनायक हों? क्या ऐसी कहानी लिखी जा सकती है जिसमें पेट की उस मरोड़ के हजार पलों का अनुभव कहा जा सके और किसी को बदबू न आये?

'टॉयलेट एक लव स्टोरी' आपके लिए होगी। अपने लिए तो टॉयलेट एक बदबू की कहानी है! नहीं तो आप भी जितनी देर जरूरी

होता है, उतनी ही देर उसमें क्यों बैठते हैं। अगर वो लव स्टोरी है तो पूरे दिन रात उसी में गुजारिए न!

मिस मेयो ने भारत को लेट्रीन कहा था और आपने उसके कॉम्पिटीशन में घर-घर में बदबू भर दी श्रीमान् जी! इस विराट बदबू का ढक्कन अभी नहीं खुला है जब खुलेगा और तब जो भभका उठेगा, वह अपनी कहानी खुद लिखेगा आदरणीय! वह जब खुलेगा तो अखिल भारतीय बदबू को सँभालने के लिए अमरीका तक नाक पर रूमाल रखकर आयेगा!

यह आम आदमी की देह पर, बॉडी पर हमला है। यह उसकी प्राइवेसी ही नहीं एकदम नितान्त निजी अनुभवों पर हमला है। उसके गोपनीय क्षणों पर हमला है। वैसा ही, जैसा आपातकाल में संजय गाँधी ने जबरिया नसबन्दी के जरिए किया था। वह हमारे गोपनीय क्षणों पर, हमारी इन्द्रियों पर पर मर्मांतक प्रहार था। आज आप कर रहे हैं!

और हम सब चुप हैं, जैसे अबोध बच्चे हों जिनको पप्पी शेम-शेम करके लाइन पर लाया जाता हो!

इसकी वैसी शिक्षामूलक कहानी नहीं लिखी जा सकती जिससे लोग शौच करना सीख सकें। ऐसी कहानी मानकर चलेगी कि लोगों को शौच करना तक नहीं आता। शेम-शेम!

हाय! जो लोग पाँच हजार साल पहले दुनिया को सभ्यता सिखाने वाला गुरु मानते हैं, वे वर्ल्डबैंक और आईएमएफ से, गाट से सीख रहे हैं कि घर में टॉयलेट अवश्य बनायें! न बनाया तो खैर नहीं! पाँच हजार साल पुरानी सभ्यता अभी टट्टी करना सीख रही है!

लगता है कि आप किसी के कभी गुरु-वुरु नहीं रहे। आपको तो टट्टी करना तक नहीं आता! काहे के गुरु?

आप इस पर कहानी लिखना चाहें तो लिखें और पिक्चर बनाना चाहें तो बनायें। इस देश के नागरिक अभी कुछ नहीं कहने वाले। वे देर तक सहते हैं और देर से ही कहते हैं लेकिन जब कहते हैं तो इस तरह कहते हैं।

बड़े-से-बड़ा बन्दा शेम-शेम कहने लायक नहीं रह जाता, बल्कि खुद उसी की शेम-शेम होने लगती है कि और अपना टीवी तो एक पूरी-की-पूरी पाँच सितारा लेट्रीन ही बेचता रहता है जिसमें एक गोरी मेम एक गोरे बाबू को उसका टॉयलेट देखकर ही 'आई लव यू' कहती

है। एकदम संगमरमर जैसा चिकना, पारदर्शी, शीशे-सा और एकदम साफ शफ़्फ़ाफ़! न बदबू, न एक धब्बा। चलता हुआ नलका और टँगा तौलिया और ऐसी चमचम कि आपका वहीं लेटने का मन करने लगे!

अपने लिए तो ये पाँच सितारा इटेलियन-जर्मन टॉयलेट और हमारे लिए दस बारह हजार का ईंट-गारे से बना टॉयलेट जिसमें नलका तो लगा है लेकिन पानी नहीं है। टंकी रखी है लेकिन पानी नहीं। टट्टी पड़ी है और उसे बहाने का पानी नहीं है। बहाने के बाद वह किधर जायेगी, इसका जुगाड़ नहीं हैं।

अबे 'ओ नैनं छिंदंति शस्त्राणि' के बच्चे! बहुत हाँक लिए। अब कान खोलकर सुन। कुछ देर पहले जान के लाले पड़े थे और इधर तू प्रतिरोध का विमर्श फेंके जा रहा है!

तू है क्या? एक आत्मा ही न! तुझे टट्टी-पेशाब तो लगता नहीं। जिनको लगता हो, वो जानें। तू लीडरी काहे हाँक रहा है। भूल गया कि अभी ढाबे में तेरे संग क्या हुआ था। अगर वो वकील न होता तो तू तो गया था। उनसे पंगा मत ले। अपनी जान बचा। गुरु जी के चरण पकड़ ले। माफ़ी माँग ले। वे अब भी तुझे माफ कर देंगे। आखिर तेरे गुरु जी हैं। जा, अपने मोबाइल में बन्द वो रिकॉर्डिंग उनको सौंप दे जो तूने गाय से बातचीत करते वक्त की थी। वही तेरी बेगुनाही का सबूत है। तूने ऐसी कोई बात नहीं की जिससे तुझे परेशानी हो।

मेरी दुष्टात्मा ने राइट टाइम पर मुझे टोका! मैंने अपने आपको यह बकवास करने से रोका!

दुष्टात्मा का आइडिया बुरा नहीं था। मैंने भी तो सोचा था कि एक बार गुरु जी से जरूर मिला जाये और मालूम किया जाये कि वे क्या चाहते हैं। वे मेरे पीछे मेरी गलती की वजह से पड़े हैं या ये उस साले जासूस की मुझसे पर्सनल खुन्दक है?

अगर ये किसान नज़र न आये होते और इनकी आत्महत्याओं की खबर देख मेरा मन भड़का न होता तो मैं इतना भावुक न होता। इतनी रेडीकल बकवास न हाँकता!

अच्छे बच्चे की तरह मुझे समझ जाना चाहिए कि स्वच्छता आन्दोलन एक बेहद सही आन्दोलन है। अगर हिन्दुस्तान को आगे बढ़ना

है और ग्लोबल सुपर पावर बनना है तो साफ तो रहना ही होगा क्योंकि स्वच्छता की एक इकोनॉमी भी है। स्वच्छता बहुत-सी बीमारियों से बचाती है। आदत बदलने में क्या बुरा है? अच्छी आदत को डालना क्या बुरा है? मैंने मन-ही-मन सोचा और सोचा कि जो मैंने कुछ पहले बकवास की थी, वो मेरी दुष्टात्मा ने ही सुनी थी बाकी तो किसी ने नहीं सुनी। सो काहे का फिक्र! गुरु जी को क्या मालूम कि मैं उनके सफाई अभियान के खिलाफ क्या-क्या औल-फौल बकता चला गया?

मैं अपने आपमें लौटा। प्रकृतिस्थ हुआ। चित्त को स्थिर किया और गुरु जी का गुह्य नम्बर लगा दिया। रिंगटोन में 'ओम जय जगदीश हरे' वाली आरती की धुन सुनायी पड़ी। कुछ देर बाद गुरु जी ने फोन उठाते ही हँसते हुए कहा–"कहो कैसे हो? कहाँ हो?"

मैं बोला–"यहीं हूँ शहर में। आपसे मिलने का मन कर रहा है?"

"कोई खास बात है क्या वत्स?"

"सब आपका आशीर्वाद है, बस मिलने का मन था। अगर आज्ञा हो तो आपसे मिलूँ? दो मिनट से ज्यादा नहीं लूँगा!"

गुरु जी ने कहा–'ठीक है, परसों शाम पाँच बजे ठीक रहेगा!"

गुरु जी का सुर सुनकर मुझे राहत महसूस हुई लेकिन डर भी लगा! एक मन कहता–'उनके हँसने पर मत जा हँसी ट्रेप भी हो सकती है।' दूसरा मन कहता–'नहीं वो तेरे गुरु हैं। वे तुझे पसन्द करते हैं। तुझे अपने बेटे की तरह समझते हैं। उनकी हँसी उनकी खुशी की निशानी भी हो सकती है। इतने बड़े पद पर पहुँचने के बाद आदमी 'मेर तेर' से परे हो जाता है। खुले दिल से मिल!'

मेरे पास कल का पूरा दिन था तैयारी के लिए!

गुरु जी की याददाश्त इस उम्र में भी बेहद उत्तम थी। पच्चीस-पच्चीस साल पुरानी भेंट का टाइम और क्या-क्या बातें हुईं, सब कुछ याद रहता था। सारा संगठन याददाश्त से ही चलता था। सारा रिकॉर्ड दिमाग में दर्ज रहता था। गुरु जी के आसपास काम करने वालों की स्मरण शक्ति एकदम कम्प्यूटर वाली थी। जो रिकार्ड हो गया, वह हमेशा दर्ज रहता। जब चाहे सारा रिकॉर्ड निकाल लेते। लिखित में रिकॉर्ड कम रखा जाता। जो थोड़ा-बहुत लिखत-पढ़त चलती थी, वो छोटी-छोटी परचियों पर बिना तिथि और बिना सिग्नेचर के होती। ज्यादातर संख्याएँ लिखी रहतीं टाइम लिखा रहता और अकसर राधे-राधे

होता रहता। शिव शिव होता रहता। कभी-कभी 'जय-जय' हो होता तो कभी-कभी पधारिए-पधारिए होता रहता। गुरु जी की सिफत ये थी कि वे देर तक सुनते रहते। आप बोलते रहते, वे आँखें मूँदकर सुनते रहते। न हाँ और न ना। न चेहरे पर कोई भाव। एकदम निर्भाव होकर वे अपनी मुँदी आँखें शायद ही कभी खोलते। आप सोचते कि वे सो गये हैं। अगर आप कुछ रुकते तो वे अपनी तर्जनी से इशारा करते कि आगे बढ़ो यानी आगे बोलो तो आप समझ जाते कि वे सब सुन रहे थे और आपके रुकने को समझ रहे थे।

जब आप बोल चुके होते और वे सुन चुके होते तो एक-दो शब्द मुश्किल से बोलते-'ठीक है' या 'हूँ' कहते या हरिओम शंकर-शंकर ओम नमः शिवाय या जय हो या तुलसी की मानस की एकाध अर्धाली बोलते और सुनने वाला समझ जाता कि क्या आदेश हुआ है! अगर हाथ पकड़कर दबाते तो उसका मतलब होता ठीक जा रहे हो। अगर सिर के ऊपर हाथ रखते तो आशीर्वाद होता। अगर सिर को पकड़कर कसते जाते तो समझो क्रोधित हैं! ये सब कोडवर्ड होते। जो ऐसे एक्शन होते, वे भी कोड-एक्शन होते! उनके अर्थ करने के लिए अलग से न पूछना पड़ता! संकेत होते। व्यंजना होती। समझदार समझ लेते। नासमझ अगली बार उनके परिकर से बाहर हो जाते। उनसे भेंट न कर पाते।

ऐसा नहीं था कि गुरु जी एकदम निर्मोही थे। ऐसा नहीं था कि वे जरूरतमन्दों के मददगार और हमारे जैसे सबकी चिन्ता करने वाले न थे। मेरी चिन्ता वे न करते तो मैं न जाने कहाँ होता?

इन दिनों मुझे गुरु जी से डर लगने लगा था। मेरे साथ जो अन्तिम वाकया हुआ, वह ऐसा ही तो था। उन्होंने मेरा सिर पकड़कर अपनी ओर खींचकर जोर से दबाया था। मैं समझ गया था कि वे किसी बात पर मुझसे बेहद नाराज हैं, इसीलिए उनकी पकड़ इतनी कसी हुई थी।

लेकिन क्या वे अब भी नाराज होंगे? क्या सजा देंगे? अगर सजा देते होते तो मिलने का टाइम ही नहीं देते। न मिलना ही मेरे लिए सजा हो जाती। लेकिन उन्होंने तो तपाक से टाइम दे दिया!

जो हो। जाना तो था। मिलना तो था!

मैंने अपने सारे नोट्स खँगाले। सारी किताबें छान मारी। सारे रिकॉर्ड, सारे मेल, कम्प्यूटर रिकार्ड सब कुछ देखा और सारा डाटा साफ कर, सबकी एक-एक कापी अपनी दुष्टात्मा के हवाले की ताकि

अगर कहीं कुछ गड़बड़ हो, जैसे कि अगर में लौटकर न आऊं तो वो उसका उचित समय पर उपयोग कर सकता है।

दुष्टात्मा मेरा ही अंश था। मेरे अन्दर ही रहता था। अपनी आशंका मैंने उसे जता दी थी। उस गाय की ऑरिजिनल रिकॉर्डिंग मैंने उसे दे दी थी, सिर्फ एक कॉपी अपने साथ रख ली थी।

## *लीला लीलाधर की*

तय समय पर मैं गुरु जी के चेम्बर में पहुँचा। इस बार मुझे इन्तजार नहीं करना पड़ा। गेटकीपर से लेकर अन्दर के हर मुहाने पर हर पहरेदार को मालूम था कि मैं आ रहा हूँ, इसलिए सब देखते ही मुझे आगे जाने के लिए कह देते।

कुछ ही देर में मैं गुरु जी के कमरे में था। इस बार उसका इंटीरियर कुछ बदला-सा था। कुछ बढ़िया से सोफे आ गये थे। सेंट्रलाइज्ड एसी सब कुछ ठण्डा किये दे रहा था। कमरे में निराली खुशबू तैर रही थी। दीवार पर संगठन के महापुरुषों के पोट्रेट लगे थे। एक वृहदाकार मेज के पीछे गुरु जी की रिवॉल्विंग चेयर लगी थी जिसकी पीठ पर एक भगवे रंग का तौलिया लटका था। कल्कि की एक मूर्ति कमरे के एक कोने में एक ऊँची-सी तिपाई पर रखी थी। श्वेतांग, चमकीले रंग के वस्त्र पहने, वे अपने सुडौल शरीर के साथ, सफेद घोड़े पर सवार हाथ में तलवार लिए कलियुग का संहार करने के लिए दौड़े जाते दिखते थे!

एकदम दिव्य भव्य रूप की मूर्ति थी जिसे देख पलभर के लिए हर कोई विस्मित हो सकता था। मूर्तिकार ने जान लड़ा के बनायी होगी!

कुछ देर बाद गुरु जी का आगमन हुआ। मैंने चरण स्पर्श किया तो मुझे गुरु जी का आशीर्वाद मिला।

पूछा-"कैसे हो?"

मैंने कहा-"सब आपका आशीर्वाद है।"

उन्होंने बैठने का संकेत किया और मैं उनके सामने वाले सोफे पर बैठ गया! उन्होंने खुली नज़रों से एक पल मुझे निहारा, फिर वे अर्धनिमीलित अवस्था में चले गये और 'हूँ' कहा यानी कहो क्या कहना है?

मैंने कहा–"गुरु जी! आपसे मिलने का मन कर रहा था, इसलिए आया हूँ और वो रिकॉर्डिंग लाया हूँ जिसमें उस गाय का इंटरव्यू है जिसे आपने करने के लिए कहा था लेकिन उसी दौरान कुछ लोगों को गलतफहमी हुई और उन्होंने मुझे गाय को जहर देने वाला समझ लिया। मैं उनके चंगुल में फँसने से पहले ही निकल भागा। लेकिन बाद में एक आदमी का चित्र दिखाकर टीवी में केम्पेन चलाया जाता रहा कि यही वह आदमी है जिसने जहर दिया है, गाय मारी है जबकि मैंने न बातचीत से पहले और न बातचीत के बाद उस गाय के मुँह को हाथ लगाया और न ही कोई चीज उसको खाने के लिए दी। मैं तो सिर्फ उसका इंटरव्यू लेता रहा। मैं सवाल पूछता रहा वो जवाब देती रही। गऊ माता ने ही मुझे सावधान किया और निकल जाने को कहा। मेरे भागने तक गऊ माता ठीक-ठाक थी। ये मारने की कहानी कैसे बना दी गयी? और तो और आपका वो जासूस तक मुझे गिरफ्तार करने के चक्कर में रहा और कहता रहा कि मैं चाहूँ तो तुम्हें बचा सकता है वरना मुझे सारा केस मालूम है कि उस कामधेनु माता की हत्या तुम्हीं ने की है। तुम्हीं ने उसे जहर दिया है! वो तो मुझे अरेस्ट करने वाला था लेकिन भला हो उस वकील का जिसने उसे चुनौती दी और मुझे अरेस्ट होने से बचा लिया

"वकील?"

पहली बार गुरु जी ने बातचीत में सवाल किया और मैं समझ गया कि बेटा अगर वकील का सही नाम बताया तो तो वो तो गया ही, तू भी गया। इसलिए मैंने तुरत कहा–"पता नहीं कौन था? जिस तरह मैं ढाबे पर चाय पी रहा था, उसी तरह वो भी ढाबे पर चाय पी रहा था। बीच में टपक पड़ा। बस्स!"

उसके बाद गुरु जी क्षणभर मौन साधे रहो फिर दायें हाथ की तर्जनी के सहारे से एक को कहा–"बहन चतुरा जी को बुलाना।"

बहन जी? मेरा माथा ठनका। क्या आजकल इस गुरुकुल में बहनजियाँ भी रहने लगी हैं? माया महा ठगिनि हम जानी! कबीर का पद मन में गूँजने लगा। माया की लीला का आनन्द आने लगा और मेरा पापी मन हलका हो गया। क्या-क्या सीन न सोच डाले इस पापी मन ने? मेरा मन बहनजियों के गुरुकुल-प्रवेश और निवास के बारे में सोच-सोचकर आह्लादित होता रहा!

तो कलजुग का असर इधर भी बराबर हो चुका है। माया के तिरगुन के लपेटे में ये साले सब आ चुके हैं। अपने आदरणीय गुरु जी भी आ चुके हैं और मेरी खबर लेने वाले हैं! अच्छी बात है!

मेरे अण्डरग्राउण्ड मन ने सोचा और मैं बहन चतुरा जी का इन्तजार करने लगा।

थोड़ी देर में एक तीस-पैंतीस साल के आसपास की गैरिक वसना गौरांगी सुन्दरी चतुरा जी प्रकट हुईं और गुरु जी को प्रणाम कर खड़ी हो गयीं! गुरु जी ने अपनी तर्जनी कुछ इस खूबी से घुमाई जो मुझे समझा गयी कि बहन जी मुझे अपने साथ ले जायें। जब मैं उठ गया तो गुरु जी के शब्द सुनायी दिये—"तुम तीन दिन मोक्ष मन्त्रालय में रहो, वहाँ तुम्हारी जरूरत है। मुक्ति की कुछ नयी थियरीज पर अन्य मुक्तिकामियों के साथ तुमको विमर्श करना है। बाकी बातें वहीं मालूम होंगी।"

मैं उठकर बहन जी के पीछे-पीछे चलने लगा। लिफ्ट से हम कमरा नम्बर एक सौ सात की ओर आये जो एक बहुत ही विशाल कमरा था। कमरा क्या था, हॉल था जिसमें सैकडों सीटें-मेजें लगी थीं। मंच था, रौशनी खूब थी और मंच के पोडियम पर माइक था। मंच पर मेज थी जिसके पीछे 'मुक्ति मन्थन शिविर' लिखा था।

बहन जी ने मुझे कमरा दिखाकर कहा—"आप यहाँ बैठें। कुछ देर में सभी मुक्तिकामी आत्माएँ यहाँ आ जायेंगी आपको उनके साथ विचार-विमर्श करना है। सब हमारे जैसे ही हैं। 'प्रबोधन' का सत्र है। उसके बाद 'प्रयोग' का सत्र होगा। उसके बाद 'प्रबन्धन' का सत्र होगा। यही 'थ्री पी' है—प्रबोधन, प्रयोगन और प्रबन्धन! आपको यहाँ पूरे तीन दिन रहना है, फिर अपना फीडबैक फॉर्म भरकर देना है।"

मैं तीन दिन तक सुनता रहा कि मुक्ति देने, मोक्ष देने के न जाने कितने तरीके विकसित हो चले थे।

मोक्ष-मार्ग खुल गया था। तरह-तरह से उपलब्ध था। हाँ, अब उसकी फीस भी थी। आप जिस तरह से चाहे, उस तरह से मोक्ष लिया जा सकता था। आपको अपने आप लेना था यानी पूरी सेल्फ सर्विस थी।

आपको मोक्ष मिले तो मिलते वक्त आप क्या कहते पाये जायें? उसके बाद आपकी आत्मा क्या रिकॉर्ड कराए?

इस बार जोर प्रयोग पर नहीं प्रबन्धन पर था कि कैसे किसी मोक्षदायी स्थिति को मैनेज किया जाये।

यह सत्र सबसे सुन्दर सत्र था क्योंकि इसमें प्रबन्ध विज्ञान के कुछ नये गुर बताये गये थे जो कहते हैं कि किसी किताब में नहीं थे और जो प्रैक्टिस से उपजे थे।

मैं खुद को ही इस खेल का एक्सपर्ट समझता था जबकि यहाँ तो मेरे भी कई बाप थे जो तरह-तरह की थियरीज पेल रहे थे!

एक थी विचार से मोक्ष का मार्ग प्रशस्त करने की थियरी! आप अवधारणा में ही कुछ अवधारणाओं को मारते चलें, विचार से विचार को मारते चलें, पुरानी अवधारणाओं को अर्थरहित कर दें। अर्थरहित करने के लिए आप उनके सन्दर्भ बदलकर बात करें, उनको नकारात्म्क कह बदनाम करें, विदेशी कह बदनाम करें और उनके समानान्तर अपनी अवधारणाएँ पेश करें। कहें कि हमारे विचार पाँच हजार साल से दबाये गये हैं, अब न दबेंगे। हो सके तो चार-पाँच गोरों को इनकी चर्चा के लिए नियुक्त करें। अंग्रेज की एक लाइन हमारी हजार गुनी लाइनों से ज्यादा मायने रखती है। इतने एनआरआईज हैं कि उनकी दुकानों में काम करने वाले क्या कुछ गोरी चमड़ी वाले भी न मिलेंगे कि दो शब्द तारीफ़ के लिख दें!

दूसरी बात यह मानकर चलें कि किसी कहानी का सिर्फ एक पहलू ही नहीं होता अनेक पहलू होते हैं और उन अनेक में एक पहलू, हमारा पहलू, हिन्दू पहलू है। जब इसलामिक पहलू हो सकता है और ईसाइयत वाला हो सकता है तो हिन्दुत्व वाला क्यों नहीं हो सकता? और देखा जाये तो हिन्दुत्व वाला ही हो सकता है क्योंकि बाकी धर्म तो एक ही जन्म यानी एक ही कहानी में यकीन करते हैं। हमारे यहाँ तो आत्मा अनन्त में विचरण करती है। आत्मा अनन्त है तो उसकी कहानियाँ भी अनन्त हैं और हर कहानी 'उसकी' लीला है जिसमें हमें शामिल रहना है। हमारे शामिल हुए बिना हमारी कहानी नहीं बनती।

तमाम कथा-कहानियों का एकमात्र उद्देश्य है मोक्ष! भागवत कथा अमर कथा है। वह आपको इस संसार के माया-मोह से मुक्त कर मोक्ष देने वाली है बाकी सबकी कहानियाँ आपको माया देने वाली हैं। हमारे यहाँ माया को काटने वाली हैं।

धीमा बैकग्राउण्ड म्यूजिक बजने लगा और कुछ नारे सुनायी पड़ रहे थे, जैसे 'ब्रेक के बाद' हुआ करता है–

'गऊ माता की जय!'

'गोमूत्र की जय!'

'गोबर की जय!'

'गउ की पूँछ की जय!'

'वैतरणी पार कराती है!
गोमाता मुक्ति दिलाती है!!'

उसके बाद फिर से प्रवचन कंटीन्यू हुआ :

मुक्ति यानी तमाम पाशों से मुक्ति जो माया ने जीवात्मा पर डाले हैं। वह सत्य यानी अपने असली रूप को पहचान नहीं पाती कि वह उसी का अंश है। माया-मोह के बन्धन से मुक्त होना ही मोक्ष पाना है। यह जीते-जी हो सकता है और मरने के बाद भी हो सकता है। जो जीते-जी नहीं ले सकते, मरने के बाद ले सकते हैं।

तीसरा कि मीडिया प्रबन्धन से दिमाग प्रबन्धन का काम करना है। यह नया है लेकिन सबसे महत्त्वपूर्ण है कि कब कहाँ और किस तरह से कौन-सी कहानी चलवाई जाय? कब, कहाँ, कैसे, कौन-सी कहानी काटी जाये? कब, कहाँ, कैसे और कौन-सी कहानी हावी की जाये और जो कहानी अनकूल नहीं जा रही है, उसे अनुकूल कैसे बनाया जाये?

कहानी का सबसे क्रिटीकल शब्द है लीला! उसकी लीला इस लीला में शामिल होकर लीलामय ईश्वर की लीलाओं का आनन्द लेना और इस तरह जीते-जी मोक्ष पाना! इसका आनन्द तभी लिया जा सकता है, जब कहानी को सही मोड़ दिया जाये!

लीला वह छन्द है जिसमें प्रमाण भी लीला है और एक्शन भी लीला है, कहानी भी लीला है, और कहानी का खत्म होना भी लीला है। यह चराचर ही लीला है। ईश्वर की लीला है और ईश्वर भी लीला है हम मरें या जियें हमेशा एक लीला में होते हैं। इसलिए अगर आप मर भी रहे हैं तो लीला मे जा रहे हैं यानी आप मर नहीं रहे हैं, मरने की लीला कर रहे हैं।

प्रबन्धन का एक अगला तरीका है झूठ को सच बनाने की जगह 'पोस्ट ट्रुथ' बनाना, 'आल्ट ट्रुथ' का निर्माण करना यानी 'उत्तर सत्य'

या 'वैकल्पिक सत्य' का जोरदार तरीके से निर्माण करना! पराये यानी म्लेच्छ नैरेटिवों की जगह अपने मौलिक समानान्तर नैरेटिव का, कहानी का निर्माण करना और उसे हजार तरीके से सुदृढ़ करते चलना, उसके आलोचक और आलोचना और निन्दा को सन्दिग्ध बनाना और इस तरह अपने नैरेटिव यानी आख्यान को इतना पक्का करना कि बाकी आख्यान कहीं सुनायी ही न पड़ें। यही है। ब्रह्म सत्यं जगन्मिथ्या। उत्तर सत्य तब बनता है, जब आप चालू सत्य को हर तरह से सन्दिग्ध बना दें। इसे मूलोच्छेद करना कहते हैं। पूर्व सत्य की जड़ों में मट्ठा डालोगे तभी अपना सत्य और अपना इतिहास लिख पाओगे।

ध्यान रखें कि सच, हमारा सच हमसे कहीं बाहर रखा हुआ प्रतीत होना चाहिए। दैवीय होना चाहिए। शास्त्रोक्त होना, परम्परा में होना चाहिए। वह किसी उच्च स्थान पर देवता की तरह स्थापित किया हुआ, किसी पवित्र जगह पधराया हुआ किसी अनवरत, अटूट विश्वास की तरह होना चाहिए। ऐसा सत्य हम-आपके बीच, हमारी बातचीत, उसकी ताकत, उसके जातीय नैरेटिव, उसकी लोकप्रियता, उसको हिट करने के तरीकों, उसको हावी करने के तरीकों उनको अनिवार्य और इस तरह आकर्षक बनाने के तरीकों में रहता है।

सत्य होता नहीं है, बनाया जाता है। वह एक निर्माण है। उसे बनाने में संसाधनों उनके नेटवर्क, उनके तन्त्र की, उनके कम्यूनिकेशन, उनके चैनल, उनके पीछे लगी ताकत, पैसे आदि काम करते हैं। एक बार बना देने के बाद वे बने रहेंगे, ऐसा सोचना मूर्खता है। आपको अपना सच उसी तरह बनाये रखना पड़ता है, जिस तरह पुजारी को अपना मन्दिर, अपना देवता और अपनी जगह बनाये रखनी होती है। सारी लड़ाई स्पेस की है, पोजिशनिंग की है। सत्य किस जगह पोजीशन किया गया है। इससे उसकी स्वीकृति या अस्वीकृति तय होती है। इसके लिए उसको दिन-रात मोनीटर करना होता है। सत्य का दर्शन कोई भगवान-वगवान नहीं कराता। ताकत कराती है, धन कराता है, कानून का डंडा कराता है, उसको पालन कराने वाला कराता है।

हिन्दुत्व जो अब तक पिटता रहा है, इसीलिए पिटता रहा है क्योंकि वह अपने सत्य को कायदे से स्थापित नहीं कर सका! बिना सत्ता के यह सम्भव नहीं होता इसलिए पहले सत्ता बनाओ, फिर सत्य बनेगा! सत्य सत्ता नहीं बनाता, सत्ता सत्य को बनाती है!

अब तक माना जाता था कि किसी झूठ को हजार बार बोलो तो वो सच हो जाता है। गोएबल्स का जमाना गया। उसकी थियरी आउट ऑफ डेट हुई। हम इसके आगे की तकनीक ले आये हैं। अब तक माना जाता था कि 'झूठ को सच बनाने के लिए जहाँ हजार बार सच की तरह कहना जरूरी है'। जरूरत पड़ने पर इसका भी उपयोग किया जा सकता है लेकिन अब हम 'समानान्तर सत्य' का 'समानान्तर आख्यान' बनाते हैं कि जिसे अभी तक नहीं बताया गया था, उस नायाब सच को और उस दैवीय सच को हम बता रहे हैं। सुनने वाला सोचता है कि यार अब तक एक ही सच सुना। इतने दिन से उसी सच की पिक्चर देखते-देखते बोर हो गये! अब जरा स्वाद बदल लिया जाये। जरा इसे भी देख लिया जाये। विकल्प का सत्य मूल सत्य से सवाया होना चाहिए! ताकतवर होना चाहिए। उसे गर्व के साथ पेश किया जाना चाहिए! सारा खेल कहानी रचने का, कहने का है। अपना आख्यान रचने और उसे करोड़ों कण्ठों से कहने का है। जब सब एक ही आख्यान कहेंगे तो एक ही सत्य बनेगा!

इसके लिए मीडिया को अनुकूल करना जरूरी होता है। उसकी प्रशंसा करके उसके मालिकों से मिलकर, उनकी फाइलों के काले चिट्ठे देखकर, इशारा करके उनको पटाया जा सकता है।

दो ही विमर्श इस देश में सर्वाश्लेषी विमर्श हैं—एक है भ्रष्टाचार-विरोधी विमर्श दूसरा है स्वच्छता विमर्श!

इनका असली महत्त्व समझें। ये सर्वाश्लेषी हैं यानी ये सार्वदेशिक सार्वकालिक हैं। जिसे आप भ्रष्ट कह देते हैं, वह रक्षात्मक हो उठता है। जिसे आप गन्दा कह देते हैं या गन्दगी बनाने वाला कह देते हैं, वह रक्षात्मक हो उठता है।

भ्रष्टाचार का का मतलब है भ्रष्ट आचरण यानी वह आचरण जो आत्मा माया के वशीभूत होने के कारण भ्रम में आकर, मोह में आकर करती है। इस प्रक्रिया में वह अपना असली 'स्वरूप' भूल जाती है। वह अपने आपसे बेगानी अपने ईश्वर से बेगानी और अपनी आत्मा से बेगानी हो जाती है। उसे अपने आपमें लाना है, उसे आत्मरूप में लाना है तो माया को काटना है। माया क्या है, ईश्वर की लीला और यह तभी कट सकती है, जब ईश्वर की लीला में आप शामिल हों लेकिन यह ईश्वर की लीला है, आपकी नहीं है। आप उसके कर्ता नहीं हैं।

जिस तरह जल में कमल रहता है उसी तरह आत्मा को इस भ्रष्ट भवसागर में रहना होता है! भ्रष्टाचरण से मुक्त होने के लिए ईश्वर-भक्ति जरूरी है। लीला में शामिल होना जरूरी है। तभी भ्रष्टाचार के पाश से आप मुक्त हो सकते हैं। जब से इनसान के मन से ईश्वर का भय खत्म हुआ है, वह भ्रष्टाचारी होता गया है।

भ्रष्टाचार रहित होने का मतलब है आत्मा का अपने मूल रूप में आना, अपने शुद्ध प्रबुद्ध आत्मरूप को पहचानना! पवित्र आत्मा माया के भ्रष्टाचरण से मुक्त होकर ही अपने आत्मरूप को पा सकती है।

स्वचछता इसीलिए है कि आत्मा तो आत्मा, शरीर भी शुद्ध व पवित्र रहे और अपने आत्मरूप को प्राप्त कर सके! काया की शुद्धता से आत्मा की शुद्धता तक पहुँचना है।

तन की शुद्धता से मन की शुद्धता जरूरी है और वह इन्द्रिय निग्रह से होती है और कामना पर कंट्रोल करने से होती है और 'काम' को मारने से होती है।

गीता में कहा गया है कि काम से कामना की और कामना से क्रोध की उत्पत्ति होती है और क्रोध से बुद्धि का नाश होता है, बुद्धि के नाश से प्राणनाश होता है।

वक्ता के द्वारा बोली जातीं गीता की ये लाइनें न जाने क्यों मुझे चुभती रहीं। लगा कि वक्ता शायद मुझे ही लक्षित करके बोल रहा है और सब इसे जानते हैं कि ये लाइनें मुझे ही सम्बोधित हैं। मैं भी कामना का मारा हूँ और अब प्राणनाश की प्रतीक्षा कर रहा हूँ।

तीन दिन के इस शिविर में रहते हुए यों तो मुझे बार-बार महसूस होता रहा कि यह मेरे लिए ही आयोजित किया गया है। मेरा ही ब्रेन वाश किया जाना है, इसीलिए मुझे बिठाया गया है!

सबसे बड़ा झटका तो वो पावर पॉइंट प्रेजेंटेशन था जिसे बड़े विस्तार से नये थिंक टैंक भद्रस्वरूप अविचलित जी ने प्रस्तुत किया। यह मेरे लिए बेहद यातनाप्रद था लेकिन मैंने यह जाहिर नहीं होने दिया बल्कि उसी परम जिज्ञासु भाव से देखता नोट्स लेता रहा। ताली बजने पर ताली बजाता रहा और मुस्कुराने के वक्त मुस्कुराता रहा यानी जब अन्य मुस्कुराते तो मैं भी मुस्कुराने लगता। वे हँसते तो उनके साथ मैं भी हँसने लगता है।

अजीब स्थिति बना दी गयी थी। मुझे मेरा ही इतिहास बताया जा रहा था। आश्चर्य यह था कि जिन बातों को करके मैं स्वयं भूल गया था, वो भी यहाँ थीं और व्याख्या सहित थीं। उनको उपलब्धियों की तरह बताया जा रहा था, मानकों की तरह रखा जा रहा था और मॉडल की तरह दिखाया जा रहा था।

मोक्ष की बहुत सारी थियरीज मेरे ही एक्शनों के जरिए समझायी गयीं कि किस तरह मोक्षदान के ये उपाय उत्तम हैं। मोक्ष कोई बाहर वाला नहीं देता। मानव का अन्तर्मन उसे स्वयं चुनता है। यह आत्महत्या नहीं कहलाता। अपने को उत्सर्ग करना कहलाता है। मोक्षकामी व्यक्ति आत्मोत्सर्ग के जरिए प्राण त्यागता है। समाधि लगाकर, साँस रोककर, लम्बा व्रत कर, शरीर को कष्ट देकर, अभाव में जीकर इस देह के बन्धन से प्राणों, को आत्मा को आजाद करता है। कानून इसे आत्महत्या या हत्या की कैटेगरी में ही रखता है जबकि यह अलग कैटेगरी है, समाधि से मोक्ष तक की नयी कैटेगरी! मोक्ष देह के आत्मा से मुक्त होने का सेलीब्रेशन है।

आत्मा अमर है। देह नश्वर है। देह के नष्ट होने पर रोने-धोने की जगह प्रसन्न होना चाहिए कि आत्मा इस जराजीर्ण और पापी देह से मुक्त हुई। उस पर कोई दाग नहीं लगा, वह उसी तरह निष्कलंक और पवित्र है, ज्यों-ही-त्यों धरि दीनी चदरिया!

जिस तरह से वह पहले-पहल इस धरती पर आयी थी और किसी काया में उसने प्रवेश किया था यानी जन्म लिया था। इधर आत्मा मुक्त हुई उधर देह भस्मीभूत होकर आजाद हुई। यह डबल मोक्ष है आत्मा और देह, दोनों का!

यह सामूहिक भी हो सकता है, बशर्ते कि समूह ऐसा मन बना सके या कोई उस समूह के मन को इधर मोड़ सके।

ये देखिए इस बस को, इस मुहल्ले को, इस गाँव को, इस आदमी को, उस औरत को, इस बालक को, उस बालिका को, इस पशु को, उस पक्षी को, सब अपने-अपने तरीके से मोक्ष प्राप्त कर सकते हैं। आत्मा को देह के चक्र से मुक्त कर सकते है। देह से आत्मा को मुक्त कर सकते हैं।

बस तीर्थयात्रा को जा रही है कि खड्ड में गिर जाती है। माया के वशीभूत लोग शोक करते हैं लेकिन अन्त में कहते हैं कि चलो, ईश्वर के दर्शन करने गये थे। उन्हीं के पास पहुँच गये!

कहीं दंगा हुआ तो लोग मारे गये। मीडिया ने उसे नरसंहार कहा। जिसे दंगाफसाद कहा था, जिसे प्रशासनों ने कानून और व्यवस्था की प्रॉब्लम की तरह लिया था, वह कानून की नज़र में प्रॉब्लम रही होगी लेकिन दार्शनिक और आध्यात्मिक स्तर पर यह मोक्ष था। मोक्ष किसी भी रूप में मिल सकता है—दुर्घटना में, एक्शन में, लिंचिंग में, कहीं भी, कभी भी!

मोक्ष सिर्फ हिन्दू को ही नहीं दिया जाता बल्कि किसी को भी दिया जा सकता है। जो माया-मोह में अधिक फँसा है और तामसिक वृत्तियों में लिप्त है, उसे मोक्ष की सर्वाधिक आवश्यकता है। जो उसे मोक्ष दे, वही असली मोक्षदाता हुआ!

मैं इस पीपीटी में अपनी ही लीला, अपनी ही आँखों के आगे, अपनी ही लीलाओं के टुकड़े देख रहा था और उनको देख रहा था जो मुझे ऐसा करता देख रहे थे और फिर हॉल में यहाँ मुझे स्वयं को देखते हुए देख रहे थे!

मैं झेंप रहा था, वो ताली बजा रहे थे। मैं विनम्रता ओढ़कर पीपीटी बनाने वाले की प्रतिभा का कायल होने का नाटक कर रहा था जबकि मन में एक डर बैठा जाता था कि मेरा सारा रिकॉर्ड तो यहाँ उपलब्ध है। अगर यही लीक कर दिया गया तो मैं तो किसी तरह नहीं बच सकता! पुलिस धर लेगी! और फिर खटाक! और लटका दिया जाऊँगा! वे सब बच जायेंगे जिनके कहने पर मैंने मोक्षदान की नयी-से-नयी कई थियरीज दीं कि किस तरह एक आदमी को अपना मरना प्रिय लगे दर्दनाक न लगे, परिवार वालों को वो शहीद लगे, महान लगे, मरने का दर्द न फील हो!

यह मेरी 'स्पेशल एनेस्थेसिया' की थियरी थी। मैंने 'दिमागी एनेस्थेसिया' की तरकीब ईजाद की थी। यह आत्मोत्सर्ग का मार्ग था! स्वर्ग का मार्ग था।

यों तो हर क्रिया में हिंसा है, किसी-न-किसी की हत्या है लेकिन हर एक को कभी-न-कभी तो मरना है, इसलिए मरना या मारा जाना तत्वतः एक ही बात है और चूँकि अपनी थियरी में आत्मा कभी नहीं मरती, सिर्फ शरीर मरता है और अजर-अमर आत्मा एक काया को

छोड़ दूसरी काया धारण कर लेती है इसलिए दर्द आत्मा को नहीं होता देह को होता है। देह-धर्म को त्याग दिया तो दर्द खत्म हो गया! डॉक्टर एनेस्थेसिया देता है तो मरीज को दर्द महसूस नहीं होता। एक खास केमिकल के जरिए दिमाग से दर्द का सम्बन्ध खत्म कर दिया जाता है।

हमारे ऋषियों-मुनियों ने ज्ञान के एनेस्थेसिया को ईजाद किया था, चेतना के जरिए, विचार के जरिए, तप के जरिए, योग के जरिए ही दर्द से दिमाग के सम्बन्ध का विच्छेद हजारों साल पहले कर लिया था। माया से न जाने कब से लड़ाई चली आ रही है और जो माया का फन्दा काट जाता है, वह दर्द से दिमाग को दूर कर लेता है। देह दर्द भूल जाती है और आत्मा को तो दर्द होता नहीं, इसलिए हमारी थियरी में असली चीज है दिमाग और देह का सम्बन्ध-विच्छेद कर देना। जितना जरूरी यह प्रयोग है, उतना ही जरूरी इस समाधि का, उत्सर्ग का प्रबन्धन करना कि दर्द दिये जाने पर भी आदमी कहे कि ये मेरा वरण किया गया है, किसी का दिया गया नहीं, ये मेरा ही चुना गया है, किसी ने चुनवाया नहीं है। मैं ही इसका कर्ता हूँ क्योंकि ईश्वर की लीला में मुझे यही रोल मिला है।

लेकिन हमारे बन्धुवर का (यानी मेरा) इससे भी बड़ा योगदान था हमारे बन्धुओं के दिल से डर निकालना और उसकी जगह वीरत्वभाव को स्थापित करना!

वे अपने को मार्शल रेस मानते थे और हमको गुलामों की रेस! लेकिन हमारे बन्धुवर ने इस गलत अवधारणा को सिरे से बदल दिया! हमें एक नयी मार्शल रेस में बदल दिया! इसमें भाई नीत्शे का बड़ा योगदान रहा और उनसे सीखकर इन्होंने एक महानायक, एक महावीर की कल्पना की जिस तरह हमारे पुराणों में कल्कि की बतायी गयी है। कल्कि तो ईश्वर के अवतार हैं जो कि अब हो चुके हैं लेकिन हमारे इन भाई ने बहुत पहले ही ऐसे विक्रमादित्य की कल्पना की और उसी तरह के युवाओं की कल्पना की और एक सेना तक बना डाली जिसे देख दुश्मनों के छक्के छूट जाते रहे। ये देखिए, ये देखिए, ये देखिए...यह भी एक लीला थी–वीरता की लीला, वीर रस की लीला! ओज, तेज, उत्साह, जोश, वीरता जो गुण लम्बी गुलामी ने हमारी नसों में भर दिये थे उनको इन्होंने निकाला! एक पूरा प्रोग्राम ही दे दिया! इन्हीं ने पहली बार एक महान स्थापना की कि आगे

सबसे बड़ी चुनौती का वक्त आ रहा है। अब रक्षात्मक रहने से काम नहीं चलेगा कि वे मारें, तभी हम जवाबी कार्रवाई करें। वे दिन गये। अब हमें आक्रामक होना होगा। धर्म युद्ध सामने खड़ा है। म्लेच्छों की बची-खुची समस्या को धर्म युद्ध से ही सुलझाया जा सकता है, सो तैयार रहना है। कल्कि भगवान की लीला कल्कि जी ही जानें!

वक्ता मेरी बातों में अपनी बातों की ऐसी मिक्सिंग करता चल रहा था कि लगता था कि वो जो कुछ बोल रहा है, मेरा कहा ही बोल रहा है, लीला का भाव जरूर मेरा था, बाकी तो सारी मिलावट उसी की थी।

लगता था गुरु जी की यही नयी लीला थी जो अब शुरू होने वाली थी।

लीला!

आश्चर्य कि इन्हीं गुरु जी ने मुझसे एक दिन कहा था कि 'सूर है कै ऐसो घिघियात काहे को है कछु भगवल्लीला वर्णन करि!'

वो दिन भी कैसा था?

तब पत्रकारिता में मैं नया-नया ही आया था। कोई तीस साल पहले मैं भूखा-प्यासा बहादुरशाह ज़फ़र मार्ग के उस तरफ खड़ा था, जिधर अखबारों के दफ्तर थे। दिनभर की थकान थी, चेहरे पर भूख लिखी थी कि गुरु जी से भेंट हुई। वे उसी अखबार के दफ्तर में जाने के लिए आये थे जिसके ऐन आगे मैं कुछ इस तरह से खड़ा था मानो किसी गेटकीपर ने मुझे अन्दर जाने से मना कर रखा है जबकि मैं अन्दर जाना चाहता हूँ।

बिना जान-पहचान के वे मुझसे मुख़ातिब थे। कहने लगे अन्दर चलना है चलो! गेटकीपर समझ गया कि मैं उनके साथ था।

अखबार के दफ्तर की सीढ़ियाँ चढ़ते हुए गुरु जी मेरा परिचय लेने लगे। मैंने सब कुछ बताया। अपने दैनिक संघर्ष की कहानी बतायी। मेरे सुर में रिरियाहट-सी थी कि वे ही कुछ पसीजकर मुझे यहाँ कुछ काम दिला दें।

मेरे रिरियाहट भरे सुर को सनुकर ही उन्होंने मेरे कन्धे पर हाथ रखकर कहा–'अरे सूर है कै ऐसो घिघियात काहे को है कछु भगवल्लीला वर्णन करि! यानी युवा हो, ये निराशा तुमको शोभा नहीं देती!'

मेरे हाथ उनके लिए जुड़े ही रहे और मैं उनके सम्मोहन में दो मंजिल तक साथ-साथ सीढ़ियाँ चढ़ते चला आया और अब हम उस सम्पादक के कमरे में थे जो किसी से मिलता तक नहीं था। वह गुरु जी को देख तुरत खड़ा हो गया, प्रणाम किया और कहा गुरु जी विराजें, गुरु जी ने मुझे भी कहा–बैठो! सम्पादक के रुतबे को याद कर कुछ देर संकोच में खड़ा रहा लेकिन गुरु जी का आदेश हुआ तो सम्पादक का डर निकल गया और मैं बैठ गया। मेरा बेड़ा अब ये गुरु जी ही पार लगायेंगे। इनको नहीं छोड़ना है। मन-ही-मन मैंने तय कर लिया।

फिर एक दिन मैं नामी खोजी पत्रकार बनकर निकला। गुरु जी ने मुझे अपना चेला बना लिया। मैं उनका विश्वासभाजन बना, उनका वफ़ादार बना, उन्हीं के आदेश से काम करता और वो सारे काम करता जिनका आदेश होता। आदेश यानी कमान! मैं सिर्फ गुरु जी की कमान पर काम करता।

ऐसे गुणग्राहक गुरु जी और ऐसा गुणी उनका चेला यानी मैं! सब जलते, सब हाथ मलते, सब इस तक में रहते कि कब मुझे गुरु जी के विश्वासभाजन की जगह सन्दिग्ध बना दें! वे अवसर की तलाश में रहते। वे हर बार मेरे आख्यान के मुकाबले अपने प्रति-आख्यान बनाते और कानोंकान प्रचारित करते ताकि मैं गुरु जी की नज़रों से गिर जाऊँ!

## *कामधेनु शरणम गच्छामि*

मुझे उस सुरंग में एक कमरे में रख दिया गया। एक सुबह गुरु जी अचानक पधारे तो कमरे में आभा-सी फैल गयी। एक प्रभामण्डल जैसा उनके चेहरे के आसपास घूमता नज़र आया। कोई पूर्व-सूचना नहीं, कोई संकेत तक नहीं कि वे आने वाले हैं। यह औचक कृपा किसलिए महाराज?

मैं मूर्च्छित-सा होने लगा। कहाँ हूँ? यही हूँ कि किसी पिक्चर के सेट के सामने हूँ? कहाँ हूँ?

हठात् उनकी वाणी गूँजी और मैंने उनकी ओर देखा तो सारा प्रभामण्डल, वो स्पेशल इफेक्ट सब गायब थे। वे वही गुरु जी थे जिनसे मैं तीन रोज पहले गुफा में मिला था।

मैंने खड़े होकर प्रणाम किया। उन्होंने तर्जनी से मुझे बैठने को कहा। तभी कमरे के दरवाजे पर जासूस नज़र आया। उसने गुरुजी से पूछा–"गुरुवर! मैं आ सकता हूँ?" गुरु जी की तर्जनी पॉजिटिवली हिली और वो मेरे बायें बाजू के सोफे पर बैठ गया और प्रणाम कर गुरु जी के आदेश की प्रतीक्षा करने लगा। गुरु जी तर्जनी से ही काम लेते थे। तर्जनी-संचालन के पचासों तरीके उनको आते थे। इस बार उनकी तर्जनी का सिर्फ एक तिहाई हिस्सा यानी एकदम ऊपरी हिस्सा ऊपर-नीचे हुआ। मुझे यह कुछ अश्लील-सा इशारा लगा लेकिन समझने वाले ने यानी जासूस ने समझा और वह गुरु जी की कोर्निश-सी बजाकर पीछे हटा और कहने लगा–"आदरणीय! आपकी आज्ञा हो तो मैं भाई के बारे में मेरे पास जो कुछ जानकारी है, आपको दूँ?"

गुरु जी ने आखें मूँद ली थीं। सिर ऊपर की ओर था, जैसे किसी ऊपर वाले का कोई आदेश सुन रहे हों। जब वे किसी को ध्यान से सुनना चाहते थे, उनकी मुखमुद्रा ऐसी ही हो जाती थी। इस ध्यानमुद्रा में ही उनकी तर्जनी हिली यानी ओ.के. शुरु करो!

जासूस कुछ खँखारकर शुरू हुआ–"आदरणीय गुरुदेव! मैं अब इनके बारे में जो कुछ इकट्ठा कर सका हूँ, वो पेश कर रहा हूँ।"

मैं जस-का-तस बैठा रह गया। एक सन्नाटा-सा मेरे कानों में बजने लगा। लगा बहरा हो रहा हूँ। कुछ भी सुनायी नहीं दे रहा था। बहुत दूर से जैसे कोई बारीक-सी आवाज सुइयों की तरह कान में प्रवेश करती महसूस हुई। वो मेरे खिलाफ मानो किसी महाभियोग का पाठ किये जा रहा था। हर लाइन में मैं एक अपराधी साबित किया जा रहा था। कई बरस पुराने हत्याकाण्डों में मेरा हाथ बताता रहा। न जाने कितने सामूहिक काण्डों का मुझे मास्टरमांइड बताया गया और फिर मुझे गुरु जी के खिलाफ षड्यन्त्र करने वाला बताने लगा! एक-एक तिथि उसके पास थी। यहाँ तक कि इक्जेक्ट टाइम तक उसके पास दर्ज था!

लेकिन उसके अभियोग पत्र में दो बातें एकदम मौलिक मरोड़ वाली थीं।

पहली : हरिद्वार में उस काँवडिए की मौत और उसमें मेरे हाथ

का होना जो कि मुझे हिन्दूद्रोही और इस तरह देशद्रोही साबित करता था, तिस पर मेरे द्वारा उसके सबूत गायब करना और उसके खून को हरा बताना सब शामिल था। मुझे आश्चर्य था कि साला इतनी पुरानी कहानी को लिए बैठा है।

दूसरी : कामधेनु का हत्यारा मैं ही हूँ। मैंने उसे जहर दिया। मुझे जहर देते कई लोगों ने देखा। वे गवाही देने को तैयार हैं।

लगा कि कुछ समय पहले गुरु जी से मेरी जो गुफ्तगू हुई थी, वह शायद यह जानने का बहाना मात्र थी कि मैं पकड़ में हूँ कि पकड़ से बाहर हूँ। उनके अचानक आने ने जता दिया कि मैं उनकी पकड़ में हूँ।

हे पाठक! मैं तुम्हीं से कह सकता हूँ क्योंकि तुम्हीं पर मेरा भरोसा है। तुम न गुरु जी हो, न जासूस हो न, उस सुरंग के दर्शक हो जिसमें मैं गुरु जी के सामने बैठा अपने खिलाफ अभियोग सुने जा रहा हूँ और न तुम मेरे नुकसान-फायदे में कोई पार्टी ही हो सकते हो। तुम सोच रहे होगे कि जिस बन्दे का लीला-वर्णन इतनी देर तक हम पढ़ते रहे वही अब नप रहा है और ऐसे-ऐसे अभियोग सुनकर भी मेरे जैसे पढ़े लिखे संवेदनशील जीव को घबराहट नहीं हो रही तो क्यों? कि मैं क्यों इस सबको चुपचाप झेले जा रहा हूँ? अरे, ऐसी बातें तो अदालत तक में कोई आरोपित इतनी खामोशी से नहीं सुनता।

मैं इस मामले में सिर्फ इतना कहूँगा कि मैं मोक्ष एक्सपर्ट बना तो यहीं बना। यहीं की ट्रेनिंग से बना। यहीं इतने सारे प्रयोग किये और अकेले मैंने नहीं किये सबने किये और गुरु जी भी शामिल रहे। हर बार प्रयोग बदलते रहे। अब प्रयोगों की जो स्टेज आ गयी, वह थी मारने से पहले एक 'जनतान्त्रिक' दबाव बनाने की कला खोजना! यानी एक फीयर साइकोसिस पैदा की जाये जिसका मैं खुद एक्सपर्ट था और हूँ इसीलिए मुझे इस सबको सुनकर न घबराहट हो रही थी और न कोई अपराधबोध महसूस हो रहा था। अपराधबोध वाली ग्रन्थि यहाँ की ट्रेनिंग से न जाने कब निकल गयी थी।

हम यह सब करते हुए मशीन की तरह होते थे। हम मानते थे कि आत्मा को कुछ फील नहीं होता, सिर्फ शरीर माध्यम होता है। आत्मा संचालक होती। जितनी देर जरूरी होता, आत्मा देह को कमान देती। वो मानती। फिर जब जरूरत नहीं होती तो कनेक्शन काट दिया

जाता। आत्मा को शरीर से विलग कर देते तो आत्मा सच्चिदानन्द रूप में आ जाती। और मैं तो न जाने कब से आत्मारूप ही था।

यहीं एक नयी बात आपसे शेयर करता हूँ। आत्मा और शरीर की इस बाइनरी को साधते हुए जो कुछ सोचा और जो कुछ किया, उसके दौरान मुझे बार-बार लगा कि आत्मा और देह की बाइनरी सच नहीं है। देह से मुक्त होने पर भी आत्मा में देह के कुछ अनुभव रह जाते हैं जो आत्मा महसूस कर सकती है यानी देह त्यागकर आत्मा एकदम देह-मुक्त नहीं हो जाती, देह उसका पीछा नहीं छोड़ती। देह के कुछ निशान हर आत्मा पर पड़े रह जाते हैं वरना जन्म-जन्मान्तर के पापों के प्रायश्चित्त करना और अगले जन्म में अच्छी योनि यानी मानव योनि धारण करने के लिए शास्त्रविहित काम करने की बात न कही जाती।

कहने का अर्थ यह कि 'नैनं छिन्दन्ति शस्त्राणि' की बात गलत है। आत्मा में भी छेद होते हैं। अगर कोई देह कटती है तो आत्मा भी कहीं-न-कहीं कटती है मित्र! अगर देह जलती है तो आत्मा भी कहीं-न-कहीं झुलसती है साथी!

जानता हूँ कि मैं ऐसा कहकर एक मान्यता को चुनौती दे रहा हूँ लेकिन जब वह चुनौती योग्य है तो चुनौती दी ही जानी चाहिए!

तो मेरे साथ यानी मेरी आत्मा के साथ मेरे अनुभव बचे रह गये थे।

यह जासूस इतनी मेहनत और बकवास करने के बावजूद नहीं जान पाया कि हरिद्वार के रास्ते में पड़ने वाले एक खेत में जो काँवड़िया मरा, वो और कोई नहीं मैं ही था और तब तक मैं ये तमाम काण्ड कर चुका था और अपनी आत्मा पर इतनी हत्याओं का बोझ लिए गंगा जी की शरण में गया था। जब मैं लौट रहा था तो मुझे एक और प्रयोग करने की सूझी। मैंने अपने संगठन के लिए इतना वक्त, इतनी कुव्वत खर्च की और उसका परिणाम भी निकला। हत्याकाण्ड अपराध नहीं रहे। हिंसा सिर्फ कानून में अपराध रही। दिमाग में यही अपराध सबके लिए आकर्षक और काम्य चीज बन गये। घृणा का विमर्श करने वाले की कीमत बढ़ती गयी! ऐसा करने वाला हीरो माना जाता। नित्य नये बिग्रेड, ये रक्षक, वो स्क्वैड और भारतीय संस्कृति के न जाने कौन-कौन से रक्षक और सेनाएँ इसी मार्ग से निकलीं। इसी थियरी से सिद्ध हुआ कि हिन्दू जाति कायरों की नहीं है, वह एक मार्शल रेस है।

आप ही कहें कि इतनी सारी उपलब्धियों वाला व्यक्ति किसलिए निराश हो, नाराज हो, परेशान हो और तिस पर मैंने अपना वध तो पहले ही कर लिया और इतने दिन से आत्मा की तरह यत्र-तत्र सर्वत्र विचरण करता रहता हूँ। ये जासूस का बच्चा जो अभियोग लगा रहा है, जानता ही नहीं कि एक आत्मा पर लगा रहा है। चूँकि मैं एक इच्छाधारी आत्मा हूँ, इसलिए कहीं भी कभी भी इच्छानुसार देह धारण कर सकता है और उसे गायब कर सकता हूँ। यह रहस्य सिर्फ गुरु जी ही जानते हैं और यहाँ कोई नहीं जानता और अपने मरने का प्रयोग तो मैंने गुरु जी के आदेश पर ही किया था!

हाँ, यह कोरी बकवास ही है कि आत्मा को कुछ फील नहीं होता होता है। भाई जी, होता है और खूब होता है। मेरी इस आत्मा में देह के कुछ दर्द अब भी बकाया रहते थे। यही मेरी ताकत थी लेकिन यह रहस्य न गुरु जी जानते हैं, न यह जासूस! इसीलिए मेरा हृदय कभी-कभी पिघल भी जाता था कभी कभी मैं दी गयी लाइन को तोड़ भी देता था।

अगर साहित्य का विद्यार्थी न होता तो शायद यह संवेदनशीलता और लचीलेपन के गुण मुझे न मिलते। मैं सिर्फ उसी आख्यान पर नहीं रुकता जो उत्तर सत्य की तरह बनाया गया होता। मैं उत्तर सत्य से उत्तरोत्तर सत्यों तक दौड़ लगा सकता था! मैं भाषा का प्रपंच रच सकता था। उस प्रपंच को पचा सकता था और फिर से एक नया प्रपंचाख्यान रच सकता था। मैं शब्दार्थ की अनन्तता में भरोसा करता था, इसीलिए मुक्त-भविष्य पर भरोसा करता हूँ! यही मेरी अनकंट्रोलेबिलटी थी यानी अनियन्त्रण की अनन्तता!

इसीलिए इस आख्यान में कहीं-कहीं आत्मलीला का साहित्यिक सत्य आ गया है क्योंकि साहित्यिक शब्दकोश ही मेरा असली शब्दकोश है! इसीलिए मैं यह सब सुनकर परेशान होते हुए भी निश्चिन्त था और कुछ बेफिक्र भी था! मुझे यकीन था कि गुरु जी मेरे साहित्यिक शब्दकोश और मुझे हर आफ़त से बचा लेंगे।

और उन्होंने मुझे बचाया ही!

जासूस की बकवास खत्म होने के बाद गुरु जी ने कहा-"तुम मेरे

सबसे अच्छे, सबसे अधिक प्रतिभाशाली, सबसे अधिक कर्मठ शिष्य रहे! मुझे तुम पर गर्व था। एक दिन सोचता था कि मरने से पहले अपनी गद्दी तुमको सौंप दूँगा। तुम्हीं मेरी परम्परा के वाहक होगे लेकिन मेरा ये विश्वास तुमने तोड़ दिया! तुम्हीं बताओ तुम क्या थे, जब तुम बहादुरशाह ज़फ़र मार्ग पर उस बिल्डिंग में घुस भी नहीं पा रहे थे मैंने तुमको सुपात्र समझकर घुसाया, काम दिलाया, ट्रेनिंग दिलाई और तुमको इस लायक बनाया कि सब तुम पर गर्व करें लेकिन तुम एक नम्बर के दग़ाबाज़ खुदगर्ज़ और संगठन द्रोही निकले! अगर मैं अपनी नज़र फेर लूँ तो तुम्हारे पास क्या बचेगा? मेरे पास इतना बड़ा संगठन है, डेरा है, सम्पत्ति है, ताकत है, इज्जत है। तुम्हारे पास क्या है?''

''मेरे पास पूँछ है!''

मेरे मुँह से ये शब्द ठीक उसी तरह निकल पड़े, जिस तरह से दीवार फिल्म में अमिताभ का भाई बना शशि कपूर बोलता है–मेरे पास माँ है!

मेरे इस डायलॉग को सुनकर गुरु जी सन्नाटे में आ गये। उनका सारा तेज जाता रहा। जासूस के चेहरे पर तनाव छा गया मानो सोचता हो–'ये क्या बोल दिया इस हरामी ने! किस पूँछ की बात कर रहा है?'

गुरु जी को झटका लगा लेकिन तुरत ही वे अपने स्वभाव में लौट आये और बिना आपा खोये बोले–''किस पूँछ की बात करते हो?''

''मैं उसी कामधेनु की पूँछ की बात कर रहा हूँ जिसकी हत्या का मिथ्यारोप आप इस जासूस से मुझ पर लगवा रहे हैं ।''

''वह तुम्हारे पास कहाँ से आयी?''

''वह हर समय मेरे पास रहती है। वह कामधेनु ने अपने हाथों से मुझे दी थी। वह उनका आशीर्वाद था। उसमें सब कुछ दर्ज है। आप लोग कैसे गोभक्त हो? किस तरह से गोधन का बिजनेस करते हो? किस तरह गऊओं का दूध दुहकर उनको भूखा मारते हो? किस तरह मजबूरी में उनको प्लास्टिक और कचरा खाने छोड़ देते हो? सब कुछ रिकॉर्ड है गुरु जी! कहो तो सुनवाऊँ।''

गुरु जी को यह दूसरा झटका था। वे आँखें मूँदकर कुरसी बैठ गये।

इससे पहले उनकी आँखें खुले। मैं खिड़की से बाहर कूद गया और बुलेट की तेजी से उसी चिकनी सड़क पर आ गया जो वैतरणी की ओर ले जाती थी। यह सब कुछ क्षण मात्र में हुआ।

मुझे मालूम था कि अगर अब गुरु जी को और मौक़ा दिया तो वे मेरी आत्मा तो क्या मेरें परमात्मा तक का कीमा बना देंगे। सो बिना एक पल का अवसर दिये मैं निकल भागा। मैं इतनी तेजी से निकला कि जासूस भी सकते में आ गया। मुझे मालूम था कि सब कुछ उस पल पर निर्भर है। अगर गुरु जी की मूर्च्छा टूटी तो वे मुझे कहीं से भी धरवा लेंगे और अगर मैं इसी पल निकल गया तो वे मेरा कुछ न बिगाड़ सकेंगे!

संकट में स्पीड भी सो गुनी हो गयी। मैं अपनी स्पीड पर खुद चकित था कि ये क्या हो रहा है! क्या मेरी आत्मा के पर लग गये हैं कि वह इस सुपरसॉनिक स्पीड से चिकनी सड़क पर दौड़े जा रही है!

मैंने पीछे मुड़ के नहीं देखा और आनन-फानन में मैं वैतरणी के तट पर था। कामधेनु माता ने यही कहा कि बेटा! देख जब भी तू भारी संकट में हो तू वैतरणी के इसी तट पर आना। मैं तुझे वही मिलूँगी और जिस वैतरणी को कोई पा नहीं कर पाता मैं तुझे पर कराऊँगी!

मैं उसी मुक्ति-तट पर था और मन-ही-मन कामधेनु माता को पुकार रहा था। मेरी जेब में उनकी दी हुई सौगात थी यानी उनकी पूँछ!

कुछ पल में ही माता ने मेरी आर्त पुकार सुनी और वह सामने आ कह रही थीं कि बेटा! पूँछ पकड़कर कूद जा। वैतरणी में मैं तुझे प्रेत-नाव तक पहुँचा दूँगी और तेरा केस रिकमेंड भी कर दूँगी कि तुझे यातना न दें। तूने मुझे बचाया है।

माता का आदेश पाकर मैं वैतरणी में कूद गया। अब आगे-आगे माता थी, पीछे उनकी पूँछ पकड़कर तैरता मैं था।

प्रेत की नाव जल्दी ही मिल गयी। माता ने कहा नाव पकड़ ले।

मैं नाव में था। प्रेत मेरी ओर देख रहा था और मुस्कुरा रहा था मानो मुझे जानता हो। अचानक मुझे लगा कि ये तो वही काँवड़िया है जो हरिद्वार के रास्ते में एक दिन मरा हुआ मिला था जिसकी हत्या की खबर से सारी दुनिया हिल गयी थी। वह मुस्कुराए जा रहा है मानो कह रहा हो पहचाना मुझे?

और तभी मुझे महसूस हुआ कि वो तो मैं ही हूँ। वो मेरी आत्मा का एक संस्करण भर है और माता इस रहस्य को जानती थी। तभी इसकी नाव के पास मुझे छोड़ा ताकि अपने नरक तक पहुँच सकूँ! मैंने पीछे देखा तो माता का कहीं पता नहीं था। वो अँधेरे में बिला गयी

थी। मैंने उस घाट की ओर देखा जहाँ से मैंने कामधेनु को पुकारा था। वहाँ कोई नहीं था। सब शून्य था यानी उसे कुतवे जासूस और गुरु जी ने मेरी पिछाई छोड़ दी थी। अब वे मेरा कुछ नहीं बिगाड़ सकते थे।

हे पाठक! मिस काउ की इस लव स्टोरी को पढ़ेगा-सुनेगा, वह सारी हेट स्टोरीज भूल जाएगा और उसे वैतरणी पार करने में आसानी होगी! मैं खुद उसे पार कराऊँगा।

वेटिंग फॉर यू फॉर ऐवर

योर्स

एक दुष्टात्मा!

❑❑